転生したら
ラスボス系
悪女だった！

# 転生したらラスボス系悪女だった！

凪

illustration くまの柚子

ICHIJINSHA IRIS NEO

## CONTENTS

この作品はフィクションです。
実際の人物・団体・事件などには関係ありません。

# 転生したらラスボス系悪女だった！

# 第一章「私、推しの母で、氷の公爵様の奥様になっちゃった！」

「大変だ！　奥様が落馬された！」

「ディアーナ様!?　大丈夫ですか!?」

「頭から血が！　早くお医者様を！」

どうも落馬したらしい私。目の端に木々が見える。お外……。近くで人が騒いでいる。

――でも、待って、奥様!?　ディアーナって!?　私はブラック企業で働いて……過労死した社会人の佐藤《さとう》果穂《かほ》！　ぼっちで彼氏もいないオタクなのに、奥様って呼ばれた!?

……あ、だめ、意識が……朦朧《もうろう》と……。

シャッ……と、ふいにカーテンが引かれた音がして、朝日が部屋に差し込んだ。

目が覚めたら私は、病院のベッドの上だった。見知らぬ天井ってやつじゃん。

「奥様！　お目覚めになられましたか!?」

「奥様って……？」

「公爵夫人!?」

「ディアーナ様、まさか頭を打った影響で記憶が!?」

「お医者様を!!」

なんかどっかで見た事あるパターンだわ、ラノベでよくある。まさか、私の身にも異世界転生!?

「だ、誰《だれ》か、鏡を見せてください」

――鏡を見て分かった。私は……とあるファンタジー小説の中の世界のラスボス系悪女になっていた!! 私の名は、ディアーナ！ 蜂蜜《はちみつ》色の豪奢《ごうしゃ》な金髪、甘い蜜のような琥珀《こはく》色の瞳《ひとみ》。

天使のように美しいが、性格に難のある、毒のある美女。

元侯爵令嬢、ただし、結婚後に公爵夫人になっている。ゆえに既にアレクシスという夫がいるし、なんと娘もいる！ 私は神絵師により挿絵、コミカライズと恵まれていたこの作品を読んでいた。だって絵がめちゃくちゃ綺麗《きれい》で好みだったから。幼女時代からヒロインの娘は可愛《かわい》かったし。そう、そしてこのラスボスのディアーナ、結婚してるけど、夫じゃなくて、実は惚《ほ》れてる相手がいた。

相手は金髪碧眼《へきがん》のイケメン皇太子！ フリードリヒ！

しかし、ディアーナは実は凄《すさ》まじく魔力があるのに、魔法を使えないポンコツだった。落馬して生死の境を彷徨《さまよ》い、魔王配下の魔族が施《ほどこ》した封印が解けるまでは。魔力測定でも魔力が強大すぎて測定不能、逆に魔力無しと思われていた。周囲は封印に気がつかず、ディアーナ侯爵令嬢をただの落ちこぼれとみなした。真っ当な貴族は魔法が使えるのだ、この世界では。それこそが平民と貴族を分ける証《あかし》のようなものだったから。こんな落ちこぼれ、どんなに美しく天使のような容姿であっても、侯爵令嬢と身分が高かろうと、皇太子の妻にはなれない。そう、しかし、血統と容姿だけはいいので、皇帝のゴリ押しで冷血公爵と言われる男との縁談が強制的に決まった。皇帝はパワーバランスを考えたのだ。お強い夫の公爵が有力な妻と結ばれて欲しくない皇帝は、ポンコツを充《あ》てがった。

公爵も皇帝命令では、文句が言えなかったと思われる。

愛も恋もない政略結婚で、ますますラスボス系悪女の心は荒《すさ》んだ。

魔族の、魔王の器は、屈辱、怒り、絶望の負の感情を溜《た》め込《こ》み、見事に魔王の器に相応《ふさわ》しい者となってしまったのだ。なお、この小説の主人公は新婚初夜しかも義理的初夜の、一夜限りでできてしまった娘の……恋人の勇者！　娘はそんな勇者のパートナーの聖女。

娘のパーティーに倒されるラスボス系母親。なんて酷《ひど》いポジションだろう。

ディアーナはラスボスとはいえ、見た目だけは天使のように綺麗だった。

社交界では見た目だけは極上のディアーナに男達はむらがった。

どうもナチュラルに魅了してしまうらしい。

恐るべし魔王の器。悪女と言われるのは、夫がいるのに男を惑わすからだ。

婚約者がいる相手まで、ワンチャンあるか!?　と、惑わせといて寸止めで翻弄《ほんろう》する系の悪女だ。

なんて酷い。ギリギリ貞操は守っていると言えば聞こえはいいが、誘惑された男の婚約者側のレディー達には憎しみの対象だった。すまんな、マジで、私であって私じゃない過去のディアーナの悪行で恨みをかっている。でも私じゃないんだ！　前世では本読んだりゲームばかりのただのブラック企業で過労死したオタクが、男の誘惑などできるはずが……落馬のショックで間違えて本来のディアーナが死んで、私の魂が入ったようなのだ。ヒロインの娘は今はまだ幼女のはず。成長しても輝くばかりに可愛くて綺麗だったが、今ならシナリオの修正が利くのでは!?　とにかくラスボスになって娘の男に殺されたくないので、なるべくストレスなく穏やかに過ごしたい！

魔王の器候補は他《ほか》にもいたらしいのだ。だったら私がラスボスにならずとも！　と、思う。だって普通に怖い。討伐されるの怖いから！

娘の心も傷つくよ、いくら誕生日すら祝ってくれない冷たい母親でも、いずれ殺す運命なんて。

誕生日……！　そうだ、娘の誕生日なのに放置して遠乗りに行って、落馬したんだわ！

誕生日を！　祝わないと！　私は病院のベッドから身を起こした。

「奥様、まだ安静に、頭から血が出ておられたのですよ、処置は致しましたが」

医者が安静にしろと止めてくるが、ディアーナは確か落馬後に覚醒する。

封印が解けているなら、魔法も使えるはず。

『！』

私は自分の手を自分の頭にかざし、治癒《ちゆ》を行った。

「え⁉　奥様、魔法が⁉」

専属メイドのメアリーが叫んだ。コミカライズで見たから顔は知ってる。

「治ったわ！　プレゼントを買いに行かなくては」

「プレゼントとは⁉　まさか」

「今日は、娘のラヴィアーナの誕生日でしょう⁉」

「そ、そうですが、今朝は興味が無さそうでしたのに、遠乗りにも出かけて」

ああ！　今までは酷い母親だったからね！

「そんなことより、服は⁉　着替えがしたいの！」

今、私は病院だから寝巻きのような物を着ている。

「た、ただいま用意いたします！」

バタバタとメイドが着替えの用意をしてくれたので、私は頭の包帯を取り、着替えを終わらせ、街

の雑貨屋へ向かった。七歳の女の子の喜ぶ物……ぬいぐるみとかでいいかしら⁉

私はメイドのメアリーをお供に雑貨屋に飛び込んで可愛い物を探した。

「このうさぎのぬいぐるみと、妖精のオルゴールを包んで！」

「はい！　公爵夫人！」

店員さんも慌てて商品を包む。

「次は、ケーキとドレスと、あ、ドレスはサイズが分からない！　花！」

ケーキ屋でホールケーキを買い！　次に花屋に寄って、ピンクのバラの花束を購入！

いざ、自宅へ！　馬車に荷物を詰め込み、娘のいる公爵邸へ！

＊　＊　＊

屋敷に戻った。メイド達がギョッとする。ディアーナは落馬して病院だったし、まだ帰らないと思っていたのだろう。すぐに癇癪《かんしゃく》を起こすディアーナはメアリー以外の使用人に嫌われている。

メアリーだけは昔、孤児で空腹のあまり、野垂《のた》れ死《じ》にしかけていたところを気まぐれに救ったため、ディアーナに忠誠を誓って健気《けなげ》に尽くしている。

「ラヴィはどこ⁉」

「ご自身のお部屋におられるかと……」

やっぱり原作通り誕生パーティーしてもらっていない！　せめて父親くらい祝ってやれと言いたい！

「サロンにラヴィの誕生日パーティーの用意を！　大至急！」

「え⁉　今からですか⁉」

「そうよ！　身内だけでいいから‼」

「ど、どうなされたのか、頭を打って何かおかしく……」

執事が小声で何か言っているけど、気にしてる場合じゃない！　私は買って来たケーキをテーブルの上に置いた。今からチキンなどを焼けば夕食、いえ、晩餐《ばんさん》には間に合うと思い、厨房《ちゅうぼう》に走った。

「今晩のメニューは⁉」

私の目に飛び込んで来たのは豚の丸焼きだった。

「ああ！　それなりに豪華なメニューがあるわね！　いい仕事よ！」

娘は使用人に気を使ってもらっていたようだ。流石《さすが》公爵邸！

「え⁉　今、奥様に褒められた⁉」

あからさまに驚くシェフ。とりあえず食事問題はどうにかなりそう！

「今夜の食事は食堂ではなく、サロンですするからそちらに運んでちょうだい！　娘の誕生会よ！」

そう言い放ち、私は邪魔だろうから厨房を出た。……ここは、公爵邸！　つまり聖地！　推しのヒロインの住む場所！　そうだ、準備が出来る間に聖地巡礼をしよう！　まずは自室の寝室！　私は自室のベッドにダイブした。ふふ、聖地巡礼で、真っ先に寝室のベッドに行くのは私くらいかもしれない。他に見たことない。気がついたらベッドの上にいたってのはよくあるけど、自主的に聖地として赴いたのだ。しかし、ここで推しの命が芽生えたのよ！　このベッドの上で、このお腹《なか》の中で、推しのヒロインの命が育《はぐく》まれ……。

「お、奥様！　いきなりベッドに倒れ込むなんて、やはりまだ安静にされていた方が……」

「ち、違うわ！　ベッドが好きだから、思わず飛び込んでしまっただけよ！」

慌てて身を起こし、弁明する。しかしどういう理由だ。お布団大好き人間は私の他にも大勢いるはずだけど、貴族の奥様の行動としておかしかったわね。明らかにテンションがおかしくなっていた。

「お、奥様、ドレスが皺《しわ》になってしまいます」

恐る恐る他のメイドが言葉を発した。明らかに怯《おび》えている。機嫌が悪いと元のディアーナは物を投げたりと酷いから、普段からメイドが怯えるのよね。

「そうね、もうすぐ娘の誕生会だし、起きるわ」

ベッドから起きて乱れた髪を手櫛《てぐし》で整えると、ノックの音がした。

「開いていますわ！」

「奥様がお戻りになったようなので、旦那《だんな》様が」

多分扉の向こうにいるのは屋敷の執事！　と、冷血と言われている夫、アレクシス登場ってことね!?

正直ビジュアルは金髪の皇太子より旦那の方が好みなのよね、黒髪にブルーの瞳のアレクシス。

扉を開けて入って来たのは、ゲームキャラならSSR確定の美形。

氷の刃《やいば》のような雰囲気を纏《まと》う精悍《せいかん》な男前が、この男が私の夫!!

しかし、思わず身震いするほどの冷徹な眼差《まなざ》しが私を射抜いた。

「頭を打って病院にいたらしいのに、自分で治癒魔法を使って戻って来たとは、本当か？」

「まず、大丈夫か？　と、安否を聞いてはいかが!?」

初夜ぶりにこの部屋に来ておいて、冷たい！

さらに長身の夫は胡乱《うろん》げな眼差しで私を見下ろしているし。

「……何だ、本当に元気そうではないか。しかもラヴィアーナの誕生日を祝うと聞いたが」

「そうです！　晩餐はサロンで誕生日パーティーをしますので、あなたも参加してくださいね！　父親なんですから‼」

「……やはり、だいぶ頭を強く打ったのか……」

何か失礼だな、本当の事とはいえ。

「確かに頭を打ってしまったのは事実ですが、それで娘に優しくしようというのが悪い事ですか？」

「いや……驚いただけだ。ところで魔法が使えないはずがどうして」

やはりそこが気になるのか。

「死にかけて潜在能力が覚醒とか、割とある事では？」

「それは……そうかもしれんが、驚いた」

その割に顔はクールなままだぞ。かなり。

「とにかく、晩餐時にはサロンへお越しください。あ、そうだわ、花！」

「奥様、これですか？」

「そう、それ」

メアリーが慌てて花屋で買って来たピンクのバラの花束を差し出した。

「この花束をあなたからって事にして、娘に渡してください」

「其方《そなた》からでいいのではないか？」

「私は他にプレゼントがあります、あなたは何を？」

「……本だ」

え!?　あったの!?　冷血夫が!?

「何の本です？」

「礼儀作法と帝国の歴史の本だが」

「教科書じゃないですか！　面白《おもしろ》くもない！」

「だが必要な物だ」

「全く誕生日向きじゃない！　ああ、仕方ない、このオルゴールもつけます、花束とオルゴールも手渡してあげてください」

私はさっき雑貨屋で買って来た贈り物を夫に押し付けた。

「其方の分が無くなるのでは？」

「私はうさぎのぬいぐるみをあげます！」

「そうか……」

公爵は懐から財布を出して、私に小切手を渡した。

「プレゼントを買い取ろう。好きな金額を書くといい」

「そんなのはいいので、ちゃんとラヴィにおめでとうって言って、贈り物を渡してください」

何だって!?　と、周囲が驚きに固まった。お金大好きの今までの浪費家の極悪公爵夫人とは思えない！　といった雰囲気。キャラが違いすぎて周囲が戸惑っている。でも、せっかく頭を打ったわけだし、性格がやや変わったと思わせておこうと思う。

前世では仕事ばかりでうるおいもなく、結婚もできず、温かい家庭も得られないまま死んだから、今世こそ幸せになりたい！　推しの娘と一緒に！

だからここから、今日から私の推し活とラスボス回避の生存戦略が始まる！

「え!?　お母様が私の誕生日を祝ってくださる!?」

「そうです、お嬢様。お誕生会はサロンで行いますので、急いで準備をいたしましょう」

「わ、私……今日、死ぬの？」

「お誕生日ですよ、お嬢様！　流石にそんな事はありませんよ！　確かに今までの奥様からは想像もできませんが落馬し頭を打って死にかけ、愛を、最も大事なものは何かを知ったのかもしれませんわ」

——そんな会話が、メイドと娘の間で、娘の部屋でされてることなど知らずに、私は娘の誕生日のため、準備をしていた。とりあえず夫から小切手は貰ったけど、使ってはいない。

必要な時に使いましょう。夫達男性は一旦、着替えをするために部屋を出てもらった。

「く、苦しい、やはりこんなコルセットなんて拷問具はいらないわ」

誕生会用にドレスを着替えようとしたのだけど、

「しかし奥様、ドレスはどれもコルセットありきでオーダーされて作られておりまして」

「一着くらい、妊娠中に着てたお腹回りに余裕があるのがあるはずでは!?　エンパイアラインの！」

メイドが見つけてくれたマタニティドレスを着た。

「流石に妊娠中に着ていたドレスは入るわね」

「ようございました」

ディアーナの衣装室を見たら、凄まじい量のドレスがあった。税金の無駄遣いすぎる！　怖い!!

今度リメイクして着れるように改造しよう。背中を一旦開くとか腰回りに手を入れ、コルセット無しで着れるように。メイドに髪飾りはどうするか聞かれ、私はバラの茎の水気を切り、やや短く切って髪に飾った。

「流石奥様、何を飾ってもお綺麗です」

「ありがとう、メアリー」

ディアーナに忠実なメアリーが褒めてくれたので礼を言うと、他のメイドは驚きの表情だった。

多分、普段はメイドにお礼など言わないんだろうな。


さて、そろそろ夕刻。晩餐の時間。サロンで娘を待っていると、ついに怯えた表情で『聖少女の詩』のヒロインたるラヴィが入ってきた。やだ、自分の娘に怯えられてるっ!!

顔色が悪いわ。小刻みに震えているし、まるで怪我《けが》して人間に保護されたばかりの怯える野生の小動物。でもやはりヒロインは七歳でも可愛い!!

「ラヴィアーナ、七歳のお誕生日、おめでとう」

私は膝《ひざ》を折って背を低くした。娘と目線を合わせるようにして努めて優しく、私から声をかけたら、
彼女は大きく愛らしい目を見開いた。

「あ、ありがとうございます……お母様」

「さあ、席に座りなさい」

私はラヴィをソファに誘導して座らせたけど、まだ足が震えていて可哀想《かわいそう》だ。

テーブルの上にはいろんな豪華な料理が並べられていて、私が買ったケーキもある。

「旦那様がお越しです」

アレクシス！　よし、男前に相応しい華麗な装いで来たわね。

「ラヴィ、誕生日おめでとう」

「あ、ありがとうございます、お父様」

夫からは私から買い取ったピンクのバラの花束とオルゴールが娘に贈られた。

「これは私からよ。他には後日、新しいドレスが届くから」

「うさぎ……さんのぬいぐるみ……」

娘は震える手でプレゼントを手にしたが、オルゴールは落とすと危険なので一瞬手にした後でメイドが受け取り、テーブルの上に置いた。今はうさちゃんぬいぐるみを抱きしめている。メチャ可愛い。

「どうかしら、気に入らない？」

「いいえ！　全部嬉《うれ》しいです!!」

「世間では、誕生日にケーキの蝋燭《ろうそく》を吹き消して、願い事をするらしいわ」

ラヴィは目がウルウルとしている。初めての誕生会で感激しすぎたのかな？　何とか頑張《がんば》って七本の炎を吹き消した。

「「ラヴィアーナお嬢様、七歳のお誕生日、おめでとうございます！」」

使用人達も空気を読んで娘にお祝いの言葉をかけた。

「ありがとう、皆さん……」

「ラヴィ、好きな物を好きなだけ食べてね」

「……はい、お母様」

ホールケーキやご馳走《ちそう》を皆で美味《おい》しくいただいた。本当はラヴィを抱きしめておめでとうって言って、頬《ほお》にキスなどしてあげたかった。でもまだ怯えているようだから、スキンシップは早いかなと判断した。信頼を得るにはもう少し時間が必要だった。


とにかく、何とか無事に娘の誕生日を祝うことができた！　プレゼントも渡せたし、後は後日、娘の誕生日祝いのドレスをオーダーし、私は自分のドレスを改造してまた着ようと思う。一回着たらもう着ないのは贅沢《ぜいたく》すぎる。普通は宝石やレースなど高級なものを取り外し侍女に下げ渡すようだけど、性格の悪い傲慢《ごうまん》なラスボス系悪女はそんなことはしていない。

まず、性格が悪すぎてすぐに癇癪を起こすディアーナ。それで貴族の令嬢の侍女も泣かせるために、もはや皆、辞めてしまった。今は平民のメイドのみで、お金のために仕方なく仕えてる人ばかり。

メアリーだけは拾われた恩義で仕えてるが。

私はその夜も入浴後、フカフカのベッドに一人で寝て、夫は相変わらず私の部屋に来ない。家督を継げる男の子を産めないと貴族の夫人ってダメな奴《やつ》のレッテルを貼られるらしいのだけど、旦那が来ないのだから仕方ない。

＊　＊　＊

朝起きて、自分の衣装室へ入ると凄まじい量！　まるでドレスの森だった。

ちょっと気に入った物を残して売る物とレースが美しい物をより分けるため、メイドにも手伝ってもらった。二十着くらいのレースのドレスをより分けた。私も、もうこれは着ないなってドレスを軽く三十着ほど選んだ。ドレスショップに不要な分を売るためだ。

私は衣装室から出てサロンに向かった。メイドから紙を受け取り、ささっとラフにデザイン画を描く。どうしてもラヴィにうさ耳ヘッドドレス付きドレスを着せたいから。

しばらくデザインに熱中していると、メイドから声がかかった。

「奥様、仕立て屋が到着しました」

「通して。それからラヴィを呼んで。採寸するから」

五人のショップ店員がサロンに現れた。続けてメイドに連れられ、ラヴィも部屋に来た。なんと！　ラヴィったら！　可愛いの極致！　不安げな表情で私のあげた赤ん坊くらいの大きさのある、白いうさぎのぬいぐるみをしっかりと抱きしめている。あー本当にメチャ可愛い！『聖少女の詩』の主人公がぬいぐるみ抱っこしてる！　うっかり娘に見惚《みと》れていると、ドレスショップ店員から挨拶《あいさつ》をされた。

二人の女性が採寸のために鞄《かばん》からメジャーを取り出した。

「お嬢様、今から採寸なので、うさぎはお預かりします」

ラヴィは不安げな顔でぬいぐるみをメイドに渡した。私はメイドの方に向き直って、朝に選んだドレスを持って来るように指示を出す。そしてメイドが売却分の私のドレスを店員に渡し、店員はドレスを慎重にチェックした。

「どれも最高品質の布地で作られた物ですから、かなり良い値段で買い取れます」

「そう、ではこちらのドレスは美しいレースのついた物よ。レースを取り外し、ラヴィアーナのドレスに付け替えをお願い。レースの無くなったドレスは好きに加工して」

「かしこまりました」

それぞれの予算を書いたメモを渡されたので、それを見る。

「このドレス達の買い取り価格分で娘のドレスが三着は作れそうね」

「はい、レースの転用ができる分、お値段は勉強させていただきます」

「じゃあ、一着はこのデザインで作ってちょうだい」

私は自分が描いたデザイン画を渡した。うさ耳付きドレスの。

「絵がとてもお上手《じょうず》ですね、公爵夫人が描かれたのですか？」

オタクなので、落描きもやっていたのよ。

「まあ、そうよ。この耳の所はふわふわの物でお願いね。これは私が見たいだけの服なので着やすい生地で、シルクとかじゃなくていいから、耳の素材だけはこだわってちょうだい。他の二着のドレスはシルクとか、公爵令嬢に相応しい生地でお願い」

「かしこまりました」

「お、お母様、私のためにドレスを三着も作っていただけるのですか？」

おずおずといった風情《ふぜい》でラヴィが私に話しかけた。

「私のドレスに比べたら少ない方よ。子供はすぐに大きくなるから、背が伸びたり必要な時に買い足すわ」

「本日は公爵夫人のドレスはよろしいのですか？」

「ええ、衣装室にドレスがいっぱいで探し物も大変だから今は減らしているの」

別に没落したわけじゃないのよ、と言うアピール。

「左様でございましたか」

「マダム、採寸が終わりました」

「採寸が終わったなら、もう出かけてもいいわね。後はよろしくね」

「かしこまりました。出来上がり次第、納品にあがります」

店員達が引き取り分のドレスの山を風呂敷のように大きな布に包んだのはいいが、さてどうやって運ぶか思案してるところに、私は荷物を運ぶように使用人達を呼んだ。

「お心遣い感謝いたします」

「当然よ。急に大荷物になって悪かったわ、馬車まで運んでちょうだい」

私が急に優しく気配りまでするようになって、周囲が驚き、自分の分のドレスを新しく作らない事にも、不思議そうにしていた。せいぜい自分のための浪費を減らし始めたと噂《うわさ》でも流してね。

ショップ店員達が帰ったところで、まだ日は高い。春の昼。

「さて、せっかく春だし、お外にでも行こうかしら」

「お外？　奥様、今からお買い物ですか？　パーティーですか？」

メイドが声をかけてきた。

「いいえ」

「では、お母様はお庭にお散歩でも行かれるのですか？」

今度は珍しく、ラヴィが声をかけてくれた。またうさぎのぬいぐるみをしっかりと抱きしめている。可愛い。

「せっかく春だし、野原にでも行くわ。野《の》苺《いちご》も実っているかもしれないし、花も咲いてるでしょう？」

「野苺……？」

野苺のワードにラヴィの瞳が輝いた。

「ラヴィも一緒に行く？」

「い、いいのですか⁉」

「もちろんよ、たまには太陽の光を浴びないと、健康になれないわ」

ラヴィは普段、引きこもりがちで、やや血色の悪い肌をしている気がする。親が遊びに連れて行ってもあげないので、当然とも言える。このままではいけない。

かくして、ラヴィと野原でピクニックである。

「奥様、お出かけされるなら護衛騎士を連れて行ってください」

家令が慌てて声をかけてきた。

「分かっているわ。ラヴィも連れて行くのだし、八人くらいに声をかけて準備をさせて」

「かしこまりました」

「あ、メアリー、厨房からパンとチーズとハムとレタスとバターがあれば、バスケットに詰めてもらって、ジュースとかの飲み物も。無ければ途中の店で買うけど」

「すぐに厨房で聞いて来ます！」

メアリーは素早く動いた。

「サンドイッチ用の材料が揃《そろ》っていましたので、全部ご用意できました！」

流石わがまま夫人のいる公爵家、突然言っても食材は豊富に揃っているわね。

「じゃあ、ピクニックに行きましょう」

「はい、お母様」

「うさぎさんは置いていったら？　野苺を見つけたら、手に持った籠《かご》に入れたいでしょう？」

「そう……ですね、汚したらいけないし、お留守番してもらいます」

少ししょんぼりしてしまったラヴィは、うさぎのぬいぐるみをメイドに預けた。そんなにぬいぐるみのうさちゃんと離れがたいのか、可愛いが過ぎる。尊いの極み！

かくして、我々はピクニックに出発した。

護衛騎士は八人でいいと言ったのに、十人もついて来た。比較的近くの野原に行くだけなのに、大《おお》袈裟《げさ》ね。馬車の中でも、私の正面の座席に座るラヴィは緊張したようにカチコチになっていた。

……まだ私が怖いのかな？　しばらく走っていた馬車が止まる。

「野原に到着したようね」

騎士の手を借りて、馬車から降りると、春の香りがした。野花の香りだろう……いい香り。頭上には青い空、足元には若草。とても爽《さわ》やかだわ。いい感じ！　私はストレスなど溜めてはいけない。ラスボス化を防ぐためにも、こういうスローライフ的な生活がいい。キョロキョロと周囲を見渡すラヴィはこういう場所に初めて来たんだろう。箱入り娘だったから。

「ラヴィ、足元に気をつけて、野原は綺麗だけど蛇とかいるかもしれないし、後は蜂とかも」

「は、はい」

「あちらの林に野苺がありそう」

籠を持って、林に向かって歩いて行こうとすると、騎士が出て来た。

「私が先行します」

騎士達に前後を挟まれ、サンドイッチ状態で移動するはめになった。美しい風景が……やや視界が遮られるが、騎士の背中はカッコいい。許す！　案の定、少し日陰になっている場所に野苺を見つけた。

「あったわ！　野苺！　ほら、ラヴィ、見てごらんなさい」

「わあ、赤くて可愛いです」

君の方が可愛いよ。と、脳内でプレイボーイのようなセリフが浮かぶ。

「摘んでいきましょう」

「はい、お母様」

「あ、虫に気をつけてね。野苺を食べたい時は割って、中に虫がいないのを確認するのよ」

「え、虫さんが!?」

「いるかもしれないし、いないかもしれないわ」

私は一つ野苺を摘んで、その中を開いてみた。

「よし、これは虫がいないわ」

続けて、呪文を詠唱する。

『ウォーターボール』

水の玉が空中にふわりと浮かび、サラッと成功した！　流石ラスボス候補。覚醒後はマジで優秀。

私は水の玉に野苺をつまむ指先を潜らせて洗ってから、パクリ。

「……甘いわ」

「美味しいですか？」

「ええ、ラヴィも手にある苺を割ってみて、問題無ければこの玉で洗って食べてごらんなさい」

「はい」

ラヴィはブラウスの袖を捲《まく》って、恐る恐る指先を水の中に入れた。

チャプチャプと水中で指先を動かし、野苺を洗った。そして愛らしいお口に野苺を入れた。

「美味しい……」

「そう、良かったわね」

ラヴィの瞳は初めての体験でキラキラと輝いていた。本当はもっと幼いうちから、こんな風に自然を見たり、野遊びも経験したりさせてあげたかった。今からでも子供らしい事をいっぱい体験させてあげたい。でも貴族の令嬢的には山野で野苺狩りとかはレアかもしれない。せいぜい果樹園で果物狩りとかだろうか？

「……水音がします」

「近くに小川があるのかも。探してみましょう」

「奥様、川ならあちらです」

騎士が川の場所を知っているらしいから、教えてもらった。

「小川……」

キラキラ光る水面を見ながら、ラヴィがそう小さく呟《つぶや》いた。やっぱ！　きっとお外で小川をのんびり眺める経験も初なんだわ、これ、この反応は泣ける……。

「あ、ほら、こういう、石の下に……」

「奥様、スカートが濡《ぬ》れます！」

屈《かが》んで石を触ろうとした私を、メアリーが慌てて制止する。

「お母様、石の下に何があるのですか？」

「沢《さわ》ガニがいるかもしれないの」

「奥様、私が代わりに」

騎士の一人が石をひっくり返してくれた。すると小さな赤い沢ガニが隠れていた。

「あ！　いた！　ほらね！」

「わあ、小さいカニさん」

「油で揚げれば食べられるわ」

「え⁉　こんな小さなカニを食べるんですか⁉」

「サンドイッチがあるから、今日は食べなくても大丈夫よ。旅をして他に食べ物が無い時は、火を通せば食べられる事を覚えておきなさい。でも生はダメよ、魚もカニも。寄生虫がいる事があるから」

「はい……」

小説ではラスボス化したディアーナを倒すため、山野を旅するシーンがあった。

「そろそろお昼にしましょう。朝はバタバタしてて、一緒に食べられなくてごめんね。ラヴィはちゃんと食べた？」

「いえ、大丈夫です。昨日はご馳走を沢山《たくさん》食べたので、あまりお腹が空いてなくて、でもスープはいただきました」

「そう」

開けた所で、ピクニックシート代わりの布を敷き、バスケットを開いた。まな板の上で、バゲットを切ってバターを塗り、ハム、チーズ、レタスを挟んでラヴィと食べた。十分美味しいけど、今度マスタードとマヨネーズを作ろうと思った。ちなみに急に付き合わされてる騎士は干し肉を齧《かじ》っていた。十人分もサンドイッチ持って来れなかったの、ごめん。帰り際に木苺も見つけた。こっちは黄色い。摘んでから馬車での帰り道、串焼きの屋台を見つけたので寄ってもらい、メアリーに頼んで、馬で並走してる騎士達用に串焼きを買ってもらった。

「今日は急に付き合わせてごめんなさい、あなた達、お腹が空いたでしょう？」

「……大丈夫です。ですが、ありがとうございます」

十人の騎士達は急に優しくなっている私に驚きつつも、差し入れの串焼きを食べた。騎士達が串焼きを食べている間に、私とラヴィは馬車の中で、水筒に入れてきたりんごジュースなどを飲んでいた。ややして、また馬車を走らせ、公爵邸に着いた。陽《ひ》は既に傾いて夕刻となり、晩餐の時間には間に合った。わざわざ騎士を十人もつけての外出だったけど、何事もなく穏やかで、いい日だったと思う。

＊＊＊

ピクニックの後に、旦那様に呼び出された。

「ラヴィアーナとピクニックに行ったとか？　どういう風の吹きまわしだ？」

　護衛の騎士を八人つけるはずが十人に増やしたのはあなたでしょうに、今更そんな事が気になるの？

「あまりになまっ白い肌で不健康に見えましたし、箱入りも過ぎますと世間知らずになるかと思い」

「何かあってからでは遅い。思いつきで行動するより、今後は計画をしっかり立てて行うように」

　ふーん……一応心配する心はあったのね？

「すみませんでした」

　でも心配してる風な事を言いつつも、相変わらず表情筋が死んでるわね、旦那様。クール系を極めているわ。どうやったらこの表情を崩せるかしら？　激辛料理でも食べさせてみたら涙目になったりするかしら？　涙目のアレクシス……ふふ、レアよね、見てみたいわ、可愛いのでは？　私は思わずニヤリと口角を上げて笑ってしまった。

「何を笑っているんだ？」

「あまりにいつもあなたの表情が変わらないものだから、とても辛い料理でも食べさせてみたらどうなるかと、つい考えてしまっただけですわ」

「どうなると思うのだ？」

「えーと、もしかしたら涙目に」

　ギロリと、殺気さえ感じる絶対零度の目で睨《にら》まれた。

「涙目の私を想像して笑っただと？」

　ひえっ!!

「た、ただの想像な上に、可愛いではないですか!?」

「可愛いだと?」

あら、怒り! 表情がポーカーフェイスから怒りになりましたね! 感情が揺らぎましたよ!

「可愛いは褒め言葉ですわ! ああ、怖～～い! そんなに睨まないでくださいませ! 怖～～い!!」

うっかり怒らせてしまったので私は夫の前から逃亡した。

「待て! 其方、本当にそれは怖がっているのか!? 馬鹿《ばか》にしているんじゃないか!?」

流石に怖～い! と言いながら逃亡する私を追って来ることはなかった。使用人達の間で噂になってしまうものね。妻をいじめる夫呼ばわりは大変不名誉でしょうし!


自室に戻って、さて晩餐だけど、気まずい。今、アレクと顔を合わせたくないから、食事は部屋に運んでもらおう。どうせ食事だって滅多に一緒にはとってなかった。まるでお前と一緒に食事すると不味《まず》くなると言わんばかりに食事もほぼバラバラでしていたと、小説に書いてあった。これじゃディアーナの孤独は深まるばかりで、ラスボス化待ったなしよね。でも今日はうっかりで怒らせてしまったし、そっとしておこう。一晩寝れば、クールダウンしてるかも。元からクールな男だし。

「メアリー、今日は疲れたから食事は自室でとるわ。ここに運ぶように厨房に伝えてちょうだい」

「かしこまりました」

＊　＊　＊

　一方、その頃の夫、アレクシス公爵は執務室で報告を持って来た家令と話をしていた。

「今回、ディアーナは自分のドレスは新しく買わなかったのか？」

「はい、お嬢様の分のみ三着ほど。しかも以前買ったドレスを一部売り払い、その金額でお嬢様のドレスをお作りになるようです」

「散財が趣味のような女だったのに、そんな節約をしていたのか、まるで……別人のようだな」

「無駄使いが減るのは喜ばしい事です。やりすぎると公爵領が財政難、もしくは旦那様に何かの制裁をされているのだと勘違いされかねませんが」

「小切手を渡しておいたのだが」

「旦那様から何か贈られたらいかがですか？」

「どんな理由で？」

「ご自分の妻君なのですから、特別な理由は不要では？　花や宝石ならば、奥様に似合うと思ったから買ったと言えば通用するかと思われます」

「それではまるで、私はディアーナに惚れているかのようではないか」

「対外的にはその方が丸く収まります」

　公爵はため息をついた。

「この件は一旦保留する」

「かしこまりました」

　コンコンと、ノックの後に扉越しに声がかけられた。

「旦那様、本日のお食事はどちらでなさいますか？」

「ディアーナは食堂か？」

「いえ、自室でお食事をなさると」

「……娘は？」

「食堂に向かわれたようです」

「旦那様、食堂でお嬢様お一人はお可哀想かと」

家令が口を挟んだ。

「分かった、食堂で食事をする！」

公爵は中と外にいる者に聞こえるように声を張った。

「「かしこまりました」」


「奥様、お食事です」

メアリーが食事を自室へ届けてくれた。

ビーフシチューとサラダとフルーツと焼き立てパンがワゴンに乗って出てきた。

「んまあ、朝でもないのに、夕食なのに焼き立てパンが出てきたわ！　バターの香ばしい、いい香り！」

パンをウキウキ割ってみるともちふわ感が最高。

食事に感動していると、メアリーは首を傾《かし》げながら言った。

「奥様、いつもパンは焼き立てじゃないとお怒りになるではないですか？」

「あ、あら⁉　そうだった？　頭を打ったせいで忘れていたわ！」

やばい、本人のわがままで毎回パンの時は焼き立てを要求していたのか。

厨房の人は大変で、セレブ妻とは……贅沢なものね。

「焼き立てパンはとても嬉しいし、大好きだけれど、今後は焼き立てパンは一日三食のうち、一回でも構わないと厨房に伝えてちょうだい。何度も手間をかけさせて悪かったわ」

「は、はい、一応料理長にお伝えしておきます」

半信半疑みたいな反応をされた。よほどディアーナの日頃の行いが悪かったと見える。

とりあえず、ほとんどの事は頭を打ったせいにできて、ちょっと便利だなと思ったりした。


「え⁉　ラヴィが熱を⁉　何故《なぜ》⁉　ピクニックの時、薄着すぎた⁉」

昼前まで怠惰に爆睡してたら、とんでもない報告で目が覚めた。

「お医者様が来られてますから、詳しい話はそちらから」

私はラヴィの部屋に向かって走った。医者がいたので、具合はどうか訊《たず》ねることにした。

「ラヴィはどうなのですか？」

「長らく、緊張状態だったのが急に緩んだと言いますか、ようやく今なら休んで大丈夫だと、体が判断したと言いますか、つまりしばらくゆっくり寝ていれば回復します。心配はいりません」

え、仕事中は気を張っていたせいか熱とか出なかったのに、土日に体調を崩すみたいなあれ⁉

今まで心の平穏が無さすぎたのだろうか？　なんて不憫《ふびん》な……。思わず目頭が熱くなり、涙が出る。

「分かりました、ご苦労様でした」

「では…失礼いたします」

医者は部屋から出て行き、残されたのは涙目の私。ラヴィは私があげたうさちゃんを抱きしめて寝ていた。余計泣ける。夫のアレクを激辛料理で泣かせるどころか、私が泣いてるわ。

「奥様、何か必要なものがありますか？」

メアリーが気を使って訊ねてくれた。

「じゃあ、ラヴィが起きたら、りんごを剥《む》いてあげたいから、りんごとナイフでも持ってきて」

「かしこまりました」

メアリーは静かに部屋を出て行った。私は起こさないように、ラヴィの額の汗をハンカチでそおっとぬぐったり、頭を撫《な》でてみたりした。……よく寝てるようで、ラヴィはしばらく起きなかった。

私はベッドの脇で、治癒魔法をかけるほどでもないと言われたので、ただ見守っていた。人に元々備わっている自己治癒能力を使うのも大事な事なので。


やがて二時間くらいして、ラヴィは目を覚ました。

「おかあ……さま？」

「ラヴィ、疲れていたのね、ゆっくり休みなさい。それとも、お腹空いた？」

「少し……」

「じゃあ、今からりんごを剥いてあげますね」

私はメアリーが届けてくれたりんごを剥いた。ラヴィが体をゆっくり起こした。

私が剥いたりんごをじっと見ている。

「……耳？」

「りんごのうさちゃんよ、ほら、食べてごらんなさい」

「食べるのが……もったいないです」

「ただのりんごよ、まだあるから、気にせずに食べなさい」

ラヴィは私がフォークを刺したりんごをそっと受け取り、口に入れた。シャクっといい音がした。

「どう？　美味しい？」

「甘くて……美味しいです」

自分で剥いたりんごを、私も一つ食べてみた。

「りんごって、少し皮ごと食べると爽やかな気がするのよね」

「はい」

「後は、パンとスープでも、持って来てもらいましょう」

私がりんごをベッド脇に置き、座っていた椅子《いす》から立ち上がると、ラヴィが小さく声を漏らした。

「あ……」

「どうしたの？」

「もう、行ってしまうんですね」

ラヴィが何やら寂しそうだ。もしかして、私に側《そば》にいて欲しいの？　もう……私が怖くないの？

「ちゃんとした食事を頼んでくるから」

「りんごがあるから大丈夫です」

私はベッドサイドの呼び鈴の存在に気がついて、それを鳴らした。出窓には先日贈られたピンクのバラとオルゴールも大切に飾られていた。

「奥様、お呼びでしょうか？」

私は座り直して、現れたメイドに声をかける。

「病人でも食べられるパンとスープをここに」

「かしこまりました……え？」

「どうかした？」

「このりんご、奥様が剥かれたのですか？」

「そうだけど？」

「し、失礼いたしました、お呼びいただけたら、当方で剥きますので」

あ！　しまった！　貴族の奥様がりんごを自分で剥くのはおかしかったわ！　しかもうさちゃん。

「私、わりと手先が器用なのよ、暇だったし！」

私はどうでもいい言い訳をして、メイドを下がらせた。

しばらくして食事が届き、トレイに載せたまま膝の上に載せ、ふーふー。

スープで火傷《やけど》をしないように私はスプーンで掬《すく》ったスープを少し冷ました。

「はい、あーん」

ラヴィはびっくりした顔をして、でも赤い顔をしながらも口を開けた。ゆっくり咀嚼《そしゃく》する。

「え⁉」

ラヴィの着替えを持って来たメイドが驚愕《きょうがく》の表情で、うっかり声を漏らした。

「……」

今のも珍しい光景すぎたのね、私が子供の世話をしていた事が。

「よく考えてみれば、自分で食べられるわね」

その方が食べやすいだろうと、私はトレイごと食事を渡した。ラヴィは母親に珍しく、ホントに珍しく甘えられるのが嬉しかったのかもしれない。でもそれで私の涙腺がまた決壊しそうだった。

「私も食事をしてくるわ」

泣き顔を見せたくなくて、そそくさと席を立ち自室に戻った。ベッドにダイブして、枕を濡らした。

「うっ……かわいそう……」

私がこれから幸せにしてあげないと！　タオル代わりの布地で涙をふいた。

その後、ノックの音がして食事が届いた。コンガリきつね色の美味しそうなチキンと蒸した野菜、豆のスープ、パンなどだった。豆のスープはどうやらラヴィのと同じ物で、優しい味だった。

「染みるわぁ……」

食事の後は少しドレスのリメイク作業などをした。

そして翌日の朝は思いつきをメモして、その辺を歩いていた執事を捕まえて、とある依頼をした。

職人に頼んでもいいし、作ってくれたら材料費と手間賃を払うと。

「小さいポスト？　大きい方が良くないですか？」

「通常の手紙を受け取るわけじゃないのよ、妖精に手紙を出すの」

「ま、魔術道具ですか⁉」

「そんな大袈裟な物じゃないわ、メルヘンポストよ、童話や絵本に出てくるみたいな。庭に置くから」

「はあ？　それに誰が手紙を出すので？」

「屋敷の人間なら誰でも出して良いのよ。人に言えない悩みや、日常にある些細《ささい》な喜びや悲しみ、残念だった事を書くの」

「そんな内容を妖精に向けて書いてどうするんですか？」

「人に言いにくい事でも書けばわりとスッキリするかもしれないでしょ？　衝立《ついたて》越しに神父へ懺悔《ざんげ》するみたいに。内容は恋人が欲しいとか、誰それとデートしたいとか、そんな事でも良いのよ。妖精が気まぐれに願いを叶《かな》えてくれるかもしれないし、そうはならないかも」

「願いが叶わないかもしれないのに……出す人いますかね？」

「それは藁《わら》にでも縋《すが》りたい願いを持つ人はいるでしょうし、願いが叶うかは、どれほど真摯《しんし》な願いかとか、日頃の行いの差が出るでしょう。誕生日にたらふく肉が食いたいとかなら叶うかもしれないけど、恋人が欲しいとかは無理かもしれない」

「そうなんですか」

「それで、使用人仲間で作ってくれる人はいるかしら？　庭師でもいいし、大工に頼んでもいい。報酬は銀貨五枚出すわ」

「やります!!　小さなポストくらい、私でも作れます！」

「そう、じゃあよろしくね」

ふふふ……大本命のラヴィの望みがこれで分かればラッキーてなものよ。

なお、ラヴィが妖精ポストを使ってくれるかは、不明なんだけどね！

朝、うっかり不機嫌そうな夫と公爵邸の廊下で顔を合わせた。軽く揉《も》めたけど、何とか朝の邂逅《かいこう》をやり過ごした。熱は下がったけど、まだ病み上がりのラヴィのために私は軽く読める絵本を探す事にした。テレビもゲームもない世界なら、もう手軽に入手できる娯楽は本よね。

屋敷内には絵本の類《たぐい》は無かったため、ドレス二着と宝石も売却し、私は外出して本屋に来た。

私はワクワクしながら異世界の本屋の中を物色する。オタクは物語や創作物に溢《あふ》れてる場所に来ると、嬉しくなるものだ。そう言えば肉体に残るディアーナの記憶のおかげか、モブ貴族の顔と名前は

「絵本……絵本……」

ほぼ覚えてないけど文字の読み書きはできて助かった。

絵本数冊と本屋のおすすめ本と、騎士のおすすめ、大航海した船乗りの記録本と竜を倒した英雄の本もゲット。それとメアリーに平民女性が着る中古の服を買って来て貰った。新品よりややくたびれた服の方がそれっぽく見えるだろう。

今度は地味な馬車で平民の服を着て市場見物でもしたいけど、今日はまだ貴婦人の服を着ているから、我慢した。ついでに人気の菓子店に寄り、お菓子を買って公爵邸に帰宅し、思い出したように聖地巡礼。公爵邸には立派な温室があるのだ。苺やズッキーニなどがある。やったわ、食べられる！

温室見物をしていると、執事から報告が来た。

「奥様、例の頼まれていた小さなポストが完成しました」

＊　＊　＊

春の庭園は、今が盛りとばかりに花が咲き誇り、美しかった。庭師の愛情も込められているんだろう。

「妖精のポスト？」

「そうよ、妖精さんに小さなお手紙を出すの。人に言えない悩みや、日常にある些細な喜びや悲しみ、残念だった事を書くの」

「嬉しい事も悲しい事も？　悲しい事を知らされても妖精さんは困らないですか？」

「誰かが嬉しい話をするかもしれないし、大丈夫よ。母は今から手紙を出します」

「わあ、小さい文字」

「そうよ、妖精さんは小さいから文字も小さく書くの。今日は朝から焼き立てのクロワッサンが出て、良い香りだし美味しくて最高だったと書いてあるの。誰かの喜びの感情で妖精の羽根は輝きを増すわ」

嘘《うそ》だけど!!　いや、騙《だま》しているんじゃない、夢を与えているんだ。情操教育だ。サンタさんはきっといる的な。

「そうなんですか……」

妖精の話を聞いたラヴィの青い瞳はきらきらと輝いている。どうやら信じたようだ。純粋だ。流石小説の中の聖女。私は小さな手紙をポストに入れた。ポストの内側の底の部分には魔法陣を私が仕込んだし、魔法鉱石の鈴蘭《すずらん》のような形のお花の飾りもつけた。実はこれ、集音魔法を仕込んでいる。ポスト近くで誰かが話すと私の部屋の対《つい》になってる鈴蘭っぽい花から聞こえる。前世で読んだ小説で見つけた魔法だ。魔法が使えないディアーナはいつか使えるようになるかもと、諦めずに便利そうな魔法の研究、勉強をしていた。魔法の使えない見かけ倒しの女だと陰で悪口を言われても、人知れず努力していた形跡は彼女の自室の本棚や机の中、そこかしこに資料があった。集音魔法は盗聴になってしまうが、まあそもそもこちとら悪役だし、危険があれば察知できるし、子供を護《まも》りたいだけですし。

「あ、そうだ、街で絵本を買って来たのでラヴィにあげるわね。読み聞かせをして欲しい？　それとも自分で読む？」

「え⁉　絵本を読んでくださるんですか⁉　お母様が⁉」

「ええ。でもメイドの方がいいならメイドに頼むわ」

「お、お母様に……読んでいただきたいです」

「そう、じゃあ夜寝る前に私のお部屋に来て。ベッドの中で読むから眠くなったらそのまま眠れるように寝巻きで」

「はい‼」

本は……一度に渡さず、少しずつ渡す方がいいかな？

私だったら、内容が面白い場合はぶっ続けで読んで寝不足になるから。我慢できなくて一気読みしちゃうのよね。私がラヴィの部屋に行ってもいいけど万が一、人が隣にいて気になって眠れない場合、逃げる場所が無くなる。逃げたくなったらお部屋に戻れるように、あえて私の部屋にした。

「途中で自分のお部屋に戻りたくなったら遠慮しないでね、いつも一人で寝てる人は隣に誰かいると寝付けないことがあるから」

「お母様は私がいて大丈夫ですか？」

「私は大丈夫よ」

万が一眠れなくても朝食の後に二度寝すればいいだけだもの。学校も仕事も無いし、暇だし！

本来は貴族の奥様は……屋敷の管理とかするんだろうけど、ディアーナはパーティーなどで社交しかしてなかったから。それに浪費家だった女に家計なんか任せられないわよね。ハハハ!!

「じゃあ、夜を楽しみにしていますね」

「ええ」

「お昼は……お母様と一緒に食べられますか？」

「ええ、そこの……庭園の東屋《あずまや》でお花を眺めながら食べましょうか」

「はい！」

お昼は私がレシピを料理長に渡し、作ってもらったズッキーニの肉詰め。公爵邸の温室にズッキーニがあったので夏を先取り。元はイタリアの家庭料理。中身をくり抜かれたズッキーニがボートみたいに見える。リピエノと言われる料理だったと思う。レシピは……ズッキーニを縦半分に切って、中身を掬い取り、外側は軽く塩ゆでし、身はみじん切りにする。ひき肉、粉チーズ大さじ1、卵、ズッキーニの身、パン粉、塩、こしょう各少々を混ぜる。ゆでたズッキーニのボートの内側に小麦粉少々をまぶし、具を詰める。塩、こしょうで味を調えてあるズッキーニを入れ、チーズをふって、ズッキーニの皮にもオリーブ油をかけ、耐熱の陶器の器に入れてオーブンで焼く。ちなみにお肉じゃなくてツナを入れてもいいんだけど、とりあえずこんな感じだ。

「この料理は初めて食べました。美味しいです」

ひき肉がとてもジューシーで噛《か》むと肉汁の味が広がる。そして肉とチーズのハーモニーが最高。

「チーズが入っていれば大抵美味しくなるのよね。リピエノっていう料理よ、気に入ってまた食べたくなった時は、料理長にリクエストすればいいわ」

「私がメニューを決めていいのですか？」

「公爵令嬢が遠慮する必要はないと思うわ」

リピエノをメインに他はパンとサラダと苺。そういうランチをラヴィと一緒に東屋で食べた。花香る庭でのお食事は気分が良く、そして美味しかった。

娘のため、絵本の読み聞かせの最中、急に私の寝室のドアが勢いよく開かれた。

襲撃かと思う勢いだったので、びっくりしたけど入って来たのは夫だった。

「ディアーナが娘を寝室に連れ込んだという知らせがあったが」

言い方!!

「ただの読み聞かせですけど！　なんですそのいかがわしい言い方！」

「お、お父様、本当にお母様は私に絵本を読んでくださってるだけです」

「ラヴィアーナ、ちょっとベッドから下りてみなさい」

「はい？」

一体何だというのか？　ラヴィも不思議そうな顔でベッドから下りた。寝巻き姿で裸足《はだし》だ。

「そのまま一周、くるりと回転してみなさい」

言われるままに回るラヴィ。

「一見したところ、怪我はないが、何もされなかったか？」

「はあ!?　私が嫁入り前の娘に傷をつけるような暴行を加えてたとでも!?」

原作ディアーナも子供を長く放置はしていたけど、ラスボス化するまでは物理攻撃とかはしていない……していなかったはず。

「……何かされたらすぐに医者を呼びなさい」

あ、いけない、ラヴィが涙目に。両親が険悪なのは良くないわね。

「お父様！　本当に酷い事はされてません！　お母様は優しくご本を読んでくださっただけです！」

「お疑いなら、明日、メイドか医者を呼んで傷の有無の確認をさせますわ」

「医者か、そうさせよう」

夫はそう言って私の部屋から出て行った。日頃の、過去の行いが悪かったせいで……。

「お、お母様、ごめんなさい……」

「何でラヴィが謝るの、大丈夫よ」

＊　＊　＊

そして翌朝、事件は起こった。

ラヴィが朝に自室に戻って、着替えをしようとした時にうっかりよろめいて椅子に太ももをぶつけてしまったらしい。その現場はメイドのデイジーも見ていた。

「ど、どうしよう！　椅子にぶつけてアザができてしまった！」

「大丈夫ですよ、お若いですし、すぐにアザも消えるでしょう」

「違うの！　今日お医者様を呼ぶってお父様が言ってたのに！　お母様がぶったと勘違いされたら！

ねえ、デイジー、お医者様とお父様に言ってね⁉　私が自分で椅子にぶつけてしまっただけだって！」

「はい、お嬢様、もちろんです」

しかし、医者を呼ばれて、ラヴィの足にアザが見つかったので、そしてその事で私達は夫に執務室に呼び出されて詰問されることになった。

「私ではありません」

「お父様！　本当にお母様ではありません！　デイジーもその場で見てました！」

証人として呼ばれたメイドのデイジーが証言する。

「旦那様、確かにお嬢様はふらついて椅子に足をぶつけておいででした」

「ほら……お父様」

「ラヴィアーナに頼まれれば、メイドは嘘でもそう言わざるを得ないだろうな」

「お父様！　本当にお母様のせいじゃないの！」

「私はやっていませんけど、そう疑うのであれば、よろしいですよ」

私はそう言って夫の前に進み出た。そして右手で夫の手を掴み、左手で自分のスカートを捲り上げ、掴んだ夫の右手で自分の太ももをバチン‼　と打った。ディアーナの白く美しい肌が赤くなり、私は夫の腕を離した。

「⁉」

「同じような傷をつければよろしいわ」

「お母様‼」

――しまった。ラヴィが号泣してしまった。いわれなき冤罪《えんざい》で、思わずカッとなってしまった。

「ちがうのに……ちがうのに……っ！　お父様のバカぁ！」

ラヴィは泣きながら夫の執務室から走って出て行った。

「あーあ、あなた、娘を泣かせましたね？」

「今のは其方のせいでは？」

「ええ？　あなたの冤罪のせいでは？」

「冤罪なら何故自分の足を打った？」

「冤罪ですが、お仕置きをすればあなたが納得するのかと思いまして。あ、嘘発見器、いえ、大神官を連れて来てくださっても良いですよ。大神官は嘘が看破できるらしいじゃないですか」

「わざわざ家庭内の事で大神官を呼ぶなどできるはずがなかろう」

「そうですか、では急いで嘘を見抜く魔道具でも買ってくるといいですよ」

私はそう言い捨てて、夫の執務室を出た。

「旦那様、今のはあまりにも……言いすぎでは？」

「本当にアザがあったではないか」

扉越しに家令の声が聞こえた。はあ、もういいや……ふて寝しよ。


しばらくふて寝していたら、妖精のポストに連動させてる魔法陣が作動する気配を察知し、目が覚めた。私のテーブル上の魔法陣に小さな手紙が転送されて来た。

手紙を開いた。小さな文字で書かれた手紙は、所々涙で滲《にじ》んでいた。差し出し人はラヴィだ。

「私のお誕生日にお母様がかわいいうさぎさんのぬいぐるみをくださった。とても嬉しかった。

お父様は花束とオルゴールをくださった、とても嬉しかった。

お母様が野苺狩りのピクニックに連れていってくださった。とても嬉しかった。

熱を出したらお母様が看病をしてくれて、りんごのうさぎさんを食べさせてくださった。

嬉しかった。

お母様がお部屋に呼んでくれて、ベッドの中で、初めて絵本を読んでくださった。

とてもとても嬉しかった。

お母様のベッドはとてもいい香りがした。お花の香りのようだった。

急にお部屋にお父様が入って来た。お父様は私がお母様にいじめられていると勘違いしたようだった。とても悲しい。

次の日の朝、私はお母様に絵本を読んでもらった事が嬉しくて、まだ夢を見ているようでふわふわしていた。うっかりふらついて椅子に足をぶつけた。

自分で怪我しただけなのに、お医者様に足のアザを見られて、お父様がお母様のせいだと勘違いされた。お母様は何もしてないのに、お母様はお父様の手をつかんで、お父様の手でお母様は自分の足をぶった。悲しかった。

お母様の足がすぐに治りますように。痛くなくなりますように。

お父様がお母様のせいじゃないいって気がついてくれますように」

そんな内容が書かれていた。う！　うちの娘が尊い！　健気！

しばらくして、他の手紙もポストに投函されたようだ。私は手紙を開いて読んでみた。

「メイドのジョセットの手のアカギレが治りますように。　トーマス」

ふーん、使用人のトーマスは洗濯メイドのジョセットのことが好きなのね？　私はすぐに手持ちのポーションに癒《いや》しの魔法をエンチャント、付与した。自然治癒力を高める薬草で作られたポーションに、ブーストをかけたようなものだ。ポーションを入れた小瓶を使用人のトーマスの部屋に「アカギレ治療用、妖精の傷薬」と書いた小さな手紙をつけて、こっそりと置いておいた。

ややして、洗濯メイドのジョセットはトーマスのくれた妖精のお薬でアカギレが治ったと、お礼の手紙が妖精のポストに入っていた。やったわ！　成功！

夫のせいで少しむしゃくしゃしてたけど、いいことすると気分が良くなるわね！　それはそれとして、ラヴィはまだ落ち込んでいるのかしら？　そう言えば、ラヴィの足にも私が治癒魔法をかければいいんじゃない？　そう思って私はラヴィの部屋に行った。

「ラヴィ、足のアザはどう？」

「なんともありません」

「見せて」

「……」

私は黙ったままのラヴィのスカートの裾を捲らせてもらった。

「……まだ少し残ってるわね」

「痛くないです」

『癒しの光よ……』

ラヴィの太もものアザは綺麗に消えた。

「お、お母様の傷は？」

「もう治っているわ」

私は自分のドレスの裾も捲って見せた。アレクは拳《こぶし》を握っていたわけではなく、平手だったので、たいした傷ではなかった。

「良かった……」

ラヴィはそう言いつつも、また涙目だった。私はラヴィの頭を撫でて優しく抱きしめて、びっくりさせてごめんねと謝った。私がラヴィを怪我させた犯人だと、夫に疑われたせいで泣いていた娘。

彼女を抱きしめて、ヨシヨシと宥《なだ》めてから私は自室に戻った。私に、ディアーナに悪女の先入観があるのが原因だ。なので、とりあえずやれる事から。街に行った時のお土産のお菓子をつまみつつ、ドレスのリメイクデザインを紙に描いていくけど、一人でのリメイク作業には限界があるので私専用の針子を雇うことにした。人件費を考えてもドレス代の方が高いのだ。恐るべし、貴族のドレス。

家令のスチュワートを部屋に呼んだ。

「奥様、私をお呼びだそうで」

「スチュワート、住み込みで私専用の針子を差し当たって……えーと、一年契約くらいで、二、三人雇いたいのだけど、部屋は空いてるかしら？」

「それはまた急な話でございますね、しかし一部屋に二人入れるのであれば、なんとか可能です」

「二名ね、街で私が募集をかけてくるわ。他に用事もあるからついでに。それと一部屋に二人なら仕切り用の衝立かカーテンが欲しいわね、でないと女性は気が休まらないし」

「しかし、使用人の四人部屋もそんな仕切りは今まで一度も使っておりませんが」

もっと悪いとこだと使用人は屋根裏部屋や地下室、台所の隅に寝るなどという劣悪な環境で耐えている。公爵邸だと個室は無理でも一応まともな部屋を使用している。

「じゃあせっかくなので他の部屋にもつけてあげるようにしましょう。天井付近に長い棒を固定し、大きな布をかければいいから」

「左様でございますか」

「あ、四人部屋の二段ベッドの方は、カーテンレールが無理ならベッドの木の棒の所に紐《ひも》を括《くく》って布を張るとかして、目隠しを。布の端に輪っかをつけてフックに引っ掛けるとかでもいいわ。とりあえず本人が目隠しを欲しいか不要か聞いてつけて。あ、目隠し布は私が街で買ってくるわ」

「かしこまりました」


私は馬車で外出して人材派遣会社みたいな職業斡旋《あっせん》所に行った。

例によって護衛騎士を二名ほど選んで、荷物持ちの使用人一名、メイドのメアリーと、五人で外出。

布屋で買い物を終え、今度は毒物を見抜ける鑑定鏡、魔道具を探しに行った。

「店主、毒などの鑑定ができる鑑定鏡などあるかしら？」

「ああ、そういった特殊なアーティファクトはオークションでも行かないと無理だと思いますよ」

「そうなのね」

じゃあ何を買おうかと店内を物色していると、いい魔道具発見。魔道コンロは裏庭かバルコニーで使ってちょっと自分で料理したい時にいいのでは？　貴族の奥様って普通自分で料理しないけど、夜中にお腹が空いた時とか料理人を起こして夜食を作らせるのも悪いし。結局、自室用冷蔵庫になる魔道保存箱とコンロと小瓶を購入した。

「この魔道保存箱とコンロと小瓶をいただくわ。公爵邸に送ってちょうだい」

「かしこまりました」

次に市場でスケッチブックと画材を二人分買って、新鮮な果物とお肉と野菜を買い、帰りがけに孤児院に寄って寄付をして帰宅。

帰宅後、公爵邸のサロンに見知らぬ女がいた。

窓越しに見て、廊下で待機していた執事にあれは誰なのか訊いた。

「ガヴァネス？　ラヴィの……へえ」

ふーん、女家庭教師ね。十歳になると、ちゃんと魔力を持つ上級貴族はアカデミーに通う。ディアーナは魔力無しと誤認されていて魔法も実際封印されていたため、入学は叶わなかった。学生時代にお友達も作れなかった。ラヴィは原作で読んだ通り、きっとアカデミーで運命の男勇者と出会うはず。

自室に戻ると、スカラリーメイドとランドリーメイドから手荒れが酷いと妖精ポストから小さな手紙が届いていた。キッチンの洗い場と洗濯のメイドはやはり手荒れが辛《つら》いようね。

そしてどうやら妖精のアカギレ用ポーションの効果のクチコミが広がった……。いいでしょう。私は新たに癒しの魔法を付与したポーションを作り、手紙の差し出し人の部屋に贈った。しかし、このままではポーションと小瓶が品切れになるわね。今度からポストの側に使用済み空き瓶を返却してって書くかまた補充をしておかないと。

私は買って来た仕切り用カーテンの布地や紐をメイドに渡し、自室に戻り、使用済み空き瓶を返却希望と手紙に書いて、お薬を渡す時に一緒につけた。アカギレ以外のお薬の転送作業もした。

しばらくして、私がポスト付近を見に行くため、庭園に出てみると、ラヴィのガヴァネスが夫のアレクに、ちょうどよろけたふりして腕につかまり、胸を押し付けてる場面を目撃した。

よくもまあ、行儀作法を教える立場の女家庭教師があんな魅惑のトライアングルゾーン有りのドレスを着て来るわね。胸の谷間を惜しげもなく見せて、魅せていくスタイル。襟《えり》が存在するけど、胸の上に布地が無くて三角に空いているのよ、そういう魅惑のデザイン。実を言うと私も好きだわ。

「あら〜〜、行儀作法の先生だと伺っておりましたのに、そのように胸を押しつけて、まさか夫を誘惑に来られたとはね」

夫とオッパイガヴァネスのいる方向にズカズカと歩いて行く私。確か未亡人らしい、この子爵夫人。夫の方は鍛錬場からの帰りなのか、腕まくりした白いシャツに黒いパンツのシンプルスタイル。スタイルの良さが際立つ、逞《たくま》しい胸板が眩《まぶ》しい。

「ち、違いますわ、奥様、ちょっとふらついた所を公爵様に支えていただいただけで」

「……」

私は艶然《えんぜん》と微笑みを浮かべ、女の胸の谷間に人差し指と中指を、無言のままズボっと入れた。

「きゃあ!?」

私は差し込んだ指を何食わぬ顔で引き抜いて言った。

「素敵なオッパ……ドレスですわね～～!!　良い所に穴が空いてるから、この魅惑の春の大三角に指を入れろってことかと思いました。誘惑されてしまいますわね、こんなドレス～～。ねえ、あなた？」

「ディアーナ……私は誘惑などされていない」

夫は女家庭教師を自分の側から引き離した。

「ち、違いますわ！　……誘惑だなんて！　その、ドレスはたまたま他のものが全《すべ》て洗濯中でして」

「フラつくほど体調が悪いのでしたら、家でひと月くらいゆっくりお休みになったらいかが!?　ドレスの洗濯時間も必要なのでしょう」

急に強い風が吹き、木々が軋《きし》むように揺れた。風の精霊が私の怒りに呼応するかの如《ごと》く。

急激に顔色を悪くした女は怯えているようだった。

「っ！　ちょっとした貧血で、少し休めば大丈夫ですわ」

「礼儀作法の家庭教師じゃなく、男性を誘惑する手段を教えに来られたのでしたら、他所へどうぞと言っているんですの」

「奥様、あ、あまりに失礼では!?」

「そうですか？　旦那様、私は間違った事を言っていますか？」

「子爵夫人、当家の家庭教師は辞めてもらう」

「ええ!?　そんな！　公爵様！」

「あなたは確かに子供の教育に悪そうだ」

オッパイガヴァネスは夫の一言であっさりと首になり、青ざめた顔をして逃げるように走り去った。

「オッパイガヴァネス、もっとお前と戦いたかった……」

庭園を吹く風に、私の長い金髪がサラリと靡《なび》いた。

「お前は何を言っているんだ」

「あの女が泣きながら膝をつくまで、やりあいたかったのですわ」

夫を誘惑する女があっさりと逃げて行った。

どうもラスボスのディアーナのこの体、敵を見たら好戦的な思考になるみたい。

「何もそこまで。それと、オッパ……とか言うのをやめろ」

「公爵邸の庭園で夫を誘惑するなんて、どう見ても私に喧嘩《けんか》を売ってるじゃないですか」

「てっきり、其方はあんな事、気にもとめないと思ったが」

夫の吐き捨てるように言う台詞には棘《とげ》がある。過去のディアーナが散々他の男を誘惑しといて、と言いたいようね。

「ラヴィがあんな光景を見たらどうするんですか？　父親の胸にしなだれかかったり、腕に胸を押し付けたり」

「だから、はしたない言葉を使うな」

「でも実はあのドレスのデザイン自体は私も好きなんですよ。教育現場ではなく、本当にパーティーで着てくれたらいいのに」

「あんな事を言っておいて、其方あのようなドレスをどこかで着るつもりなのか？」

「だって、男性もああいうの、嬉しいのでしょう？」

「男が皆、そうではなかろう」

ふーん、そうですか？

「気が向いたら、私もああいうドレスを着てあげますね」

夫の方を見つめながらそう言った。

「必要ない」

「え⁉　ドレスがいらない⁉　全裸をお望みですか？」

「違う‼　どうしてそうなる！」

旦那様の耳がやや赤いような気がする。

からかっただけでーす。くるりと後ろを向いて舌を出す私。そう言えば妖精のポストの方向に行くところだったのだわ。できるだけ気配を殺してポストのある方向に向かう私。……茂みの陰にこっそりと隠れてみた。ポスト付近にはメイドが二人いて、せっかくなので聞き耳を立てる。

「妖精さんが瓶を返却して欲しいそうだから、急いで瓶を返しに来たの」

「ちゃんと洗った？」

「もちろん。妖精の機嫌を損なうと、二度と貰えなくなるかもだし。私の妹も他所《よそ》の家でランドリーメイドをしているから、手が荒れるの。また貰えたら分けてあげたくて」

「ここのポスト、公爵家の者だけ使えるって聞いたけど」

「私が一度貰って、他にあげる分にはいいのではないの？」

「そうなのかしら？」

「だって、つい今さっき、病気の母親のためのお薬が欲しいって手紙を書いて出したメイドのマリアが、ちゃんとお薬を貰えたって話よ。母親はここで働いてる人間じゃないわ、家で寝込んでるんだもの」

「なるほど、それなら確かに」

「明日は休みを貰ってお薬を届けに家に帰るってマリアが言ってたわ」

「へえ〜〜」

そこへ三人目のメイドが駆けつけた。

「ねーねー！　二人とも、聞いた⁉　急に使用人部屋に大工が入ったと思ったら目隠しの仕切り布を取り付けてくれるんですって！　公爵家、急に使用人に優しくなったわね⁉」

「ええ！　嬉しい、人目があると色々気になるものね」

「だらけた格好でお尻をかいたり？」

「やだ〜〜テレーザったら！」

メイド達が楽しそうに話してるのを私は茂みの向こうから聞いた。嬉しそうで何より！


「奥様、旦那様からドレスの贈り物ですよ！」

「まあ、珍しい、雪か雹《ひょう》か槍《やり》でも降るんじゃないかしら」

「最近奥様はご自分のドレスを買っていない上に、もうじき皇宮主催のパーティーがあるせいでは？」

「ああ、なんだ、世間体を気にしているだけね」

でも、そうね。パーティーは面倒だけど、ラヴィもいずれ社交界デビューするわけだし、多少なりとも過去のディアーナのやらかしを考えれば、公爵家のイメージアップをしておいた方が将来ラヴィも生きやすくなるかも。それに皇宮のパーティーより少し早めに行けば、皇宮の図書館に寄れる時間も多少は取れる。皇都には公爵家のタウンハウスもあるし。


パーティー数日前になって贈られたドレスを見たら驚いた。

「あら、このドレスは、ちゃんとコルセット無しで着ることができるエンパイアラインね」

さらに私の瞳の色に合わせた金色のシトリンも飾られている。

「奥様が最近気に入っているデザインのものがあればと、実は旦那様から聞かれてまして……それでこのデザインのものを用意されたのですね」

少しは自分の妻に気を使えるようになったじゃない。私がラヴィを殴ったと疑った事、少しは反省しているのかしら？　意外にも私の色と言ってもいい色を使われたドレスをチェックしていると、ラヴィが私の部屋を訪ねて来た。またうさぎのぬいぐるみを抱っこしている。

「お母様は……今日から皇都に移動なされるのですね」

「前乗りして皇都の図書館を見たくて、帰って来たらラヴィと遊んであげますからね」

「本当ですか!?」

「ええ」

どうやら一緒に遊ぶのワードに喜んでいる。かわいい。

「あの、これ……」

「うん？」

ラヴィがうさぎをメイドに預けて、何かをポケットから取り出した。

「刺繍《ししゅう》入りのハンカチ？」

「わ、私が手習いで刺したものです、まだあんまり上手《うま》くないですけど」

かわいい鈴蘭の刺繍がされたハンカチだった。

「手習いの最初の一枚を私にくれるの？」

「はい……」

もじもじとしている。かわいい。

「ありがとう、嬉しいわ、綺麗に縫えているわね」

上手にできたからこれを見て欲しくて、渡したくて部屋に来たのね。いじらしい。

ラヴィを抱っこして頬にキスもしてあげた。

「お土産《みやげ》を探して来るから、危ない事はせずにいい子で待っているのよ」

「はい」

出発の準備を終えて、私は夫より先に皇都に行くつもりでいたのだけど、なぜか夫も同じタイミングで行くらしい。私が何かやらかすのが怖くて、監視したいのかもしれない。まあいいけど。

「皇宮の図書館に行くそうだな？」

「はい」

「私も皇宮に用がある。騒ぎを起こすでないぞ」

「ただ静かに本を探して読むつもりです」

昔のディアーナと違い、男漁《あさ》りに行くわけじゃないの！

皇宮近くの神殿の転移陣を経由し、皇都に到着した。反乱、そのような事がありえないこともないわけで、皇宮に直接は飛べない仕様だ。私は皇都見物も気になるけど、魔法の本が読みたくて皇宮へ向かった。皇宮内の図書館に着いて、夫と別れた。なんと図書館前まで夫はエスコートのフリしてついて来た。鎖に繋《つな》がれた持ち出し禁止の本は、ここでしか読めない貴重品。

私はここぞとばかりに魔法関係の必要文献を頭に叩《たた》き込む。しばらく本を熟読した。図書館はただで勉強できてお得。せっかくなので、魔法系以外の他の棚にも移動した。ズラリと背表紙を見ていくだけで、おしゃれで美しい棚がある。最高の映えスポットだ。ＳＮＳに投稿したいレベル。

どうも……恋物語の棚であるらしく女性受けを狙ったのか、この辺は装丁の綺麗な本が多い。私は高い位置にある背表紙に手を伸ばしたけど届かない。椅子か梯子《はしご》が必要だ。そう思った瞬間。手が伸びて来た、私以外の手、男性の大きな手。

「これか？」

「はい、ありがとう……ございます」

アレクだった。恋愛ゲームならイベントスチルになっているくらい、美しい瞬間だっただろう。急なことで私の心臓が跳ねた。

「私の中央宮での用事は終わったので、見に来た」

図書館を？　私の様子を？　夫はなおも言葉を続けた。

「何も問題はなかったか？」

「特には」

「そろそろ、皇都内のタウンハウスに戻るぞ」

「はい」

「その本は借りて行くと良い。持ち出し可の部類だ」

「ええ」

どうして、わざわざ私の様子を見に来たのかしら？　この人は私に興味がないはずなのに。

ラヴィに泣かれて妻のエスコートをする気にでもなったのかしら？

「行くぞ」

ついて来いって言っているので、大人《おとな》しく司書のいる貸し出しカウンターへ向かった。

「これをお願いします」

「かしこまりました」

司書に借りる本を渡して、受け付けをしてもらい、夫と廊下を歩くと視線を集めた。夫がイケメンなのもあるだろうけど、ディアーナも綺麗だからなあ、見応《みごた》えはあるでしょうね。何度か貴族っぽい相手に挨拶をされたけど、モブっぽい相手の名前が分からないので、その場はしばらく夫の隣で微笑むだけのマシーンと化した。私をお忘れですか？　などと突っ込まれたら、落馬して頭を打ったから記憶に一部欠損があり、忘れたって言い訳するしかないわ。

そんなこんなで夫と同じ馬車でタウンハウスへ向かうのであるが、馬車の窓から見える景色にはアーモンドの花の並木道があり、とても綺麗で夫と会話しなくても外の景色を見ていれば良かったので、今が春で良かったと思う。

＊　＊　＊

しばらく馬車を走らせ、タウンハウスに到着し、ここにも当然使用人達はいるので、ズラリと並んで挨拶をされた。せっかくなのでこちらのお屋敷にも目隠し間仕切り用カーテンの設置を執事に言いつけておいた。

夢中になって本を読んでいたせいで食事を忘れていたのを思い出す。昼食と夕食が一緒になってしまい、食堂に行くと夫と一緒に同じテーブルで食事することになった。

一応パーティー前に注意事項を言っておこう。

「旦那様、私は頭を打ったせいで一部の貴族の顔と名前が一致しないと言いますか……」

「忘れたのか？」

「簡単に言うとそうです。パーティーでは適当に誤魔化《ごまか》して微笑むようにしますが、何か相手から突っ込まれたなら、私は落馬で頭を打って記憶に一部欠損があると、正直に話してくださいませ」

「そうか、分かった」

「それと、使用人部屋の改装をこちらの使用人に申し付けました。明日はラヴィのお土産を探しに街に出ます」

「そうか」

「はい」

相変わらず短い返事をする男ではあるが、声のトーンは以前より冷たくない気がする。

明日の私のスケジュール申告だった。食事の後にお風呂に入って、それから明日のお出かけに備えることにした。いつものディアーナなら明日は皇都の流行を追って、贅沢品の買い物か、どこぞのパーティーにでも出たろう。そこかしこでイケメンを探して、誘惑して……。

でも私視点ではディアーナの旦那が一番かっこいいんだよね。冷血でもラヴィの父親だけはある。

＊　＊　＊

翌日になって、皇都の街へメイドのメアリーと護衛騎士四人を連れて行く。

護衛騎士は二人でいいって言ったのに、夫が言うから仕方なく。

公爵夫人的には最低四人は引き連れるものなのかしら？　ここでも使用人部屋のカーテンの布地を購入したり、ラヴィのドレス用の生地やリボンを買ったりした。ラヴィにお土産、自分用にも最低限の買い物をしてオシャレな雰囲気のレストランで食事もして、またお屋敷に戻った。明日はいよいよパーティーだ。タウンハウスのメイドに全力でスキンケアやヘアパックのような事をされる。食事の後は、花の香りに包まれて眠った。


朝からメイクとかパーティー前の仕上げで屋敷内は戦場のような緊迫感。

使用人達は鬼気迫る様子でバタバタしているが、ディアーナは何もせずとも超綺麗なのだし、そこまで必死になることはない気がするんだけど。それとも叱責を恐れているのかな？

「今日も今のところ、怒られなかったわ！」

などと言う使用人同士の話が聞こえた。どうもディアーナの癇癪を恐れていたようだ。かつて怒られた経験があるんだろう。気の毒に。でも今度のディアーナは私なので問題ない。さあ、いよいよ皇室主催のパーティーへ出発よ。

「アドライド公爵夫妻、ご入場です」

パーティーの入り口で、誰が入場したか告げるシステムらしい。豪華なパーティー会場が騒《ざわ》めく。

そもそもディアーナは社交界の花だった。たとえ、魔力がなく魔法の使えない落ちこぼれだと思われていた時代であっても、その圧倒的な美しさから。次々に貴族が入場する。なのに一番注目を集めているかもしれないってレベルで居心地が悪い。私はいつもならお気に入りの男性貴族とダンスフロアに行くところだけど、お酒やお食事のあるスペースに移動した。原作通りに男の誘惑などするつもりがない私。せっかくなので、この世界の食や飲み物でも堪能しよう。スパークリングワインらしき飲み物を手にして飲んでみた。ふむ。悪くない。口当たりがフルーティで美味しい。

「あら、アドライド公爵夫人ではありませんか、今日は男性の所ではなく、お酒に一直線とは。どうなさったのかしら？」

はあ⁉

「ここで会った貴女《あなた》もすぐにお酒に向かって歩いて来られたのでは？」

「うっ」

なんだ、この女？　いきなり突っかかってきたぞ。しかも墓穴を掘って。

「い、いいえ、あなたがこちらに向かって来られたので、私も来ただけで、断じてお酒などに釣られて来てなどいないのです」

貴族女は言い訳をしたが、つまり私に用なのか？　名乗ってくれないとモブは流石に分からない。

「つまり、私に挨拶に来られたの？　ごきげんよう、楽しいパーティーを」

「……え⁉」

私が声をかけてやっただけで、何をそんなに驚くのよ。

「デルガディ公爵夫人、何か様子がおかしいですわ」

あ、取り巻きモブがモブ夫人に声をかけてくれたおかげで情報が手に入った。帝国四大公爵家のデルガディの夫人か、なんでこの人が私に？　って公爵夫人の後ろにいる取り巻きの中に見覚えのある女がいるような。あ、婚約者が原作ディアーナに誘惑された気の毒な子爵令嬢か。コミカライズであの縦ロールの髪を見た。公爵夫人を盾に復讐《ふくしゅう》のための嫌がらせでもしに来たの？　私が縦ロール子爵令嬢を凝視すると、彼女はビクリと肩を震わせた。私が怖いなら喧嘩を売るなよ。

「前回の伯爵のパーティーでは、こちらの令嬢の婚約者にはしたなくも色目を使われていたようじゃないですか」

おっと、ダイレクトに責めてきたぞ。公爵夫人、なんでルドリ子爵令嬢のためにそんな事を？　それか、私が気に入らないから潰したいだけか？　叩く理由見つけたら、便乗してとことん人を叩きたいってやつ？　もしやストレスが溜まっているのかな？　そんな事では、私の代わりにラスボスの器にされてしまいかねないぞ？

「申し訳ありません、私、先日落馬をいたしまして、頭をしたたかに打ち付けて、色々記憶に欠損がございます。過去の私が何か不愉快な事をしでかしたようで、謝罪いたしますわ」

私はルドリ子爵令嬢に向かってそう言った。あまりにもあっさりと私が謝罪したので、呆気《あっけ》に取られる一同。気位の高いディアーナが自分から謝るとは思っていなかったらしい。

「な、なんですって、今ルドリ子爵令嬢に謝罪された？　ワタクシの聞き間違いかしら？」

「聞き間違いではございません。私、今は夫に一途《いちず》な女ですので、お構いなく」

もう他の男に色目は使いませんアピールをした。

「夫に一途!?」

何がそんなにおかしいのよ、冷血でも最高レベルのイケメンなんだぞ。

その時、会場が一際ざわめきたった。

「皇太子殿下、妃殿下のご入場です！」

出たな、皇太子。原作ディアーナの恋焦がれた相手。彼女が悪役となった元凶たる者。この男と添うことが叶わず、ディアーナはやさぐれて、悪女になってしまったのだ。侯爵令嬢として産まれても、生まれながらに魔族の封印により、魔法が使えないポンコツでは、皇太子妃の座は手に入らなかった。諦めざるを得ない悲しみと怒りで、荒んでいったのだ。

いいタイミングで大物が登場してくれたから、挨拶に行ってこの場から離脱しよう。

「帝国の高貴なる皇太子殿下、そして皇太子妃殿下に、アドライドがご挨拶申し上げます」

私は笑顔で皇太子と妃殿下に挨拶をした。極めて感じ良くしたつもり。

「おお、アドライド公爵夫人、落馬したと聞きましたが、大丈夫でしたか？」

皇太子が芝居がかった話し方をした。本心で心配してる風ではない。

「やや記憶の欠損がございますが、命に別状はありません。それでは、いいパーティーを。御前を失礼いたしますわ」

色目を使うこともなく、挨拶だけして颯爽《さっそう》と去る私。周囲の者も驚いている。

あ、旦那様、アレク発見!!　もう旦那しか相手にしないアピールでもしておけば、他の女性陣も安心できるのでは？　男性貴族達と何やら話をしているところに私は近寄って行く。かつてのパーティーでは入場時のエスコートが終わると自分から夫に近付くことはなかったので、周りも驚く。

「あなた～～、じきにダンスタイムですので、踊ってくださいませ」

「!?　其方とか？」

驚く旦那様。今日は珍しく黒地に銀糸の刺繍入りの衣装ではなく、金糸だ。私の色を纏ってくれている気がするのは気のせい？　夫の姿が今夜は一際美しくかっこいい気がする。

「他に誰がいるのですか？　ファーストダンスは相手がいるなら夫婦か婚約者とするものでしょう？」

「……本当に頭をかなり強く打ったようだな……」

小声でそんな事を呟く夫の腕につかまる私。何とでも言えばいいわ！

ところで旦那様を掴んだ腕が熱を持ってる気がするけど、気のせいかしら？

とにかくいずれ社交界デビューするラヴィのために私のイメージアップに協力してもらう。

それぞれが皇太子達に一通り挨拶をして、更にその後で皇帝と皇后が登場した。

「「帝国のいと尊き皇帝陛下、皇后陛下、両陛下、御来臨！」」

この国のトップが来たとの知らせがパーティー会場に響いたので、

「「帝国のいと尊き皇帝陛下、帝国のいと気高き花、皇后様にご挨拶申し上げます」」

皇帝に皆が頭を下げて挨拶する。私も当然そうした。できるだけ、目立たないようにしたかった。

でも、わざわざ皇帝が声をかけてきた。皇帝は白く立派な髭《ひげ》を蓄えた、威厳たっぷりな雰囲気だ。だが、こちとらラスボス候補。政略結婚を推してくる男なぞに気圧《けお》されてなるものか。原作情報によれば、アレクシスとディアーナの婚姻は皇帝命令だったんだ。震えるなよ、私。

「アドライド夫人に癒しの力が顕現したとか、誠にめでたいことであるな」

「ありがとう存じます」

わざわざ魔力覚醒に言及したいのか～～。警戒しているのか？　帝国内のパワーバランス的に。

でも今更隠してもしょうがないので、私は素直に礼を言っておいた。

「アドライドの勢力がますます増すであろうな？」

「この新たな力も帝国の支えとして、使わせていただきます」

強くても別に反意とか無いでござるよアピールもしておく。私は平和に公爵夫人として悠々自適のスローライフがしたいだけなのだ。


皇帝への挨拶の後には夫とダンスをしようと思っていたところだったので、夫の元へ戻ろうとした時に、ちょうど皇帝がスペシャルゲストの紹介を始めた。

「さて、今回は極東の国より貴賓を招いておる、ハポング国より、カグヤ姫だ」

え!?　東の国の輝夜姫!?　日本人みたいなサラサラストレートの美しい黒髪に、黒い瞳！

そして美しい着物を着ている！　まさか、そんな……原作にこんな人、出ていなかったと思うけど!?　でも日本によく似た国から来たとしたら、醤油《しょうゆ》や味噌《みそ》や米を食べてる人だったりしない!?

私は他国の姫に挨拶に行った。姫には他の人も挨拶をしているから、順番を守って、話しかけるタイミングを待ち、自分の番が来た。高位貴族なので、たいして待つ必要が無かったのは幸い。

「初めまして、帝国にようこそ、カグヤ姫。お会いできて光栄です。私はアドライド公爵の妻のディアーナと申します。以後、お見知りおきを」

「まあ、なんて美しい金色の波打つ髪でしょう。初めまして、麗しい人、ディアーナと呼んでも？」

「はい、ぜひとも名前で呼んでくださいませ。ところで、不躾《ぶしつけ》な質問ではありますが伺いたい事がございますの、よろしいでしょうか？」

「あら？　何でございましょう？」

「私、ハポングの食文化に興味があります。穀物のお米や大豆といったものを口にされた事や見た事はございますか？」

「お米は主食でございますし、大豆もございますよ」

やった――っ！　何かよく分からないけど、きっと『聖少女の詩』の原作者が日本人だから！

やっぱりあるんだ！

「で、では、大豆からなる醤油や味噌などの調味料は？」

「ありますよ、よくご存知ではないですか」

「く、口にした事は、今生《こんじょう》ではないのです、ぜひ、我が公爵領でお取引を願いたく」

「今生では？」

「お、おそらく前世で似た食文化圏で過ごしていたものと……その、ゆ、夢に見た事がございます」

焦るな、つっかえるな、私は醤油や米が欲しいだけなんだ！

「まあ、前世のお話ですか？　不思議なお話は好きですわ」

カグヤ姫は一瞬目を丸くして驚くも、不愉快そうではなかったし、むしろ自国の食べ物を欲する私に好意すら見える。

「最近、ちょっと、落馬して死にかけまして、そのせいか前世の記憶をちらほらと思い出したかのようでして。もしや私の望むものが姫様のお国にあるのではと」

「ええ、ございます、輸入に関しては、皇帝陛下さえお許しになられれば」

カグヤ姫はちらりと皇帝を見た。良いと言え皇帝！　私を敵にしたくなければ‼

私の眼光により無言の圧を感じたのか皇帝は一瞬驚いた顔をしたが、すぐに許可を出した。

「無論、それは一向に構わん。文化交流により、ますます我が帝国が豊かになるのは歓迎すべき事」

「陛下のお許しが出ましたわ！　カグヤ姫、ぜひともよろしくお願いいたします！　あ、お米で作ったお酒なども、もしかしてございますか？」

「それは今回、皇帝陛下に献上するため、持って来ておりますし、それ以外の少し質の下がる物ですが、予備もございます」

予備⁉　予備でも良い！

「その、予備の方をお譲りいただいても？」

「……差し支えなければ、当方のお酒をどのようにお召し上がりになるおつもりで？」

カグヤ姫の瞳が楽しげに輝いた。

「常温が美味しければそのまま、冷たいままの方が美味しければ冷やして焼き魚などと一緒に、また、温めて美味しいお酒ならば、まずカニなどを買い、甲羅を割り、甲羅を火にかけ、別にして程よく温めたお酒を注ぎ入れていただきます」

「まあ、なんて通な楽しみ方をご存知なのかしら！　完璧な回答です。私、貴女が気に入りましてよ」

「ありがとう存じます」

喜びを禁じ得ない私は、カグヤ姫が手を出してきたので、思わず跪《ひざまず》き、その甲にキスをした。

「そこは友好の握手ではないのか？　公爵夫人」

皇帝陛下にツッコミを入れられた。

「失礼いたしました、私、思わず感極まってしまいました」

「ほほほ、面白いお方」

カグヤ姫にはウケたからセーフ!!

「はは、アドライド公爵夫人に外交の才能があったとはな」

皇帝がそんな事を言った。美味《うま》い物のある国限定である可能性はある！　とりあえず貴賓を上機嫌にさせることに成功した！　醤油、味噌、米、お酒！　絶対にゲットする!!


皇帝の輸入許可も出たし、カグヤ姫より、良いお返事をいただけたので、上機嫌で夫の元へ戻ったのだけど、夫に疑惑の眼差しで問われた。

「で、本当に踊るのか？」

「ラヴィがそのうち社交界デビューする事を考えたら、私が夫に一途になったと見せつける必要があるのです」

「……其方が一途？　……まあいい、分かった」

ダンスタイムが始まり、夫は観念したようだ。ダンスはディアーナの体が覚えているようで、優雅に踊ることができた。またも珍しく夫と踊ってるので、周囲の人達に驚かれてしまうが、気にしないでおこう。

ダンスが終わり、帰る前に予備のお酒と、自分達用に持って来ていたお醤油をハポングから分けていただき、輸入希望商品については追って詳しく文書で契約を交わすことに。

「お醤油も分けていただけた！　嬉しい！」

箱にしがみつく私を呆《あき》れて見ている夫。

「それで、帰る前に市場に寄ると言ったか？」

「私はメアリーと平民のふりをして市場でカニを仕入れて来ます。あなたはタウンハウスでゆっくりされていていいですよ」

「メイドだけでなく、護衛騎士もつけるように」

「せっかく平民のふりをするのに、騎士などつけたら台無しではないですか」

「騎士も町人のような服装にしろと命じればいい。もしくは冒険者の変装を」

「分かりました、では騎士は二人だけつけます」

なんとか護衛を二人まで減らして、ついでに荷物持ちをさせることにした。

市場には人が多く、活気に溢れていた。

ズラリと並ぶテントやゴザのような敷物を敷いただけのシンプルな路上販売も味がある。穀物を入れる袋の上に束ねた野菜などが並べてあるのもよく見かける。あるいは艶《つや》のある瑞々《みずみず》しい大きなバナナの葉っぱのような葉に商品が置かれてある。さつま揚げに似たものや、サーターアンダギーに見た目が似たものもあって、つい、買い食いをしてしまう。

「揚げた魚のすり身とドーナツっぽいお菓子……イケる」

「私などは全く平気ですが、奥様のような方がこんな所の食べ物を買って食べて大丈夫ですか？」

メアリーは私が腹を壊さないか心配している。

「大丈夫、火は通してあるし、売り上げに貢献して経済を回すのも大事よ」

皇都とはいえ広いので、はるばる山手の方からカゴを担いで来てる人もいることでしょう。

ややして海か川で獲《と》って来たらしきカニを紐で縦に縛って吊るし売りしているのを見つけた。

持ち運びしやすいのね。前世で外国のマーケットでも竹ヒゴのような物で縛って吊るしているのを見かけた事がある。とにかくカニゲット!!　甲羅酒が飲める!!

「はー、それにしても、カグヤ様には何をしてこの感謝の気持ちを表せばいいのかしら」

「輸入取引だけでもあちらにも利益が出るではありませんか？」

護衛騎士が私にそう声をかけてきた。

「たったそれだけで？　私が吟遊詩人なら彼女を称《たた》える歌を作って歌うところよ」

「そ、そこまでですか、東の国の酒と調味料が」

「そうです」

「ところで奥様、陛下の前で前世の記憶があるとおっしゃっていましたが」

「ああ、ええ、東の国の調味料が欲しくて、つい」

「後日詳しく聞かれたらどうなさるのです？」

「温厚な農耕民族の末裔《まつえい》で、美しい自然や花などが好きで、美味しい物が好きなだけの大人しく、無害な平民だったのよ。聞かれて困るような事かしら」

漫画やゲームや本好きオタクの要素はあえて省く。

「そうですか、前世で軍属だったりはしないのですね」

「人も獣も殴った事ない、無害な平和主義者なのよ、軍の事なんて基本的に知らないわ」

前世じゃ軍人もカレーが好きで食ってたらしい事しかよく分からない。

「犬と猫なら撫でた事あるんだけど、今世では死ぬ前にうさぎを撫でる事ができるかしら」

「うさぎぐらいなら、今度の狩猟大会で見つけたら狩ってきますよ」

「狩らないで！　可愛がりたいのに殺したら意味がないでしょ？」

「そうですか、でもうさぎなら地元の公爵領の市場でも売っていますよ、生きているのも、食料用になっているのも」

「生きてるやつ……」

「ペットですね、分かりました」

何？　買ってくれるの？　もしかして……？


私達は何事もなく、公爵領へ帰還した。

そして私はおりこうさんにお留守番をしていたラヴィに会いに行った。お土産を渡しに。

「これが皇都のスイーツ店で買ったおやつと、リボンとか新しいドレス用の生地よ」

「お母様、沢山お土産ありがとうございます！　あの、遊んでいただけるのはいつですか？」

「遊ぶのは明日以降ね。私のせいでガヴァネスがクビになって、次の人が見つかるまで、ずっと遊ばせるとお父様も不服かもしれないわ。私ができる授業もします。授業の後に遊びましょう。その授業用の準備を少しするから」

「授業？　お母様が私にお勉強を教えてくださるのですか？」

「ええ、まあ、たいした事ではないけど」

「嬉しいです！」

まあ、勉強が嬉しいなんて！　変わってるわね。

でも……もしや私といられるだけで嬉しいの？　まさか……かわいすぎ!!

「奥様、お嬢様に何を教えるのですか？」

「それなんだけど、メアリー。廊下にあった彫像を私の部屋に持って来て」

メアリーは承諾しつつも不思議そうに首を傾げた。

＊　＊　＊

「やるべき事を為してから飲むお酒は美味しいわね〜〜！」

バタン！　急に自室のドアが乱暴に開かれた気配がした。

「奥様!!」

夜中の酒盛り中に飛び込んで来たのは公爵家の護衛騎士だった。

「どうしたの？」

「バルコニーから煙が！　火事なのではと見張りから報告が」

「ああ、紛らわしくてごめんなさい。コンロでお魚やカニを焼いていただけよ」

「はあ⁉　何故バルコニーでそのような事を」

「バルコニーから春の庭のお花を見ながらの甲羅酒もオツなのよ。はい、駆けつけ一杯。その甲羅に入ったお酒はね、東の国のカグヤ姫からいただいたのよ～～」

「はあ⁉　勤務中なのですが！」

「屋敷内にいるのに、そこまで真面目《まじめ》に……え、本当に飲まなくて良いの？」

「き、勤務中ですから……」

そう断りつつも、騎士の目はコンロの上の美味しそうなお魚とお酒に注がれている。

可哀想、勤務中だからお酒が飲めないんだ、でも……当然か。

「非番だったら飲めたのにね、また今度ね、次は非番の時に飛び込んでおいでなさい」

「……実は私、後、四十分後に見張りの仕事が交代になりますが、この酒盛りは後どのぐらいされているのでしょうか？」

「あはは‼　よくってよ、後四十分は持たせてあげる」


そして、騎士は酒盛りに参加したのだ。

「うわー、このお酒、美味しいですね」

「分かる～？　この美味しさが～～」

「ええ、カニミソの風味が足されて凄《すご》く……美味しいです」

「このカニミソ、全く生臭くならないの、お酒の力かしら？　ミソ入りと無しと両方味わってみたんだけど、どちらも美味しいのよ」

バタン!!　またすごい勢いで扉が開いた音がした。あら、またお客さん？

「バルコニーから煙が上がっていると報告を受けたのだが、其方は何をしているのだ？」

夫だ!!　扉を開けて入って来たのは夫のアレクだった。

「あら！　珍しく旦那様が夜に私の部屋に！」

「火事ではないのだな？」

夫にギロリと睨まれた。

「見て分かりますよね、料理です」

「どこの貴族がバルコニーで料理をするというのだ！」

「ここにいます！」

「開き直るな」

「テヘペロ」

「エレン・フリート!!　お前も何故一緒になって飲んでいる？」

「公爵様、交代時間までは耐えたんです！　今は休みなので、お酒の席に呼ばれました」

「……」

夫は無言になって騎士を見ている。やや呆れ顔だ。

「本当にエレン卿は〜〜任務中は飲めないって断ったんですよ、真面目にィ、あなたもそこで突っ立ってないで一緒に座って飲みましょうよ」

「公爵様、椅子をご用意いたしました」

メイドのメアリーがすぐさま追加椅子をバルコニーに運び入れた。グッジョブ。

「これはカグヤ姫からいただいた貴重なお酒です。輸入するつもりですから旦那様も味を知っておいた方がよいですよ」

「……これは仕事だ。味をみるだけだ」

そんな言い方して、本当は飲みたいくせに～～素直じゃない～～。

「じゃあ甲羅に入れる前にまずそのまま、それから～甲羅にも入れてみますかぁ？」

「好きにしろ」

「んもー素直じゃない～～。あ、明日はラヴィとお勉強の後にちょっと遠出しますから、騎士を四人借りて行きますよ～～」

「ディアーナは酔っているのか？」

「遠出とはどこだ？」

「そこそこ酔っておられるようです」

「野山の散策ですよ～～。せっかく春なんで～～自然が美しいので～～」

「騎士はつけるが、あまり危険な所に行くんじゃない」

「公爵領内にある野山に行くだけですよ！　視察も兼ねて私が見て来てあげます～～。そんな事より飲みなさいよ～～、これ美味しいんだから～～」

「やはりコイツは酔っ払いだ。……酒は……なるほど、美味しい」

「こっちが甲羅酒よ～～。カニも美味しい、今度は大きいの買う。身が多いやつ」

「公爵様、これはやや小さめのカニなので主にミソを味わう系だと思われます」

騎士が何やらカニの種類を説明してる。

「どうやら甲羅酒なるものも美味いようだ」

「ほら～～美味しいでしょう？」

「奥様、お魚も焼けています」

メアリーがほぐした魚をスプーンの上に載せてくれたのを受け取った。箸《はし》が欲しい。

「ほら旦那様、塩焼きの白身のお魚ですよ、ホックホクのぉ～～。……あーんして」

ダッチオーブンで焼いた魚を、酔ったのか顔を赤くした夫の口元に寄せる私。

「じ、自分で食べられる」

「私のあーんが不服なのぉ？　こんな美女に向かって～～贅沢な男ね～～」

「完全な酔っ払いだ」


その後あたりからは記憶が消えて、どうやら私は寝てしまったらしい。

朝になって、朝食の後に、ラヴィと初めての授業。

「お絵かき？」

スケッチブックや鉛筆などを前にしてラヴィは首を傾げた。

「美術の授業ですよ」

「美術、分かりました」

「この絵を見てちょうだい、何に見える？」

私はお酒を飲む前にスケッチした絵をラヴィに見せた。

「うちの廊下にあった男性の彫像の絵に見えます」

「そう、その絵に格子状の線、マス目が描かれているのも見えるわね？」

「はい」

「このマスの線を描くことで、線の位置が分かりやすいの。目は、眉は、マス目内のどの辺にあるのかじっくり見て、同じ絵を描いて物の形を捉える力をしっかりと養えば、きっと淑女のやる刺繍にも役に立つでしょう」

「なるほど、分かりました」

「本当は描くなら美女の方が楽しいから、オペラ歌手の美女のチラシの肖像画でも教材に使おうかと思ったんだけど、お顔の上に線を入れるから、失礼で申し訳ないかな？　と思ったのでモデルをよく分からない彫像の男にしました」

よく分からない白い男性の石膏《せっこう》像さんは犠牲になってもらった。すまない。

こちらの神話の中の存在か英雄だろうか？　とりあえずこの彫像さんのモデルと会うことはないだろう。

「お母様はお優しいのですね」

「ん？」

「お顔に線を入れるのが申し訳ないって」

「まあ、教材とはいえ顔に線入れられて嬉しい人はあまりいないでしょうし」

「そう言えばお母様、朝食は召し上がりましたか？」

ラヴィは紙に向かってきちんと絵を描きつつも、私にそう問うて来た。

「ああ、昨日はちょっとお酒をいただいたので自分の部屋でヨーグルトとフルーツだけ。食堂に行けず、心配させちゃったかしら？　ごめんね。でも昨夜はお父様も一緒に飲んだのよ」

「え⁉　お父様がお母様と一緒に⁉」

「私がバルコニーで魔道コンロを使って魚やカニを焼いていたので、煙が出たのを火事なのか？　って見に来たの」

「バルコニーで料理を？」

「ええ、それで怒られたんだけど、夕食の後は、料理人も休むでしょう？　そこに追加の仕事、酒のツマミを作れとか言いたくないから自分で作る用にコンロを買ってあったのでバルコニーでやっていたのよ。アレクにも飲ませてしまえばなし崩しに許されると思って、あ、ラヴィはこんな狡《ずる》い大人にはならないように」

自ら反面教師になっていくスタイル。

「はあ……お父様がよくお許しになりましたね」

「極東の国のカグヤ姫からお米でできたお酒を輸入させてもらうことにしたから、味を知っていた方がいいと誘導したのよ」

「お母様は策士なんですね」

「ふふふ、口の上手さは生きていく上で、助かる事はあるわ」

「お母様、できました」

描き上げた絵をチェックする。

「なかなか上手ね、思えばハンカチにした鈴蘭の刺繍もよくできてたし、物の形を捉える能力は元から高い方なのでしょう」

ラヴィは照れつつも、嬉しそうにしてる。褒めて伸ばすぞ。

しばらく絵の描き方指導をした後にいよいよお遊びの時間。勉強の後のご褒美。

「お外に散歩に行きましょう」

「お庭ですか？」

「もっと、川とかある所よ、のんびりした田舎《いなか》。せっかく春だし」

「お出かけ、私は嬉しいですけど、そんなに遠くに行って大丈夫ですか？」

「護衛騎士を連れて行けば大丈夫でしょう」

多分。だって昨夜は騎士を借りるって言っておいたはず。その辺に警備で常駐してる騎士を数人借りればいいでしょ。敵でも来ようものなら、ラスボス候補の私が魔法で蹴散らすし。


娘と野遊びに行く道中で、何故か頼んだ護衛の中に旦那様がいる件について。

「何故、旦那様が護衛に混じっているのですか？」

「私が一番強いからだ」

「わあ！　オレが一番強い！　死ぬまでに一回は言ってみたいセリフですわ！」

「女性がそれを言うのはおかしいだろう」

「まあ、お父様がわざわざお時間作ってくださったんでしょう、良かったわね、ラヴィ」

「は、はい」

びびってる……。同じ馬車の中に私とラヴィと旦那様。ラヴィが私の隣。

私の正面に旦那様が一人で座っている。

「旦那様、私の正面ではなくてラヴィの正面に座っていただけませんか？」

「何故だ？」

「急に馬車が止まってラヴィが座席から飛ばされたら、正面のあなたが受け止めて護れるようにです」

「そうか、わかった」

旦那様が素直に移動した。私は馬車内から御者《ぎょしゃ》に命じる。

「貴族街を抜けて、のどかな農村地区まで馬車を出してちょうだい！」

「かしこまりました、奥様」

「神殿へ向かえ、転移陣を経由し、移動時間を短縮する」

「はい、旦那様」

時短だわ！　のんびりと馬車ドライブとはいかないようだけど、正直前世の地球の高級な車よりシートが良くないと言うか、お尻にダメージが来るからそこは助かるかも。

通常、移動魔法の転移陣では魔力をかなり使うから、神殿に高額な寄付がいるのだけど、流石は金持ち公爵家。そしてやはり時間を大事にすると言うなら、忙しい中、ラヴィの護衛のために無理矢理時間を作って来てくれたのかも。私が何かしでかさないか、見張りに来た可能性もあるけど、良い方に考えた方がいいわよね。私の精神安定のためにも。

＊　＊　＊

富裕層の街から、神殿を経由して、農村の地域までやって来た。

野山も美しい。新緑がキラキラとして、命の息吹を感じるようだわ。

「農村地帯に着いたようだぞ、それで、どうするんだ？」

「川辺でも散歩しましょう。水が陽光を反射して、キラキラして綺麗ですよ」

「そうか」

「旦那様、馬車から降りる時はラヴィに手を貸してくださいね」

「分かっている」

「お父様、ありがとうございます」

私達が馬車から降りて、しばらくのんびりと川辺を散策していると、農夫らしき男が手のひらより大きめの石など集めていた。それを見たラヴィは疑問に思ったらしい。

知らない人に突然話しかけられないラヴィは、私に質問してきた。

「お母様、あの人は何故川の石を拾っているのでしょう？」

「近くにネコ車、作業用台車もあるし、家で料理の……カマド作りにでも使うのではないの？　隙間《すきま》や周りを粘土で固めて使うの」

「よくお分かりですね！　その通りですよ！　お嬢様方！　妻のためのパン焼きカマドを庭に作ります！」

私達の会話が聞こえたらしい農夫らしき男の人が答えてくれた。

「ほら、やっぱり」

「お母様は物知りで賢いですね」

「お母様!?　てっきりオラは歳《とし》の離れた姉妹かと〜〜。たまげた〜〜」

「ふふ、姉妹に見えたですって」

「お母様は若くてお綺麗なので……」

私は気分よく、その場を後にした。流石ディアーナ、ラスボスは見た目も大事だものね。

まあ、この世界線では中身が私なので、ラスボスは回避させていただくつもりだけど!!

川に魚影を探したらハヤみたいな小さな魚が一瞬見えたりした。

人間が近付くと遠ざかる。残念。

キラキラした川の流れを堪能しつつ、ラヴィとたわいもない事を雑談していたら、ややして川辺で農村の少年が上流の方から歩いて来た。

日に焼けた黒髪の少年、十歳くらいかな？　見れば手にパパイヤの上半分のような物と水袋のような物を持っている。

「坊や、何か獲れたの？　お魚とか」

「エビです」

少年は突然美しい私から話しかけられ驚いていたけど素直に教えてくれ、水袋の中身も見せてくれた。

「まあ、小さくてかわいい川エビがたくさん！　どうやって獲ったの？　網も持ってないようだけど」

「この野菜の中身をくり抜いた物が家にあったから、これで掬いました」

「え、すごい、そんな物で獲れるの？」

ラヴィもびっくりしてる。

「そこで獲ってみせましょうか？」

少年が川を指差してそう言う。

「いいの？」

「はい」

少年は川の縁の草が生えている辺りをくり抜いた野菜でガサガサとやった。

野菜の器にはしっかりと川エビが五匹くらい入っていた。凄い！　感動した!!

「まあ！　本当にそんな道具で獲れるのね！　この辺では皆そうするの？」

「分かりません、俺はいつもこうしてるだけで」

「え、自分で考えたの？　創意工夫して偉いわね!!　良いもの見せてもらったし、面白かったからこれをあげましょう」

テンションがぶち上がった私はポケットから金貨と銀貨を一枚ずつ少年にあげた。

「え!?　金貨と銀貨!?」

「こんなの持ってるのを見たら親御さんが驚くだろうけど、公爵家の夫人がくれたって正直に言うといいわ」

「え!?　公爵夫人!?」

「しー。声が大きいわ」

「も、申し訳ありません」

割と敬語も使える賢い子だなと思った。

「農村だし農夫の子かもしれないけど、いずれあなたに独《ひと》り立《だ》ちの時が来て、農夫以外の道が欲しければ公爵家の執事として雇ってあげるわ。最初は見習いからだけど」

「え!?　公爵家の執事!?」

「賢い子は好きなのよ」

私はポシェットから木でできた木簡のような物を手渡した。それには公爵家の紋章が入っていて、商人などに渡して通行証代わりにする物だ。これがあれば平民でも公爵家に訪ねて行ける通行証。

旦那様は何も言わずに成り行きを見ている。特に文句は出ない。なので、私は言葉を続けた。

「通行証よ、これを渡せば公爵家に来れるし両親に金貨と銀貨の事を聞かれても盗んだ物と勘違いされずに説明できるでしょう」

「あ、ありがとうございます、奥様」

「じゃあ、ご機嫌よう」


我々は馬車に戻った。

「面白い物が見れたわ、ランチのために街へ戻りましょう」

「奥様、あんな素性の分からない者を執事にしていいのですか？」

同行していた護衛騎士が心配して声をかけてきた。

「どう見ても農村に住む普通の少年じゃない。警戒するような存在かしら？　それにラヴィ付きではなく、本当に来たら私の執事にするから問題はないわ」

「左様でございますか」

「そうよ。旦那様も木简を渡す時に何もおっしゃらないし」

ここで静かにしていた旦那様がようやく喋った。

「何かあれば速やかに排除するまでだ」

旦那様、怖～～。


～アレクシス視点～


今日は妻の思いつきで野山の散策に付き合い、護衛をした。

正直、仕事は多く忙しかった。最近若い娘の誘拐、行方不明事件があらゆる領地で発生しているという報告も受けていたためだ。放っておくこともできない上、娘がえらく楽しみにしているようで外出禁止とも言えなかった。散策も無事に終わり、邸宅に帰り着くなり、私は執務室へ向かった。すると、何故かラヴィアーナまでついて来た。部屋付きのメイドまで共にして。

「どうした？　何か用でもあるのか？」

「お父様……お母様に謝罪は、いつしてくださるのですか？」

「謝罪？」

「お母様を疑ったではないですか、私の足を打ったと。私がふらついて椅子にぶつけただけなのに」

ラヴィアーナは涙目だ。ぷるぷると震え、怒りの波動すら感じる。これは本気で怒っているな。

「だ、旦那様、お嬢様は悲しみのあまり、原因となった椅子を燃やそうとまでされたのです、物に罪は無いのでおやめくださいとお止めいたしましたが」

　メイドまでが娘の悲しみがいかほどか伝えようとしてきた。

「……はあ、分かった。謝罪しよう」

「本当ですね？」

「ああ」

　私は過去に親に殴られて育った。厳しい親だった。

　望む成果をあげられないと、服の下で通常は見えない所を打たれた。

　一応外聞は気にしていたようなのだ。だから、よくある事だと思っていた。

　親が躾だ、教育だと言って子を打つ事も。だがそれは、そんなやり方は間違いだと入浴の手伝いをする、あるメイドがこっそりと涙ながらに教えてくれた。ただ立場上、公爵家で最高権力者の父に逆らえる者は公爵家にはいなかった。ただでさえ昔のディアーナは機嫌が悪いと使用人に当たり散らし、物を投げるような女だったから、おそらくそうだと疑ったのだ。

　だが娘が私に対して震え、怯えつつも怒りすら滲ませ訴えるのなら本当なのだろう。私は妻の部屋を訪ねた。妻はスケッチブックを開いて、絵を描いていた。エビ獲りの村の少年の肖像画のようだった。

「旦那様、どうなさいました？」

「ラヴィアーナに言われて……いや、この間の謝罪をしに来た」

「え？　この間？」

「ラヴィアーナを殴ったと疑ってすまなかった」

「ああ！　分かっていただけたならいいです。私の過去の行いが悪すぎてやりそうな事だと思われたんでしょう」

その通りだった。

「何故、あの少年の絵を描いているのだ？」

「私としたことがあの子に木簡まで渡しておいて、名前を聞き忘れていたので。もしあの子が本当に執事見習い希望で公爵邸に訪ねて来たら疑われて追い返されないように、門番に似顔絵でも見せておこうと」

「そのための証明木簡ではないのか？」

「門番が証明木簡を拾ったか盗んだと勘違いして責めたら、可哀想ですし」

「そうか……」

ディアーナは本当に別人のように他者を思いやるような人間になっている。

当然、私以外にも……。何故かそんな事で胸がざわつく。

「ええと、お話は終わりですか？」

「もう二つだけ、各地で若い女の誘拐、行方不明事件が頻発しているらしい。外出時は絶対に護衛騎士を連れ、できれば事件解決まで出歩いて欲しくない」

「誘拐、行方不明事件！　まあ、それであなたがお忙しい中、散策に付き合ってくれたりしてくださいましたの。今日はありがとうございました」

しおらしく私に素直に礼まで言うなんて、本当にらしくない。

何故か顔を真《ま》っ直《す》ぐに見れなくなったから、部屋から出ようと私は背を向けて扉に向かった。

「あと一つは家令から報告を受けたが、募集していた針子が見つかったそうだ、明日には公爵邸に着くという話だ」

「まあ！　良かった！　ありがとうございます！」

ディアーナの朗らかな笑顔に何故か胸が締め付けられた。

話は終わったので、私は彼女の部屋から出て逃げるように執務室に戻ったが、何故か気分が落ち着かない。私はよくわからない波打つような感情を、持て余しているようだった。


～ディアーナ視点～


夫から謝罪を受けた。私は許し謝罪を受け入れた。原作を読んで私は彼の過去を知っているから。服で見えない場所を親からムチなどで打たれた。教育のためだと言っても暴力はダメだ。虐待だ。やられた過去があるからトラウマになっていて、余計疑わしく思ったに違いないのだ。

それに娘を心配してお出かけについて来てくれた。各地で起こっている若い女性の誘拐事件。

原作小説で読んだわ。でもそれってラヴィが十歳になってアカデミーに入ってから起こる事件で、ラヴィも誘拐に巻き込まれ、そこでヒーローに助けてもらう展開だったはず。

でも、原作で細かい記述がされていなかっただけで、昔から魔王復活用の生け贄《いけにえ》の乙女《おとめ》探しはされていたのかも。犯人が魔族と魔王信者なのでアジトも至る所にあり、特定しにくいのよね。

私、ラヴィの姉に見えたくらいだけど、囮《おとり》になれるかしら？　生け贄に相応しい乙女に見えるかしら？　いや、魔王候補そのものが出てどうするという感じもするけど。現在のディアーナの実年齢は二十代前半だけど、十八歳くらいにも見える。若々しく美しい。金髪に琥珀色の瞳。イケるのでは？　ちょっと街に出ようかな⁉　まず針子と一緒にドレスの改造が数着分でも終わった後にでも。売りに行くという名目で外出できるから。敵を誘《おび》き出して倒しておけば、犠牲者も減るでしょうし。

針子が到着後にアトリエに案内し、アレンジしたいドレスとデザイン画を渡す。必要な材料はもう揃えてあるから自由に使ってもらう。二日後、宝石やレースを取り外したドレスを二着用意できた。それから自室へ戻って公爵領の地図を見る。自分の移動予定ルートを紙に書き記す。

一応黙って囮になるから安全対策、保険としてメモくらいは残していく。

ランドリールームに忍び込み、メイド服をこそっと拝借。メイド服を着てフード付き外套《がいとう》を着用し、できるだけ目立たない馬車でこそっと街に出て、公爵邸のメイドのふりのままドレスを二着売り払う。それから神殿に行き神様にお祈りして、ドレスの売り上げを神殿に寄付する。私の考える清らかな乙女アピールである。パン屋で素朴な安めのパンを買い、公園でパンを食べ、ぼっち飯で隙を見せておく。公園にいる鳩《はと》にパンくずをあげる。どう？　私、可愛いでしょう？　アピール。

通りすがりの周囲の人もわあ、可愛い！　って顔して見てる。

ふふふ、計画通り。花屋で花を買い、また可憐《かれん》さをアピールしつつも人気《ひとけ》の少ない墓地へ向かう。見ず知らずの人の墓にお参り、憂い顔で花を捧《ささ》げて冥福を祈る。

するとどうでしょう！　まんまと誘拐犯が現れた！　黒ずくめのあからさまに怪しいやつ！

私はハンカチに謎の液体を染み込ませたもので鼻と口を覆われ、意識に霞《かすみ》がかかったようになった。謎のでかい袋に入れられ、ぼんやりとした頭で荷物のように肩に担《かつ》がれ、拉致されたとわかった。

ややして、潮の香りで目が覚めた。頭もハッキリしてきた。え？　海？　どうも船に乗せられたっぽい。揺れを感じる！　うわ、陸地じゃないの⁉　と思うけど、仕方ない。気がつけば私の手足は縄で縛られている。ようやく被《かぶ》せられていた袋が取られ、周囲の様子が見えた。顔をよく見たかったようだ。男が六人くらいいて、私の他にも二人は拉致られた娘がいる。

「ひゅー、こいつは上物だな」

「貴族のメイドだな、服で分かる」

「容姿だけなら貴族、いやお姫様だぜ！　高く売れそうだなぁ」

それはそうでしょうね！

「おい、売るんじゃなくて、生け贄だ」

「かーっ、もったいねー、これだけの上物を！」

「おい、そっちの娘二人も袋を外して顔を見せろ」

あれ？　この縦ロール令嬢、どっかで見た顔だわね？　隣の女性は知らないけど。

「お前達！　この私にこんなことをして、ただで済むと思っているの⁉」

案の定、縦ロール令嬢が騒ぎたてた。

「あ、こりゃ本物の貴族の令嬢か？」

「この女は花庭園のトイレで拉致りました。一緒にトイレに来てた女も」

「お、さすが貴族のお嬢様、こっちもなかなか綺麗な顔をしてるじゃねーか」

そうか、トイレだから男性の護衛騎士も入って来れなくて、拉致られたのか。

「俺、貴族のお嬢様を抱くのが夢だったんだよ、他の女を後で探すからこの女をやらせてくれや」

「なっ!!　近寄らないで！　ケダモノ!!」

男達は下卑《げび》た笑みを浮かべている。

「あ、あなたは！」

ドリル髪の令嬢が私に気がついたようだ。私も思い出した。

コミカライズで顔を見た、ディアーナに婚約者を誘惑されてキレてた子爵令嬢だ。

「そ、そっちの女も貴族よ！」

こ、この女、自分が犯されたくないから私を犠牲にしようとしてる！

「お前より、はるかに美人だが、メイド服を着てるぞ」

「お忍びで外遊びでもしようとしたのでしょう！　その女のやりそうな事だわ！　そんな綺麗すぎる肌のメイドがいるわけ無いでしょう！」

「ん!?　確かにこの女、綺麗なすべすべの手をして……仕事なんてしてなさそうな……」

「言っておくけど私は生け贄に向かないわ、既に夫と子供もいるから清らかな乙女に該当しない」

私は冷静にそう言った。

「なんだと!?　子持ちの人妻!?」

「おい、縦ロールのお嬢様よ、この天使のようなメイド服の女の言う事は本当か!?」

「どうでもいいでしょ！　貴族の女を抱きたいなら！　どのみち自分で生け贄に向かないと言ってるじゃない！」

「令嬢じゃなくて、母親で人妻かぁ……」

「確かに、生け贄にも使えないのか、じゃあ」

「いただいてしまっても……？」

突如、風切り音がして、風の精霊が私を縛る縄の拘束を切り裂いた。これは、何と無詠唱だ。

ロープが断ち切られ床に落ち、私は立ち上がると唖然《あぜん》としたまま固まっていた誘拐犯達の足元を目掛けてまとめて魔法でぶっ飛ばす。

『！』

複数の炎の槍の派手な炸裂音と、男達の悲鳴が海上に響き、血飛沫《ちしぶき》が舞った。ついでに派手に攻撃魔法を使ったせいで、船に穴が開いたようだ。男達は衝撃で気を失った。拉致られた女達も惨状に悲鳴を上げた。

「あ、これ沈むわ」

私の残酷な言葉を聞いた縦ロールとメイドらしき女が騒ぐ。

「きゃああ！　何てことを！」

「助けて！　溺れて死ぬのは嫌です！　お嬢様！　魔法で何とかしてください！」

「私の土魔法が、海上で何の役に立つというのよ！」

ほー、土魔法使いなのか、あの縦ロール子爵令嬢。

家名は……ルドリだったかしら？　私は令嬢とメイドを縛っていた縄を風魔法で切ってあげてから、船上にある板や樽《たる》を指し示して言った。

「そこに樽とか板切れがあるので、船が沈没する時はしがみつくといいですわよ」

浮き輪代わりにして。

「アドライドの！　あなた何故そんなに落ち着きはらっていますの！　浸水しているのに！」

ギギィと、船が嫌な音を立てたと思えば傾いていく。私は板を一枚手に取って、風魔法で宙に浮かべた。魔法の絨毯《じゅうたん》ならぬ魔法の板に私は乗った。

「私は先に港へ戻り救助を要請してきますね、頑張って生き延びてください」

「ま！　待って！　置いて行かないでください!!」

「アドライド公爵夫人！」

「ディアーナ様！」

「そこのメイド、誰が名前で呼ぶ権利を与えましたか？」

思い出したように貴族っぽいフリをする私。

「お許しください、助けてください！　公爵夫人！　私は泳げません！」

板に乗り、宙に浮かぶ私の足元で泣きながら叫ぶメイド。

そう言えば、むかつく女に仕えてるとはいえ、別にこの女に恨みはないな。

「まあ、この板はあと一人くらいは乗れるから、あなたくらいは」

「何ですって!?　レニ！　私に譲りなさい！」

「ええ!?　お嬢様、そんな！　私は泳げませんし、家には病気の子供が！」

「貴族の命と平民の命、どちらが大切だと思ってるの！」

やはり、ピンチの時に人の本性が出るものね。

「か、かつて、わ、私の婚約者を誘惑したこと謝罪を受け入れますから、私を助けてくださいまし！」

誘惑は今の私じゃなくて原作のディアーナのした事なんだけどね。この人はそれ、知らないからね。でも自分が犯されたくなくて、ならず者の男達に私を身代わりに売ろうとしたの、覚えてるわよ。何日もお風呂に入ってなさそうな、むさ苦しい男達だった。

「助けを呼んで来ますので板か樽にしがみついていてください、あ、鮫《さめ》にも気をつけて」

「鮫!?」

「いやあーっ！　鮫に食べられるのはいやあーっ!!　助けて！　先程は酷い事をしてすみません！」

「先程はルドリ子爵令嬢、あなた、自分の代わりに汚らわしい男達に犯されろ的な誘導をしたわね？」

「申し訳ありません！」

「きゃあああっ!!　沈む！　お嬢様！　船がどんどん沈んでいきます!!」

「いやあーっ!!　お父様！　お母様！」

阿鼻叫喚《あびきょうかん》を上空から悠然と見下ろす私。これぞラスボス候補の貫禄《かんろく》。

「そろそろ反省したかな」

私は板から降り、傾く船に降り立った　ザバァ!!　今度は船ごと、風の精霊に持ち上げてもらった。

「な!?　船ごと浮かべていますの!?」

縦ドリル令嬢が驚愕の声をあげた。

「このまま港まで運びます」

女二人はそれができるなら最初からやって！　という顔をしてる。

ちょっとドリルにお仕置きをしたかったからね。船を水平にして、水から一メートルくらい上、海上を風を切って走行する。空飛ぶ船だ。

「な、なんだぁ!?　ありゃあ！」

途中で海上の漁師の船とすれ違ったので、漁師が驚きの声をあげた。


港に着いた。

船は穴が開いているので女達は我先にと下船した。涙でぐちゃぐちゃになった顔は化粧が剥《は》げまくっている。女二人が下船したのを確認し、気絶した男達も陸上に揚げる。うーん、本当はアジトまで連れてってもらう予定だったのに男達がやらしい事をしようとするし、うっかり船に穴を開けてしまうし、予定が狂ったわ。

「な、何事!?」

海上保安の衛兵が駆けつけた。

「誘拐犯を捕まえました、そこで気絶してる男六人。そして、そこにいるレディ達が被害者です、では尋問はよろしく」

私はシュバッと走り去り、その場を後にした。


そして私は無事に公爵邸に帰ったけれど、旦那様に怒られた。

「勝手に護衛もつけずに、メイドのフリをしてでかけるなど！」

「今日は一人でしたので、他の人に迷惑はかけないと思って」

「港から急な知らせが鳩で届いた！　船が空を飛んできて更に誘拐犯を捕らえたとか」

「良かったですね、誘拐犯が捕まって」

「船を一艘丸ごと空中に飛ばす！　そんな魔法を使えるのは誰だ!?　メイド服を着た金髪の凄い美人だと聞いた！」

「誰なんでしょう」

「其方だろう!?」

「バレてしまいましたので白状しますと、公爵領の治安回復のために尽力いたしました。作戦で」

「自らを危険に晒《さら》して、勝手な事を……」

旦那様は頭を抱えた。ラスボス候補の私は負ける気はしなかったのだけど本気で心配……してくれたの？　ディアーナを嫌っていたのではないの？　いなくなったら丁度いいのではなくて？　それとも自分の妻も守れない男だと誹《そし》りを受けたくないだけ？　はたして、夫の真意は……。


旦那様のお小言の後に船を一艘丸ごと飛ばすような魔法を使ったため、疲労で二時間ほど夕方まで仮眠、惰眠を貪っていた私の元にラヴィが大変だと大騒ぎで訪ねて来た。聞けば旦那様がお屋敷の裏手にうさぎ小屋を建ててくれて、既にうさちゃんも来てるらしい。私は慌てて寝巻きからシンプルな服に着替えてうさぎ小屋へ向かった。

現場に到着すると、白くて四角くて、箱のような小さな可愛い家があった。

小さいと言っても、うさぎ小屋にしては十分立派で、広さは前世で私が一人暮らししてた部屋と同じくらいある。そして扉を開けると、そこは天国だった。

「あー手のひらに乗るサイズの可愛い四匹のうさちゃん!!」

ふわふわで可愛い赤ちゃんうさぎを手に乗せて感激する私とラヴィ。

「うさちゃんのお母さんもちゃんといますよ。お父さんは……いないようですが」

「ちょっと可哀想だけど、去勢してないお父さんがいたら、どんどん子供が増えすぎてしまうからきっと子供のためにお母さんだけ残しているのね」

「うさちゃん可愛いですね、お父様にお礼を言いにいかないと」

「ああ～～私は昼に怒られて……あ～～。ラヴィは先に行くといいわ」

「お母様、お父様を怒らせたのですか？　午前中、お留守にしていたようですが」

「うん、ちょっとね」

などと誤魔化していたのだけど、運悪く、

「夕刊に載ったぞ、其方。明日の朝刊にも載るであろうな」

私は夫から執務室に呼び出され、家令から大きな封筒を手渡された。

中を開け、折りたたまれた紙を広げて見てみると……、

「新聞？」

『船を丸ごと一艘空に浮かべて誘拐犯を退治したのは、何と公爵夫人！』

「見ろ、その見出し！」

「どうやら英雄扱いなんですから、そこまで怒らなくても」

「これを皇家が見たら絶対、面倒な仕事を押し付けてくる。あいつらはこちらが力をつける度に少しでも戦力を削りたいのか、戦地に送り込もうとするのだ」

「公爵様は戦闘がお好きで戦場に出ていたのでは？」

歴代、氷の公爵は戦闘狂という噂は有名である。なんでも比類なき力の対価のせいで、適度にガス抜きが必要で戦地にて大いに力を振るう。しかし力が強すぎて体に負荷が多く、短命と言われている。

先代も短命であり、アレクも若くして当主になった。

「部下を巻き添えにして戦地で死なせたいとは思ってはいない。次回の戦場、下手《へた》すると其方まで駆り出されるぞ」

え、部下への配慮あるんだ？　氷の公爵と言われてるのに。てか、女まで戦地に送るか？　普通。

「私、一応女なのに？」

「強い魔法が使えるなら、夫人でも戦場に送るのがあの皇帝だ」

ワーオ。血も涙も無いのか皇帝。いや、原作読んでたから知ってたわ。


しばらくして本当に皇帝命令でとある土地の蛮族を制圧するため、戦地へ行けとの命が出た。

公爵様だけでなく、私にまで。両親が戦争に行かされると聞かされ、泣きじゃくる娘のラヴィ。

それは不安だよね。可愛いうさぎを貰って大喜びの天国から急に地獄に叩き落とされた気分だろう。

「嫌ぁ～～っ！　やだあ――――っ！　どこにも行かないで！　お母様！　お父様！」

私にしがみつき、泣く娘。可哀想！　涙で可愛いお顔がぐしゃぐしゃに。

「大丈夫よ。お母様は強いから、お父様を守って無事に帰って来ますよ」

「やだあ！　置いて行かないで、ラヴィも一緒に行く！」

いつも七歳にしては丁寧な言葉使いだったのに、本当に小さい子供みたいになってしまっている。

「ラヴィ、流石に子供を戦場には連れて行けないから」

「やだあ〜〜、置いて行ったら死ぬ!!」

「そ、それは困ったわね」

親という絶対的保護者が二人とも戦場に送られるなんて、確かに子供からすれば不安しかないだろう。

「其方が最近甘やかしてばかりだから、ラヴィアーナがすっかりわがままになってしまったぞ」

「私だけの責任ですか？」

うさぎ達は⁉　あなたも結構甘くなりましたよね？

「ラヴィアーナはそのうち婿を取って、この家を守らねばならぬ。いい子で留守番をしていてくれ」

「嫌です！　跡継ぎはお父様とお母様が男の子を新しく作ればいいって大人が言っていました！」

「うっ……」

正論すぎる言葉に、詰まる旦那様だった。

「仕方ないですね、ラヴィも連れて行くしか」

「正気か？」

「置いて行っても死ぬと言うのですから、戦場から離れた拠点内で護衛をつけて待たせておくしか」

「はあ……拠点と分からぬよう、空き家の民家でも使って偽装するか」

「連れてってくれるのですか？」

「今回だけよ」

「……」

ラヴィが返事をしない。今回以外も戦地について来ようとしてる！

「ラヴィ、お返事は？」

「私はついて行くので」

「……やれやれ、頑固だな」

誰に似たのか……旦那様じゃない？

娘を一旦部屋に戻し、夫婦で会話する。

「お金がかかっても四六時中ついてられる女性騎士をラヴィにつけてください。私には不要ですので」

「分かった」

「では、私は今から工房でラヴィ用のお守りを作ります」

「其方、晩餐は？」

「私は工房にいますので、適当にサンドイッチでも運んでもらいます」

「そうか……」

何？　まさか私と一緒に食べたかった？　いや、ラヴィのために一緒に食べろって言いたいけど言えないとか？

「あなただけでも一緒に食べてあげてください」

「その作業は晩餐の後ではできないのか？」

「できないこともないですけど、満腹になると今のやる気がやや削がれるかと」

私はやる気スイッチが入っている時に一気にやりたいタイプだ。

「私は今から色々手配で忙しいので、今夜の食事は其方が娘ととって欲しいのだが」

旦那様……自分も忙しいのか。でも出征が決まったなら、それもそうか。

「分かりました。今夜は私がラヴィと食事します」

「ああ、そうしてくれ」

つい勢いのまま作業に入ろうとして、食事の際の団欒《だんらん》を放棄するとか私もダメね。

これじゃ身を守れても寂しい思いをさせてしまう。


夕食の時間にはちゃんと食堂に行き、ラヴィと一緒にディナータイム。今夜のメインは骨付き子羊のロースト、ハーブ焼きだった。子羊だからか臭みもなかったし、加熱によって多分骨髄とかも滲み出て、骨付きのかたまり肉でしか味わえない濃厚な旨味が堪能できた。美味しかった。

でもハンバーグとか餃子《ギョーザ》のような物も食べたいし、スムージーも飲みたいから、ついでにひき肉製造機とミキサーの簡単なパーツ絵とか原理を書いてどっかに研究費を出して依頼しよう。内部に刃があってどのように動くとかヒントを書いておけば元々人間が発明した物だし、何とか作ってくれるでしょう。昔どんな構造図なのか興味本位で調べた事があるから、細部がうろ覚えでもヒントがあるのとないのとでは大違いのはずだし。ひき肉を作るために毎回包丁で細かく刻むのも時間がかかるし面倒だもの。せっかく資金のある公爵家にいるんだし、文明の利器を作ってしまおう。料理人も助かるでしょう。

食事の後に工房でサファイアをお守りのペンダントに加工する。

エンチャント、つまり付与魔法を使うのだ。ディアーナは健気にも魔法が使えない時から、いつかのために魔法の研究資料を集めたりまとめたりはしてたから資料はある。私は棚から一冊の本を出して開いた。大事な事はお手製のマギアノートにまとめてあるのだ。こんな物まで密かにコツコツと作って、皇太子の妻候補になりたかったんだねえ……無理だったけど。代わりに娘を守るのに私が使うからね、許してね。

「よし、お守り完成」

次にこっそりと妖精ポストの中身の手紙も確認。病気の身内は無事に快癒し、感謝のお手紙が入っていた。ヨシヨシ。アカギレのお薬とポーションも追加で作っておく。そういえば、私が出征するので、しばらく手紙の対応ができない。一時的に妖精界に帰るのでお返事ができないと、とある使用人への返事の手紙につけておこう。これで不在が周囲に伝わればいい。

それと、ミキサーとひき肉製造機の依頼書も書いて……本日のお仕事は終わり！

私は工房を出て、自室に戻り、お部屋の掃除をしていたメアリーに声をかける。

「メアリー、掃除はその辺でいいから、この封筒を家令に渡して。新しい、まだ世の中に無い調理器具を開発研究してくれる所に依頼をしたいって言付けて」

「かしこまりました」

後はどっかの賢い他人に丸投げである。いい御身分だな。明日の朝、ラヴィはうさぎの小屋におやつのニンジンをあげに行くと言っていたから、その時にお守りを渡そう。基本的に餌入れに牧草は置いてあるけど、ニンジンとかは嗜好品よね、多分。

朝、邸宅の裏手にあるうさぎの家に向かった。そして、うさぎを愛《め》でる娘にお守りを渡した。

「綺麗なサファイア……お父様の瞳の色と同じ青の石ですね」

「ラヴィの瞳の色も青いでしょう」

「そうでした……。ありがとうございます。大事にします」

「お守りは身を守ってくれたら、砕けることもあるわ、常に身につけていて欲しいけど、壊れてもいいのよ。それは役割を果たしたということだから」

「壊れちゃうんですか……」

「お守りより、ラヴィの方が大事なの。分かるわね？」

「はい……」

ラヴィがサファイアの御守りペンダントを首から下げたのを確認し、私もしばしうさぎを愛でた後、夫のいる執務室へ向かった。

「魔獣を使役する例の蛮族を制圧したら、論功行賞は土地でお願いしてください。制圧した土地で」

論功行賞は功績に見合う褒美を与える事で、成果を出したら支配者側が与えねばならないものだ。

今回はお金より土地が欲しいし、私は原作を読んだので、あの土地から将来何が出るか知っている。

「あんな雪解けの遅い、寒い田舎の土地が欲しいのか？」

「寂れた感じがもの思いに沈みたい時にぴったりですわ。猿などの野生動物が入りに来るような素朴で小さな温泉も山の中にありますし」

「よく知っているな、そんな事。確かに旅人が立ち寄る小さな温泉が山の中にあると聞く」

「とにかく、皇帝陛下には土地の要求を」

「まあ、構わんが」

「では、よろしくお願いいたしますね」

大事な取り決めもしたし、後は戦闘前にまた魔法の本を読んでおこう。本を読んでいる途中に魔力を感じた。魔法陣が輝き、また妖精のポストから手紙が届いたと思ったら、ラヴィからの手紙だった。

『お母様とお父様が戦争に行くそうです。

お母様とお父様が怪我をしませんように。

お母様とお父様が亡くなったりしませんように。

お二人が私を置いて遠くに行きませんように。

死にませんように。死にませんように。どうか両親をお守りください。』

胸がギュッと締め付けられた。何て健気で切実なお願いだろうかと……。

私は留守中に魔法陣が手紙を部屋に届けると不都合があるので魔法陣を閉じ、封印をした。今まで色んな人から妖精宛に貰った手紙も秘密の箱に入れて鍵をかけている。大事にしまっておこう。

翌日になって温泉で使うガウンがあった方がいいかもと思い立ち、朝からドレスのリメイクをしてくれている針子の元へ行った。作業場で針子の二人に聞いてみる。

「順調かしら？　何か分からない事や不都合はある？」

「奥様！　最高級の生地でやりがいがあります」

「デザイン画のデザインも素敵ですので、腕が鳴ります」

なるほど、とりあえず二人とも問題は無いようね。

「ありがとう、ひとまず作業を一旦やめて、浴衣《よくい》のガウンを縫ってくれる？　デザイン画はこれ」

「はい」

私はバスローブに似た簡単なデザイン画と寝室で着るガウンを渡した。

「このガウンから型紙をおこしてくれてもいいわ」

「分かりました、お預かりします」

「生地の色は私が薄紫、娘が淡いピンク、旦那様が淡いブルー、騎士の分は五枚、色は白、メイド一人分が黄色、生地は透けにくい物。以上よ」

使える色んな布は棚に入っている。公爵家は贈り物の布も豊富にあるから。

「かしこまりました」

「遠征に持って行くからなるべく早く仕上げて欲しいの。期限は五日。あまり丁寧に縫わなくてもいいの。手が足りない場合は外注に出してもいいし、公爵家にいるメイドから裁縫の得意な子に声をかけてもいいわ。予算は私が出すから」

銀貨を三十枚ほど預けてお願いした。これで臨時収入が欲しい子が手を貸してくれるでしょう。

「奥様、手間賃は一人いくら払えばいいのでしょう？」

「よく分からないけど一着分が銀貨三枚か四枚くらいかしら？」

実は針子に頼むと一着いくらとかの相場が分からない。ドレスのようなもの以外はあまり高くはなかったとは思う。

「かしこまりました」

浴衣のガウンを頼んでから、魔法の本やディアーナの魔法のノートを読むことにした。騎士の選抜は旦那様がしてくれるだろうし。そして……マギアノートを見ていて閃《ひらめ》いた。妖精ポストの手紙転送の応用。大きな布に描いた魔法陣付きの転移布を持ち運び用に用意。さらに、工房に新しく大きめの魔法陣を板に描いて、魔道具のコンロなどをセットしておく。これで重い料理コンロも欲しい時に現地に転送できるし、返却もできる。追加で欲しくなった食材なども、魔法陣経由で部屋に掃除や点検に来るメイドに、魔法陣に置いてとか、よけておいてとかを手紙で指示すれば、お取り寄せが可能になるシステムを作った。アイテムボックスのスキルが無いから、転送装置を作ったわけだ。

「お父様が探してくださったから、何とか出発前に女騎士が一人は来てもらえるそうよ、良かったわね、ラヴィ」

「はい。でも、貴重な女性騎士なのに、お母様はいいのですか？」

「私は強いから平気よ、外に出る時は男性騎士をつけろと言われてるからつけるけど」

「そうなのですか」

「そうなの。昔は魔力が使えなかったから、信じられないいでしょうけど」

「新聞に誘拐犯をこらしめた英雄として載るくらいですし、私、お母様の言葉を信じます」

ラヴィまで、いつの間にかあの新聞を読んでしまったのね……。まあいいか、悪口でなければ。

五日経って浴衣用バスローブも完成し、ラヴィの護衛の女騎士も到着し、出征することになった。

私は出征の準備期間中、夜中にこっそり公爵邸から空をカッ飛んで抜け出し、今の自分の力試しを荒地で行った。

大きな岩石も魔法で容易《たやす》く破壊できたし、さすがラスボス候補だと思った。

そしてトンボ帰りして出征に備えた。

出征が急すぎて皇帝は兵站《へいたん》の事とか考えてくれてるのか怪しいものだ。旦那様はよく無茶振りをされているから、今回も何とか揃えたみたいだけど。

# 第二章「奥様と旦那《だんな》様は強かった！　マジで草も生えないというか草凍る」

春のはずがまだ雪の残る寒い北部に到着した。

未《いま》だ冬に閉ざされているかのような地で吐く息も白いし、毛皮のコートを着ているくらい寒い。もこもこの毛皮のコートを着たラヴィはペンギンみたいで、すごく可愛《かわい》い。戦場予定地からはだいぶ遠い場所に秘密の拠点を構えてある。どう見ても民家。そういう場所。

斥候《せっこう》、本陣と先行の選抜隊でいくつかに分かれている。今私達がいるのは補給班も近くにいる、のどかな雪深い農村地帯。目の前に森やりんご農園があるけど、冬のりんごの木は実をつけていない。

ほぼ雪景色だけど、一応周囲を見に、ラヴィと女騎士も伴って見に来ている。

一人の農夫がザルに入れて来たりんごの皮を、雪の上にポロポロと落としているのが見えた。

ラヴィがそれを見て首を傾《かし》げて、疑問を口にした。

「お母様、あの人は何故《なぜ》あんな場所に生ゴミを捨てるのでしょう？」

「あれは、まだ雪深く、餌が少ない森の動物へのお裾分けだと思うわ」

「動物に？」

「ええ、何か野生動物が食べに来るのよ」

「お嬢さん、よく、お分かりで。夜に野うさぎが雪を掘って、りんごの皮を見つけて食べるんですよ」

おっさんは微笑《ほほえ》み、すれ違い様にそう言って自分の家に帰った。……やっぱり、優しさからのお裾分けだった。またふわりと雪が降り出した。時間が経《た》つほどに、りんごの皮が隠れてしまうだろう。

でも、お腹《なか》を空かせたうさぎは、嬉《うれ》しいでしょうね。宝探しのように、雪の下のささやかな贈り物を見つけた時。りんごは皮も美味《おい》しいから。しかしまたお嬢さんと言われ、若く見られた。

「雪うさぎ……」

餌を探して食べるうさぎの姿を想像したらしい、ラヴィの瞳《ひとみ》が輝く。

「ラヴィ、野うさぎを見たいかもしれないけど夜は見に来れないわ、暗いし寒いし危ないから」

「はい、帰ったらお家にいるので……見に来るのは諦めます」

少し残念そうにしつつも、ラヴィは素直に従った。

鳩《はと》が飛んで来た、夫のいる家の方に向かったようだ。斥候からの伝令かな？　私も様子を聞きに行こう。白い雪の中ラヴィの手を引いて、私は秘密の拠点へ戻った。


いよいよ戦いの始まり。

ラヴィを帝国領の端にある後方の拠点に隠し、私達は国境付近の戦場へ。

「お父様、お母様どうか、ご無事で」

「ちゃっちゃっと終わらせてくるから刺繍《ししゅう》でもしていなさい」

「はい……」

そうは言うけど、ラヴィの手は微《かす》かに震えている。

「やっぱりこの辺はまだ寒くて手もかじかむわね。刺繍はやめて魔法ノートでも読んでいなさい」

私は持参した魔法のノートをラヴィに貸した。彼女が聖女に覚醒したら、多分役に立つだろう魔法をノートにまとめておいた。癒《いや》し、防御、バフ系の魔法だ。

「これは、光系統の魔法の……」

「ええ、暇つぶしにはなるでしょう」


『燃えさかれ炎よ！　精霊よ、我が意に従え！　エクスプロード!!』

開幕、轟音《ごうおん》が響き、私の爆熱魔法が敵陣で炸裂《さくれつ》し、敵の前衛三分の一は一瞬で吹き飛んだ。敵の蛮族は信じられないものを見たって顔してる。全滅はさせたくないから、ある程度はわざと残した。

人が沢山《たくさん》死んでしまったが、私は物語の中にいるような気分で、驚くほど心に動揺が無かった。

この蛮族達は周辺の国、自分達より豊かな地域から食料の掠奪《りゃくだつ》を何度も繰り返していた盗賊集団のようなものだった。周辺に住む農民達には悪魔と言われる存在。そして、これは戦争で、ある程度は仕方ない。殺さなくてはこちらがやられる。そう割り切ってしまえている。そして一発派手なのぶちかまして敵の戦意を挫《くじ》く作戦は効くはず。風の拡声拡散魔法で私は敵に向かって語りかけた。

「聞け!!　我が力の一端を見たであろう!!　速やかに降伏するなら、命までは取らない、皇帝陛下は根絶やしを望まれるだろうが、奴隷紋を刻ませてもらう代わりに、私が命を保障する！　悪いようにはしない、死者の復活はできないが、怪我《けが》と病気は我が管轄下で治療する！」

「敵の言う事など信じるな！　熊と狼《おおかみ》の魔獣を出せ！」

敵の魔獣使いが呪文を唱えた。黒い巨大な熊三体と灰色の狼達が出現した。獣が吠《ほ》え、こちらに向かって走り出す。――だが、

『フリージング・ヘル』

旦那《だんな》様が静かに唱えた攻撃呪文が、魔獣をいとも簡単に凍らせた。氷結呪文!! 流石《さすが》、氷の公爵様!!

「……まずい、勝てる相手じゃない」

「ずいぶんと大物が出て来てしまってるじゃないか」

風の精霊の使役のおかげで、敵の司令官らしき男の呟《つぶや》きを、私は拾った。

「ようやく状況判断ができたようね！　降伏なさい！」

「しかし、奴隷紋を受けたら奴隷になってしまう！」

「隊長！　しかし、このままだと全滅だ！　あの帝国の皇帝は容赦無いので有名だ！」

「お前達に奴隷紋を刻むのは私！　主になるのは私よ、皇帝じゃない！　怪我や病気の時は薬をあげるし、もしくは癒しの魔法を受けられる！　私の物になればあなた達の家族の健康にも気を配り恩恵を与える!!」

「本当か!?　家族にまで!?　嘘《うそ》ではないのか!?」

「嘘ではないわ」

「では、こいつは前の戦で片腕を失った！　これをどうにかできるとでも!?」

司令官らしき男が指示を出し、片腕の男が我々の前にひき出された。

「そうね！　普通なら義手をつけるところでしょうが、ここはサービスしてあげるわ！　この川岸までその者を一人で移動させなさい」

私は風魔法をかけたラウンドシールドの上に乗り、片腕の男の二メートル前くらいまで来た。

私は川の水上、空中に止まっている。

「奥様！」

敵に接近しすぎだと騎士が心配して叫んだ。私は風魔法で手の甲を少し切った。

そして流れる血は男の失われた片腕の方に向かって飛び、そこへ私が癒しの魔法を乗せた。

『癒しの力よ……』

奇跡とも言える瞬間。何と失われた腕が再生を果たしている!!

これには蛮族も認めるしかなかった。圧倒的な力を。

「貴族が尊い自分の血を流してまで平民の治療をした、この行為の意味は分かるでしょうね？」

敵は眼前にがくりと膝《ひざ》をつき、ひれ伏した。

「降伏する……」

わあああっ!!　味方から歓声が上がった。こんなに早く戦争が終わるとは皆、思っていなかっただろう。味方の死傷者、損害無し！　間違いなく完勝である。三分の一の敵が開幕早々吹っ飛んだのが効いた。

「あの公爵夫妻、二人だけで戦争を終わらせちまったじゃねえか」

「俺達、ここまで来て出番がなかったぞ」

と、雇われ傭兵《ようへい》部隊の男が何人かため息をついた。

「いや、逆に楽が出来てお金貰《もら》えるから良いんじゃね!?」

「今夜は酒盛りだな！」

蛮族制圧の戦争が速攻で終わったので私は次に言った通り、集団に一斉に奴隷紋を刻む。

その後に、

「爆熱魔法の余波で怪我した者に癒しの奇跡を与えるわ」

ぞろぞろと怪我人が集まって来た。

「お願いします」

私は一つ頷《うなず》いて、事前に勉強してきた全体回復呪文を使った。

「おお……」

「凄い、もう痛くない」

「傷口が塞がった……」

奴隷紋を受け入れた彼らに約束通り施しを与えた。いくつかのポーションを手土産《てみやげ》に渡した。まだ負傷兵がいるらしいし、心配しながら待ってる家族の元へ、彼等は帰った。

旦那様は戦争に勝利し、伝書鳥で伝令を送った。それは鳩ではなく、強そうな鷹《たか》だった。夫は私との約束通り、勝利の報酬に土地を望んだ。皇帝は小競り合いが頻繁な鬱陶《うっとう》しい地域で敵を殲滅《せんめつ》してスッキリさせ帝国領にはしたい場所だが、何故あんな特産品も少ない冬が長い寒い田舎《いなか》を？　と訝《いぶか》しむも褒美はやらねばならないので、許可を出し、その文書が転移陣を使ってすぐに使者によって届けられた。

皇帝の印が使われているから正式な物！　私は内心でほくそ笑んだ。

そして私達の生還を待ちわびていたラヴィの元へ行き、それから私達は護衛騎士を数人連れて我がアドライド公爵家の土地となった鄙《ひな》びた山奥の温泉へ。温かく立ち上る湯気と雪景色が何とも風流だ。

「浴衣《よくい》を用意してあります」

私はメアリーに指示してガウンのような浴衣を出してもらった。針子に急いで作ってもらった物で水着よりは露出が少ない。バスローブと同じくらい隠れる。

「こんな山奥で本当に風呂に入るのか？」

「浴衣もあるし、せっかくの温泉ですよ。護衛対象とはいえ私達に注目されても恥ずかしいので、護衛騎士達も何人かは森の方を向いて一緒に入ってください」

「は、はあ……」

公爵夫人と一緒に露天風呂に入れという命令に困惑する騎士達。結局命令には逆らえないと観念し、家族と騎士数人で露天風呂を満喫した。ラヴィも一緒だ。

「はあ～～沁みるわ～～」

「温かい……お外でお風呂なんて不思議な気分です」

ラヴィも不思議そうではあるけど、私と一緒なので嬉しそうだった。

「どうぞ、奥様、お酒です」

メアリーにあらかじめ用意してもらっていた、雪見酒だ。

「来たわー。ほら、旦那様も。勝利の美酒ですわ。カグヤ姫にいただいたお米のお酒です、美味しいですよ」

「あ、ああ……」

旦那様も私の隣でお酒を飲んだ。でも、お風呂の中での飲みすぎが危険なのは知ってる。

ひとまず味見程度にとどめて、本格的に飲むのは拠点に戻ってからにする。旦那様の視線は雪景色へ、私は騎士達の、湯に濡《ぬ》れた浴衣《ヨクイ》が張り付く逞《たくま》しい背中なども雪景色と共に堪能した。ハハハ!!

「あー、お酒美味しい。ラヴィはりんごジュースね」

「はい」

「ねえ、旦那様。この山とついでに隣の山、その周辺の土地を私にくださいな」

私は旦那様の肩に手を置いて、甘えるように言った。

旦那様は急に甘えられて明らかに一瞬動揺したが、すぐに気を取り直して言った。

「……はあ、そんなにこの小さな温泉が好きなのか、今回の戦の功労者の一人であるし、わかった」

よし、夫の言質《げんち》を取った！


後で夫婦間の約束とはいえ、契約書も書いた。その後、正式にこの土地が我々の物となる文書を手にしてから私は他《ほか》の作業で忙しい夫の目を盗んで、数人の護衛騎士をつれて、ちょっと前まで敵だった首領に会って話をした。見た目は髭面《ひげづら》のおっさんだ。

「あなた達の魔獣使いの中に、ワームと蜘蛛《くも》使いがいるわね」

別に全滅はさせていないから、いるのを私は知ってる。

「はい」

私は鞄《かばん》から地図と紙数枚を取り出した。

「ここの山に魔石鉱山がありますから、最初にワームで土を掘り進めて、それから鉱夫を入れてちょうだい。鉱山技師もちゃんと派遣するから安全に、効率的に作業を進めて」

「魔石鉱山!?　この山に!?」

「そうよ、私の精霊は優秀だから感知したの」

本当は原作読んで、ここに魔石鉱山が眠っている事を知っていた。もし夫に先立たれ、跡継ぎを産めないままで私の立場が弱くなっても自分に資産があればなんとかなるだろう。

そういう狙いもあるのだ。私個人の資産として魔石鉱山持ちとなればこれで食いっぱぐれは無い。

「そして、魔獣の蜘蛛には何を？」

更に用意していたレース図案の紙を見せた。

「この図案のレースを作らせて。人の言葉を理解する賢い種でしょう？」

「そ、そんな事までご存知で⁉」

「そうよ」

原作で読んだもの‼

＊　＊　＊

「鉱山技師を手配して欲しい？」

またも旦那様におねだりタイムだ。

「はい、先日旦那様からいただいた土地、山に魔石鉱山があります。ですから鉱山技師の手配をお願いします。例の魔獣使いにワームを使役できる者もおりますので、鉱夫も楽できるかと思いますわ」

「まるで最初から欲しがっていた土地に魔石鉱山がある事を知っていたかのようだな？」

旦那様はクールな眼差《まなざ》しで私を探っているようだ。

「私、今は精霊の加護がありますから、以前より多少分かる事もありますの」

「……まあ、どのみち公爵夫人にはいずれかの土地を譲るつもりではあったから構わないが、価値が低いと思って下賜した土地に魔石鉱山があったとなると、また皇帝陛下を驚かせてしまうだろうな」

「え、土地をいただける予定だったのですか？」

そんなの原作に無かった展開だ。私の将来を気にかけて土地をくれるとか。

「そうだが。まあ土地の選定が省けたからよしとする」

「ありがとうございます」

太っ腹〜！　魔石鉱山が妻にサクッと取られたのに、この余裕！　流石公爵家！　これしき何ともないぜ！　ってことか。鉱山の取り決めと魔獣の蜘蛛、アラクネーにレースのデザインを教え、習作を作らせて、この調子でよろしくと数をこなすように頼んでおいて我々は帝国領の公爵邸に帰還した。


その後、まず私がやった事と言えばカグヤ姫から送られた特産物を改めてじっくりと見る事。

お酒、醤油《しょうゆ》、味噌《みそ》、それに……頼んでいなかった大豆とゴマとゴマ油にポン酢に鷹の爪《つめ》までサービスでついてる!!　素敵!!　ありがとうございます!!　なんて親切なのかしら!!

せっかく大豆があるし、もやしでも作ってみようかしら？　栽培。

もやしは日光に当てないようにして、一日二回の水の管理の二点を守れば七日か十日くらいの間で収穫できる野菜だ。某節約番組では箪笥《たんす》の引き出しで作る芸能人もいらしたけれど、流石に貴族の夫人の箪笥の中でもやし栽培はできない。もやしを箪笥で育てたとか万が一にもバレたら、末代まで笑われてしまうし、もやし公爵夫人とかいうあだ名はごめん被《こうむ》る。お外のうさぎの家の裏手の日陰で作ろうかな？　などと、もやしに意識を飛ばしているとメアリーから声をかけられた。

「奥様、流石に凱旋式のドレスはリメイクではなく、新調いたしますよね？」

「あ、戦争に勝ったから、そういうのもあるのね。もう既に帰宅してるけど」

「衣装の準備期間がいるので後日になったのでしょう。まず終戦が異例の早さででしたし」

「じゃあコルセットのいらない私が最近お気に入りのデザインでよろしくって言っておいて」

「かしこまりました、胸の下に切り替えがあるものですね」

私は頷いた。ドレスの件は洋服のプロに任せ、私はもやし栽培の作業に戻ることにして若い使用人に大工に頼むほどじゃない簡単な物だと紙に描いた木枠の製作を頼んだ。

手間賃として銀貨を数枚見せたらすぐに承諾した。長さは子供一人が横たわって寝れるくらいの木枠の中で植物の種を育てる。木枠が完成したら藁《わら》を箱の下部分に敷き詰めるから、それの手配とシダ植物をこの箱の上部に蓋のようにかける。

棒か、薄くて細長い木の板とかを利用して。

使用人はトンカチと釘《くぎ》を手に、木枠を作り、私はその作業をしばし見守る。ちょうどいい木材は幸い倉庫の中にあった。使用人に頼まれた庭師もシダ植物の生える所を知っているからすぐに林へ向かうと言っていた。私はしばらく日曜大工作業を見守っていたが木枠はすぐに完成し、報酬の銀貨を渡した。

「さーて、ザルに大豆を入れて……」

私は発芽のための下準備。ザルに大豆を入れて洗い、水に浸け、水を含ませておいた。水が濁ると腐るので、何度か水を換えて濁りのない状態を保つ。藁は公爵家に馬小屋やうさぎ小屋に使う物が既にあったので、藁に水をかけて、濡れた藁に大豆を蒔《ま》いておく。そして外側の木枠の縁にかかるように木の棒を格子状に置いて、さらにその上からシダ植物を蓋のように覆い被《かぶ》せる。これは遮光のためだ。

　シダの上からも水をかけて発芽を待つ。

「お母様は何をされているのですか？」

ある日、私がシダの覆いの下をこっそりと覗《のぞ》き込んでいると、うさぎを構いに来たラヴィに見つかった。もやし作りの箱はうさぎ小屋の裏にあるので。

「もやし栽培よ、ほらご覧なさい、お豆がちょっと育っててかわいいでしょう？」

「わあ、本当に白い茎のような物がチョロチョロ伸びてますね。

でもなんで太陽の当たるところで育てないのですか？」

「もやしは太陽に当てないで育てる植物なの。いい感じに育ったら収穫するわ」

「それはどのくらいで収穫できるのですか？」

「胚軸が五～六㎝になったら収穫の時よ、この分だと、おそらく五日後あたり、いけそう」

「収穫したらどうするのですか？」

「茹《ゆ》でたり炒めたりして食べるわ。お野菜の一種なの」

「美味しいものですか？」

「味は普通……とにかく調理が楽で食べやすいのよ」

「普通なんですか……」

娘はキョトンとした顔をした。特別美味《うま》いわけでもないのをせっせと面倒見てるのか？　と思われたかも。ははは、懐かしい味が恋しくなったのよ。前世でよく食べてたし、安いし、レンチンした後にごま油とポン酢で和《あ》えるだけで美味しいナムル完成しちゃうし。肉野菜炒めやラーメンに入れたりとか、焼肉のお供にもいいし。

「お肉とも相性が良いのよ」

数日後、私はブラウスの袖を捲《まく》ってもやしを収穫した。

「収穫の喜び!!」

「あのお、奥様。私も何かお手伝いを」

「じゃあ、メアリーは収穫したザルの上のもやしの髭根をちぎって、この先っぽ」

収穫したもやしを引き抜いていたら、ラヴィもやりたそうにじっと見ていたので、お手伝いをさせてみた。娘と収穫の喜びを分かち合うのだ。

「じゃあラヴィもブラウスの袖を捲ってごらんなさい」

「はい、お母様」

「お嬢様、お手伝いします」

メアリーがラヴィの袖まくりを手伝う。そしてもやしを引き抜く。

「楽しいですね」

「これが収穫の喜びよ。夏に畑のトマトが育ったら、ラヴィも一緒に採ってみる?」

「はい！　いちご狩りも楽しかったので！」

「奥様方、それ、畑の……農民の仕事ですよ……」

メアリーは渋い顔だ。

「ちょっとだけお手伝いして収穫の喜びを味わいたいのよ」

「そ、そうでございますか、本当にちょっとだけにしてくださいね」

私は頷いた。全力でやるときっと腰が痛くなるからそこそこ手伝って終わる。

何しろ私が目指すのはスローライフで、ガチ農家のハードモードではない。


～アレクシス視点～


ディアーナの要求通り、鉱山技師を下賜された土地の山に手配することにした。

そもそも、最近は多少母親らしくもなっていたし、使用人に当たり散らすことも無くなり、屋敷の雰囲気も明るくなった。使用人達は何故かいるはずもない妖精を信じ始めているようだが。

そこはまあいい、置いておこう。今、特に害は無いようだし……。

私に何かあった時に自分の妻である者が他者に迷惑しかかけない人間などではないならば、家門の主の義務としても悲惨な事にならぬように、どこかの土地は渡すつもりではあった。

まさかあの土地に魔石鉱山があったとは思わなかったが。己の妻が、母親でありながら娘のラヴィアーナを殴っていたと疑いをかけてしまった詫《わ》びでもあるゆえ、そこはケチらない。

先に約束もしていたことだし。しかし、ディアーナは用意周到だったな。書面でも念書を書かされていた。最近アホのような行動もとるわりに抜け目がないというか……。

うさぎ小屋の裏手で謎の植物を育ててみたり……。

そういえばうさぎを見てアレはずいぶん愛らしく笑っていたな。少女のように可憐《かれん》に。……私の目がどうかしてたのか？　後で目薬を持って来させよう。

書類をいくつか片付けたところで家令が執務室に入って来た。また新しい仕事か？

何かのカタログらしきものを差し出してきた。

「旦那様、凱旋式の衣装の色味はどのように致しますか？」

「ああ、衣装の件か。ディアーナはなんと言っている？　色味は合わせた方がいいのではないか？」

「奥様は今回、特には……コルセットはしないデザインとしか希望はないようです」

「何？　あの宝石やドレス大好き女が珍しく意見もないだと？」

「奥様は頭を打たれてから、本当に質素におなりなのです」

私はとりあえず家令に目薬を持ってくるよう言いつけ、朝餐《ちょうさん》時の食堂にて妻に意見はないか訊《き》いてみようと思った。

食事も終わり、茶が出て来たタイミングで私は問う。

「私のドレスですか？　旦那様の衣装に適当に合わせてくださって構いませんわ」

「何か意見を出して欲しいのだが」

「ラヴィはお父様にどんな衣装を着て欲しいとかある？」

「わ、分かりません。お母様のドレスとお揃《そろ》いの色を入れたらいいのではないでしょうか？」

娘にはまだ難易度が高かったらしい。

その場は諦めて引いたが、夫婦揃って出る公式の場での衣装についてあれほど要求を言われないのも寂しく感じ、こんな事でこんな気持ちになったのは初めてだった。

昼になって収穫したモヤシなる植物を、いや野菜を食べるらしく、またバルコニーで料理をしている。また煙が上がって……。今回は娘も一緒だと言うので、また変な物を食べさせてはいないか見に行った。断じて私が食べたいから様子を見に行くのではない……。

「焼肉ですわ」

「肉はともかく、その白いひょろひょろとした変な植物も娘に食べさせる気か？」

「もやしのナムルですわ、ちゃんとした食べ物です。茹でて、ごま油とポン酢で和えるだけで食べられる優秀な野菜です。気になるならあなたもどうぞ」

渋い顔でモヤシのナムルなるものを皿に盛り、手渡して来た。

「閣下、椅子《いす》です」

またも、すかさず私の分も追加で椅子を用意したのはメイドだった。ここは立ったままなのも微妙なので素直に座った。そして仕方ないので、ナムルを口にした。

「悪くは……ないな」

「普通に美味しいでしょう」

「食べやすい味です」

子供の多くは野菜を嫌うと聞いたが、娘も食べやすいと普通に食べている。

「焼肉の牛肉はお酒と舞茸《まいたけ》の力で柔らかくなっていますよ」

じゅうじゅうといい音を立てて、肉がコンロの鉄板の上で焼けている。香ばしい香りが鼻腔をくすぐる。

「ところで、お母様が飲んでいるのは何ですか？」

「キンキンに冷やしたエールよ。ラヴィにはお酒は早いかりんごジュースね」

「はい」

「わざわざエールを冷やしているのか」

「この方が美味しいから、こちらもどうぞ」

「ああ」

よく冷えたエールは、芳醇《ほうじゅん》で濃厚な味わいと飲み応《ごた》えが増している気がした。

「タレはこちらと、塩と、ポン酢、お好きな物でどうぞ」

せっかく出されたので、肉に付ける調味料は全種類試した。塩は安定。

肉は最高級の物ではないらしいのだが、ちゃんと柔らかくなっていた。

何故か食す肉まで、やや節約をして比較的安い肉を使用してるらしい。最近の妻はおかしい……。

「お高い肉でなくても工夫すれば柔らかくなります」

「税金の無駄使いをやめようと言うのか？」

かつてさんざん浪費してきたのに。品位保持費というものが貴族にはあるが、妻の使い方はやや度が過ぎていた。さりとて公爵家が傾くほどではなかったため、放置しておいた。初夜以外、手を出していない政略結婚だ。パーティーや買い物でウサを晴らし、心の隙間《すきま》を埋めていたのだろうし、他人の婚約者の男を誘惑しては社交界を引っ掻《か》き回すのには辟易《へきえき》していたが、最近は大人《おとな》しくしてるどころか先日のパーティーでは私とダンスを……しかも慕っていたはずの皇太子の前で……。

「自分で鉱山を持って事業をすれば私の収入ですよね。いずれ販売するレースも私の資金になります。市民の血税だと思うとお金を使うのは気が引けますが、自分の資産から使うなら気兼ねないでしょう。いずれしっかりと稼いでみせますよ」

「……」

意気揚々と貴族の夫人らしからぬ事に意欲を見せる。

貢《みつ》がせることはあっても自分で金を稼ごうとする女はあまりいないし、そんな姿が何故か好ましく感じる。我ながらどうかしている。

「カグヤ姫の送ってくださったポン酢美味しい～～」

妻は肉を食しながら生き生きとした瞳で、幸せそうに笑っている。かつては見なかった表情だ。そして、確かにポン酢とやらは酸味があって肉を食べてもスッキリするし、タレはニンニク以外は何をブレンドしたのかよく分からないが、コクがあって美味い。焼いた肉と冷たいエールは極上の……いや、悪くなかった。

「椎茸《しいたけ》も焼けましたよ、塩でどうぞ」

「ああ」

「ラヴィ、キノコは？　食べないの？」

「私はもやしでいいです」

「あらあら。でも子供で椎茸好きな子はあまり見たことないわね」

グウ～～と、背後から腹が鳴る音がした。

目の前の料理が護衛騎士の食欲をそそってしまったらしいが聞かなかったことにしておいてやる。

「お腹が空いてかわいそうね、おむすび食べる？　ただの塩むすびだけど」

妻が気を使って食事を勧めたが、当然騎士は断った。

「い、いえ、任務中なので！」

気の毒だが今は野営中でもないから一緒に食べる理由はないな。しかし騎士にまで食べ物を渡そうとするとは本当に妻は以前と変わってしまっている。まるで別人の……優しい女性のようだった。

バルコニーの小さな宴会の後には雨が降り始めた。それは、私の長く凍てついた心にまで、温かい雨が降って来るような、不思議な感覚だった。

＊　＊　＊

貰った領地、アギレイに春が来たので私は現地に向かい、鉱夫も入れた。更に農業指導などしてから公爵領へ戻ると、ラヴィの新しい家庭教師、ガヴァネスが来ていた。

また女だ。男よりは安心なのかな？

と、思っていたら、また旦那様に色目を使っていたとメアリーから報告を受けた。

「あの新しい女教師も、旦那様に気があるようです」

「ええ〜〜、またなの？」

「はい、今回は未婚の学者の家の娘なのですが、どうしてこうなるのでしょうか、旦那様が魔性なんでしょうか？」

また変な女が私の居ぬ間に入り込んだ。旦那様は冷たい印象だけど、本当に顔はすごくいいし、何しろ公爵だ、金と権力がある。擦り寄る人間は多い。後でよくよくガヴァネスの素性を調べてみると、前回のクビになったオッパイがでかい、例のガヴァネスの知り合いだった。

まさか私への嫌がらせで、自分の代わりにまた刺客のように別の女を送り込んできたの!?

新しいガヴァネスの名前はアマンダ・バークリーという名だった。前ガヴァネス、リアリー・オパーズ子爵夫人の刺客!!

私の居ぬ間に、具体的にアマンダが夫にどのようなアプローチをしたのかをメイドに聞いたら、「雨が酷《ひど》いから泊まっていきたいのです。それにまだ屋敷内が広すぎて色々把握できてませんので」などと駄々をこねた挙句、深夜にネグリジェ姿でトイレと間違って公爵の寝室に入って来ていたとか。そんな雑な言い訳があるか！　公爵の部屋は屋敷で一番いい部屋なのに、その扉も見事な彫刻を施されているのにトイレに見えるはずがない！　どの扉も豪華で見分けがつかなかったとか言い訳を並べたそうだけど！　あからさまにわざとだし、さてどうやって追い出すか。

手袋投げつけて決闘を、と喧嘩《けんか》を売る？　いやいや、ディアーナは強すぎて一方的な殺戮《さつりく》になってしまうし、アマンダ自身は女だし、直接の戦いは避けて、しぶしぶ決闘を受けても相手が代理を立ててくるだろう。私は特に恨みもない関係ない人をボコることになってしまうと申し訳ないわ。では、どうする？

そもそもディアーナは元悪役令嬢よ、それっぽく考えてみると嫌がらせにドレスにワインをぶっかけたり？　いや、ドレス作った人とドレスがかわいそうだわ。虫を投げてみる？　手が滑った～～とか言って。私は目の前の花壇を注視した。

くっ！　せめてトングのような物があれば……！

「お母様、何をされているのですか？」

花壇前でプルプル震えてたらラヴィが声をかけてきた。

「害虫がいるのよ、大事なお花の葉っぱを食べて枯らしてしまうの」

「あ！　本当ですね、そこにバッタが」

「虫に触れないのよ、私としたことが」

「お、お母様、私が代わりに！」

そういう娘も手が震え、顔色が青くなっている。

「無理しないで、虫が怖いのでしょう？」

「う、でもお花とお母様を困らせる、この虫は放置できません！　そ、そうだ、男の子は虫が大好きだって、うさぎ番の人が言ってました！　男の子に応援を頼みましょう！」

「男の子……そうね、その手があったわ」

孤児院の子を呼んで虫を捕まえる仕事をあげて、パンとおやつと賃金をあげましょう。庭師も害虫退治の手伝いがいると助かるでしょうし。虫かごか紙袋を用意して、袋にバッタを集めてもらって、あの女にぶちまけてやろうかな？　怖くて公爵邸に近寄れなくなるかも。ふふふ、悪役らしい発想じゃない？　ワインほどにはドレスも汚れないし、バッタには羽根があるから、多少投げてもどうもないでしょう。多分。

孤児院の子を呼んで仕事をあげる事にした。

男の子達は喜んで虫を探して袋に毛虫からバッタから、集めてくれた。イモムシ、毛虫まで……。

ま、まあいいわ。きっと相手の恐怖が増すわ。決闘で人に怪我させるよりは平和的。まず自然にあのガヴァネスを外、庭に呼び出す為の餌に夫を呼びつける。きっと誘惑しに来るはず。

そしてまんまと、何も知らないガヴァネスが夫に釣られて来た。

今から私が恐怖のるつぼにご案内するわよ。

「あら、今日はみすぼらしい平民の子が沢山庭園に来てますのね？」

「妻が孤児院の子にクッキーやパンを配るのだとか言っていたな」

「まあ、あの公爵夫人が慈善事業ですの？」

「あの、とはどういう意味でしょうか？」

私は背後の茂みからぬるりと出て行った。

「ま、まあ、公爵夫人、そこにおられたのですか？」

「はっ、ハックション!!」

私は盛大にくしゃみをし、後ろ手に持っていた紙袋を目の前に持ってきて口を開けて、ガヴァネスの方に思いっきり中身をぶちまけた!!

「ぎゃあああああああっっ!!」

虫が大量に紙袋から飛び出した!! 絵面えぐい!!

これが漫画ならモザイク処理が必要なレベル!!

「まあ、ごめんなさい、くしゃみの拍子に子供達に集めてもらった、美しい花にたかる害虫が!!」

「いやあああ!! 助けて！ 毛虫！ バッタ！ ひいいいいいいっ！」

「あ、ドレスにイモムシが!!」

「取って!! 助けてください！」

だが近くにいた夫は虫の直撃を華麗に避け、静観している。

いや、私をジト目で見ているので、さっきのくしゃみが演技だと分かったみたいだ。

「坊や達！　ごめんなさい、くしゃみしたら虫が飛び出してしまったわ、もう一度捕まえてくれる？」

「誰《だれ》か助けて!!　早く！」

ガヴァネスはアレクの方を向いたが、ため息をついた後に、

「庭師はどこだ？」

と、言って軽く周囲を見回しただけだった。

「奥様、あの女の人にくっついている虫を袋に入れたらいいですか？」

女は一人でプルプルと悶《もだ》えていて、ドレスにくっつく虫を振り落としたいけど、バッタが飛ぶのが怖いと見える。

「そうよ」

「でもあの人は貴族では？　近寄っても怒られないでしょうか？」

「助けてって言ってるでしょう!?　早く!!」

アマンダが叫んだ。

「アマンダ・バークリーは学者の娘よ。私が許すわ。助けを求めているから助けてあげて」

「はい！」

男の子は素直に虫を回収する。

私は騒ぎを聞きつけてやって来た騎士に虫入りの袋を押しつけてから言った。

「やれやれ、害虫退治も苦労しますわぁ。美しいものを見つけたら、身の程知らずにも公爵邸の庭に

まで、堂々と入り込んで来るのだから」

私は嫌味ったらしく、ガヴァネス、アマンダの方を向いて言った。表向きには公爵夫人がくしゃみの拍子にうっかり虫をぶちまけただけだ。身分的にも只《ただ》の学者の娘が私を咎《とが》める事はできない。私は更にこの小娘に来やがれ！　って視線を投げつけた。

「う、く……」

女は泣きながら逃げて行った。

「ディアーナ、なんのつもりだ？」

走り去る女を追いかけるでもなく冷たく見やってから、夫は私の方に向き直り再び口を開いた。

「旦那様の家庭教師選びは失敗しています。メイドに聞きましたがトイレと間違ってあなたの寝室に入って来ていたとか、間違え方がありえません！　どうも品のない者をうっかり選んでしまうようですので、相応の対応をしたまでです。ラヴィの家庭教師、今度は私に選ばせてください」

「……ヤキモチか？」

「まるで私が若い娘にヤキモチを焼いたみたいにおしゃらないでください！　娘の教育に悪いでしょう！　夫を誘惑するという事は、浮気を誘っているんですから！」

「……家庭教師の件はそこまで言うなら、其方《そなた》に任せよう」

夫は何故か笑いながら背を向けて屋敷に戻って行った。何なの!?　本当に私がヤキモチ焼いて嫌がらせして追い出したと思ってるの!?　私が一人でプンスカ怒っていると、ラヴィがやって来た。

「お父様が珍しく笑っておられたのですが、何があったのですか？」

「な、何でもありません。それよりラヴィ、あの子供達にお菓子を配るので手伝ってくれる？」

「はい!!」

よし、とりあえず意地悪だったけど怪我させずに夫を誘惑する家庭教師を追い出した！　公爵夫人に睨《にら》まれて怯《ひる》まない小娘なんてそういない。真っ向から敵になるなら皇后や皇女レベルでないと……。


ランチの後にまた庭に出た夫が、庭師を呼びつけたのを見た。私は茂みの裏で聞き耳を立ててみた。

「何故最近になって害虫が増えたのだ？」

「お嬢様が『妖精さんが花の蜜を飲みに来るから、あまり農薬を使わないで』とおっしゃいまして」

「妖精などいるわけがなかろう」

「ですが旦那様、実際に薬を貰ったのです。私も半信半疑で腰痛がしんどいと妖精ポストに書いて出したらよく効く湿布をくださって」

「どこかの魔法使いのイタズラに決まっている」

「はあ……、それですとずいぶんと優しいイタズラをなさる魔法使い様が近所におられるのですね」

……。今度はこっそりと害虫除《よ》けの魔法をかけないとね。あ、あのバッタやイモムシがその後どうなったかって言うと、養魚場のお魚の餌になった。命は無駄にならなかった。合掌。


二人目のガヴァネスをクビにしたので、私は後日新しい人を水タバコの店でナンパしてきた。

「と、いうわけで、オルコット子爵のレジーナ夫人を新しいガヴァネスとしてここに招くことにしました」

夫のいる執務室でそんな報告をした。

「そうか、ご苦労だったな。こちらからは凱旋式の衣装の仮縫いができたから合わせてみて欲しいとデザイナーから連絡があった」

「分かりました。明後日にも来てくれていいとお伝えを」

「ああ」

さて、シンプルな服に着替えてからメアリーを伴って、うさちゃんを愛《め》でに行くか。


「あら〜〜、撫《な》でられ待ちなの？　うさちゃん、かわいいわねえ」

つい近所のおばちゃんみたいな口調になってしまう。うさぎが可愛いすぎるせいだ、仕方ない。

ふわふわのもふもふを撫でてスーパー癒しタイムを満喫する私。表の庭園に出てみると、ラヴィが庭師のトムを困らせているのを発見した。トムは手に瓶を持っていた。

「トム酷い！　妖精さんのために農薬は使わないでって言ったのに！　この瓶に入ってる緑色の水、農薬でしょ⁉」

「お嬢様、これは旦那様の指示でして……このままではお花の葉っぱが虫食いだらけに……」

「でも……」

「ラヴィ、庭師を困らせてはいけないわ。虫は嫌がるけど自然に優しい虫除け薬を私が作るから、それを使えば妖精さんも不愉快ではないし、大丈夫よ」

「本当ですか？」

「そうよ、それに妖精さんは魔法が使えるから、自分に対して毒っぽいものも消せるの」

口からでまかせ。

「そうなんですか？　……なら、いいです。トム、困らせてごめんね」

「は、はい、私は大丈夫です。奥様ありがとうございます」

「メアリー、無農薬品を作るから、厨房《ちゅうぼう》から出涸らしのコーヒーと茶葉を貰って来て。それと煮沸消毒をした密封可能なガラス瓶を用意しておいて」

「はい、奥様」

家庭菜園用に調べて作った無農薬品をまた作製し、薬液をスプレー容器に入れて、虫のついた葉っぱに噴霧してみると、虫がポロポロと落ちていく。

「やったわ！　上出来よ」

「おお。すごいですね、奥様」

「じゃ、この無農薬品はトムにあげるから、無くなったらこのレシピ通りに作って使ってちょうだい」

「はい、ありがとうございます」

レシピを書いた紙もあげておく。数日後、ミキサーとひき肉製造機の進捗《しんちょく》報告も届いたし、ドレスの仮縫いも行ったし、ラヴィの新しいガヴァネスのオルコット夫人も授業を開始してくれた。

特に問題は起こっていないし、直《じき》に凱旋式だし念の為スキンケアも念入りに行っておこう。

凱旋式を春の終わりにつつがなくすませた。

その時の夫の礼服とマントは黒、裏地が赤。礼服の黒地の襟には金糸の刺繍を入れて、ゴージャスに、かつ格式高くあり、私のドレスは真紅の薔薇《ばら》のような赤に金糸の刺繍を入れた物だった。

旦那様のマントの裏地の赤の差し色と同じで二人セットで目を惹《ひ》くし、格調高い黒と赤と金色で、夫は神話の英雄のように威風堂々としてかっこよかった。

ちなみにアクセサリーの宝石はまるで私の琥珀《こはく》色の瞳の色に合わせたかのようなゴールデンシトリンだった。贅沢《ぜいたく》者のイメージを払拭《ふっしょく》しようと私がろくに意見を出さなかったわりに華麗に揃えてくれて感動した。

街道もとても賑《にぎ》わっていて、パレードの周辺の窓からは人々が花びらを降らせ、華やかで美しかった。そして勝利のお祝いに、美味しい料理やお酒を振る舞われた帝国市民は喜んでいた。何しろ戦争したのに味方の被害がゼロの完勝なのだ。我が公爵家の権力が増すにつれ、パーティーのお誘いは増えた。招待状は沢山来ていたが、しばらくは自分の土地となったアギレイの鉱山とレース事業、畑の整備に忙しい日々を過ごした。

初夏に娘と船遊びをした。夏の陽射《ひざ》しから娘を守るため、ラヴィによく似合う美しいレースの日傘を作った。アラクネーの糸は優秀だった。船遊びと言っても船に乗って湖を移動するだけであったが、ラヴィは嬉しそうだった。私と一緒にお出かけできるだけで嬉しいようだ。可愛い。尊い。

ちなみにうちのレースの日傘の評判が高く、買わせて欲しいとの貴婦人達の要望が多く、稼げた。使ってるモデル、いや、娘がかわいいからね、欲しくなるよね。分かるよ。

秋には家族一緒にカエデの紅葉を見た。赤く染まった木々は、本当に見応えがあった。

紅葉の名所ではメープルシロップをお土産に買って、邸宅ではパンケーキにメープルシロップをかけて食べた。甘くて美味しい。

冬を迎えて、冬支度の大変な富裕層ではなく、生活に困窮している領民に、リメイクドレスや宝石を売ったお金で火の魔石を配った。冬に凍えて辛《つら》くならないよう、寒さで死ななくて済むように、暖かく過ごせるように。私財を売って領民に還元したのだ。その分、私の名声が上がった。

これも娘がいずれ社交界デビューする時に肩身が狭くないようにするための布石。計画通りだ。今は新年を迎える前の準備をしていた。旦那様も私が好き勝手してても、昔のような無茶苦茶な贅沢品の買い物もしてないからか、何も文句は言ってこないし、口出しもなかった。


そんなわけで、新年のお祝い料理に、「ガレット・デ・ロワ」を準備することにした。

それは前世で見て憧れていたやつ。日本人だからフランスなどの外国のイベント料理に憧れる。

一月のキリスト教の祭日に食べられる〝王様のためのお菓子〟という意味を持つアーモンドクリーム入りのパイの中に小さな陶器製の人形フェーヴを仕込むやつ。

切り分けた時にフェーヴが当たった人は、その一年間幸福に恵まれると伝えられている。

この料理を料理長に頼んで作ってもらうため、小さな陶器のお人形は雑貨屋で購入した。


そして新年を迎え、公爵領もお祝いムードで公爵邸でも当然パーティーが開かれた。

招待客で賑わっていて、貴族の女性のドレスは華やかだしイケメン騎士もいっぱいで眼福。

「新年おめでとう、今日は無礼講だ。楽しんでくれ」

旦那様の言葉でパーティーは始まり、しばらく挨拶《あいさつ》のターンが続いた。そしてついに華やかな飾りつけのパーティー会場で、念願のガレット・デ・ロワを食べる時が来た。ガレットは旦那様に頼んで切り分けてもらった。

「お料理の中に何か入ってました！」

小さな陶器製のお人形を見て、ラヴィが驚いている。

「フェーヴね、当たりよ、それ。ガレット・デ・ロワの中に入ってるのに当たると、その一年間幸福に恵まれるというものなの」

「わあ！　お母様、本当ですか!?」

「多分……いい子にしてたら」

絶対とも言い切れないのは、皇帝が何を言い出すか分からないからだ。

「い、いい子にしています。多分」

「頑張って……」

「きっと大丈夫ですよ、お嬢様はそもそもいい子ですから！」

使用人もフォローをしてくれて、何とかなった。新年のお祝い料理は美味しいものばかりだった。私のリクエストのグラタンもある。冬になると食べたくなるのがグラタンである。これも料理長にレシピを渡して作ってもらうことにしたのよ。マカロニとかパン粉とかホワイトソース用の牛乳とかチーズなどを用意して。大きなオーブンは厨房にあるから。完成したグラタンはチーズにこんがりとした良い焼き色がついてて、いかにも美味しそうに仕上がっていた。お味も当然良くて大満足。

沢山のドライフルーツの入ったケーキも冬籠もり用に用意した。

砂糖もバターもお酒もふんだんに使っても何ともない！　流石公爵家！　セレブ生活最高！

その一年の幕開けはいい感じだったのだが、忘れていた事があった。ラヴィの呟きで思い出した。

「そう言えば、妖精さんもまだ妖精界に里帰り中でしょうか？　いつ帰るのかなぁ。やっぱりお花の季節の春でしょうか？」

あ……出征の時に私が公爵邸を留守にするから妖精はしばらく妖精界に行って留守にするって使用人への手紙を出して……それが娘にも伝わって……そのままにしてたわ。

「そうね、きっと春だわ。妖精は花が咲く頃に戻ると思うわ」

「冬は寒いですからね」

「妖精界は常春《とこはる》だから寒い間はきっと向こうにいるわね」

という風に、誤魔化《ごまか》しておいた。


——魔力が……減ってる。器を満たす、私の魔力が減っている。

いや、減っているというか、むしろ、周囲から集まって来ていた魔力供給が絶たれたって感じがする。

体感で分かる。感じる。全能感のようなものが消えた。何故かは分からない。

もしかして、これは、私がラスボスルートから外れた事を意味するのかな？

弱体化で無双できなくなったのは残念だけど、ラスボスとしての役割ブーストが無ければ、もしかして、本来こんなものなのかな？　全く魔法が使えなくなったわけじゃないから、いいけど。

公爵夫人として恥ずかしくない程度ならある。ラスボスに相応《ふさわ》しい、規格外な魔力が無くなっただけでしばらく無茶な戦場に送り込まれたりしなければ平気。去年皇帝命令で出征したばかりだし、いざとなったら金で優秀な人材を雇えばいい。私には魔石鉱山がある。

でも、私の魔力が減った事、旦那様には言っておいた方がいいのかな？

あの人が私の魔力や戦力を当てにすることなんて無さそうだけど、万が一……。

いや、弱体化しましたなんて言ったら笑われる？　いや、普通は心配するところよね？　具合が悪いのか？　ってさ。弱体化なんて、じゃあ前回の戦争で見せた魔力、戦力はなんだと聞かれたら、なんと答えればいいのかな。魔力ポーションをがぶ飲みしてドーピングしてましたとか言う？　いや、なんかそれもインチキくさい。

いや、チートすぎたのが比較的普通レベルに戻っただけ、そんな恥じる事ないはず！

「奥様、さっきからお一人で頭を抱えてどうなさったのですか？　もしや具合が悪いのですか？」

「い、いいえ、別に……ちょっと旦那様の所に行ってくるわ」

「はい」

私は鍛錬場に向かった。騎士達がそこにいて、旦那様もそこで剣の腕が鈍らないように鍛えているから、とある騎士と剣で手合せで打ち合っているのを柱の陰からそっと見守る私。

「そんなところで何をしているんだ？　其方は」

秒でバレた！

「ええと、見学ですわ」

「暇なのか？」

「違いますわ……」

うっかり暇などと答えてなんか大変な仕事をまかされたら困るわ。書類仕事は嫌いだから私はそそくさと逃げ出した。

「奥様、ちょうどよいところに」

邸宅の廊下で家令に呼び止められた。

「何かしら？」

「ミキサーとひき肉製造機の試作品が完成したらしいのです」

「やったわ!!」

ひとまず弱体化の話は置いておきましょう。これでズルだけど特許的なものを申請した後に量産して売れればお金が入るわ。何かあれば大抵の事はお金が解決してくれるはず。それとハンバーグか餃子でも作ろうかな？

「あ、奥様、それともう一つ」

「何かしら？」

私はウキウキ気分で聞いた後、奈落に沈むことになった。

「皇帝陛下からもう一度、魔力測定をやり直すようにと書状が来ております」

はあ!?

「ど、どうして今更!?　学校に入るわけでもないのに！」

「さあ、それは皇帝陛下のお考えですから、私では分かりかねます」

何なの？　まさかまたどっかの戦争に送り込もうなんて思ってないでしょうね!?

「しかし、皇帝命令なら行かざるをえないわね」

「旦那様に付き添いを頼んでは？」

「子供じゃあるまいし、ついて来てなんて言えないわ」

「妻をエスコートするのは夫の務めだ」

不意に背後から現れた旦那様！

「エスコート……な、なるほど。では、お願いしても？」

「ああ、いつだ？」

「六日後でございます」

私の代わりに家令が答えた。

「今が社交シーズンじゃない冬だとしても、ずいぶんと急ね」

「あそこはいつも強引だな」

ノリと思いつきで生きてるのか？　あの皇帝。他に用事があったらどうするの？　って言いたくなるけど皇帝命令が一番に優先されるのが帝国。仕方ない。でも、魔力検査に旦那様が付き添うなら、私からわざわざ弱体化した報告しなくても分かるでしょうね。謁見用のドレスを慌てて選んで、私は六日後に今更すぎる魔力測定を行うことになった。しかも、皇帝陛下の前で。


魔力測定の日に、本当に旦那様はエスコートしつつ同行してくれた。検査は大神殿で行われ、皇帝陛下もマジで来ていた。結果だけ報告貰えばいいのに。疑い深いから自分で確認にきたの？　皇帝と対面するとピリリと緊張が走る。隣に夫のアレクがいても、弱体化した今の私には、少し怖く感じる。

思わずアレクの腕を掴《つか》む手に力が入る。検査は水晶玉のような物を使い、大神官自らが行うようだ。

普通は十歳の子供相手にする検査ゆえ、大神官まで呼ばずともいいのに、皇帝が来るから失礼にならないようにトップが呼ばれたとみえる。

「アドライド公爵夫人のこの魔力の色は、全属性です。魔力量的にはアドライド公爵には及びませんが、全属性です」

アレクの眉《まゆ》が一瞬だけピクリと反応したが、すぐにいつものポーカーフェイスに戻った。

弱体化前なら……きっと魔力量、アレクに勝ててたのに。ちょっと悔しい。

「ほう、全属性とは稀《まれ》であるな。稀有《けう》な癒し、白、光属性もやはりあるのだな？」

「はい」

大神官は正直に包み隠さずそう答えた。

「陛下、リージア・シプス・エイセル公爵令嬢が到着しました」

皇帝の護衛騎士が報告に来た。アドライド以外の四大公爵家のエイセル家の令嬢が何故今ここに？

「戦の武勇伝が聞きたいとせがまれてな、すまんが公爵、茶室で令嬢の相手をしてやってくれ」

「武勇伝と言われましても……」

「まあ、リージア嬢と適当に一緒に茶を飲んでやればよい」

皇帝のせいで旦那様と物理的に離された。

「ディアーナ夫人は余の散歩に少し付き合ってくれ。最近運動不足と主治医に言われてな」

何で私が？　と言いたくなるのをぐっと堪《こら》える。しかし、何故公爵夫人と言わずにわざわざディアーナの名前で呼ぶわけ？　皇帝がいるせいでだいぶ後方になるが、一応公爵家の護衛騎士も私についてて来てくれるから多少マシか。

「仰せのままに」

この大神殿の中には春の庭がある。冬でも暖かく花も咲いている不思議な場所だ。

「ディアーナ夫人は、かつて余の倅《せがれ》を慕ってくれておったな？」

人妻相手に急に何言いだすの？　この皇帝。

「昔の事でございます」

「本当に昔の事か？　今なら魔力も十分にあるのが証明されたし不足はない。皇太子の元へ行けるぞ」

はあ⁉　何を今更‼　そもそも原作ディアーナと私は、男の好みが違いますよ！

「私には既に夫も子供もおりますし、皇太子様にも皇太子妃が既におられるのに、ご冗談を」

「以前から可哀想《かわいそう》には思っておったのだ。魔力なしと思われておったせいで、息子の婚約者にしてやれなんだ事」

嘘をつけ‼　力があると分かった途端に皇家に取り込もうとしてるだけ‼　騙《だま》されないわよ。

「とにかく、以前の私と今の私は、男性の好みも変わりましたの」

「ほう？　そうなのか。いずれ皇太子は余の座を継いで皇帝になるというのに？」

私は皇后の地位にも興味はない、面倒くさいし、スローライフにはほど遠い。

「誰かの二番目や側妃になりたいとも思いません」

「では皇后の座であればどうだ？」

「それでは現在の皇太子妃の立場がありませんわ。私、これ以上恨みを買いたくはありません」

「我が帝国は実力主義ゆえ、力ある者が頂点に君臨するのが相応しい。しかし……まあ、息子が皇帝の座に座るのもまだ先の事ゆえ、気が変わったら手紙でもよこしてくれ。とはいえ、健康な子が産める年齢の時が好ましいな」

やかましい!!　断ったのにまだ諦めてないんかい!!

とんでもない提案をされたが、全力で断った。既に娘もいるのにとんでもない話よ。でも夫と別れて娘を悲しませたくないとでも言えば娘がいなくなればいいのか？　って暗殺計画でも立てそうなんで、男の好みが変わったと言っておいたけど、これで合ってるわよね？　多分。


緊張と波乱のお散歩は終わった。こんなに嫌な気分になるお散歩は初めてだった。しかし、この分だと急に呼ばれた公爵令嬢は、私が別れてもアレクの相手はいるぞ的なアピールだろうな。それで公爵令嬢と私の旦那様と二人で茶でも飲んでこいとか、妻がここにいるんですが！　ふざけんなし！

はっ!!　……いけない、怒りゲージを貯めては。負の感情はダメ。

近くにあった柱にビキッと亀裂が入った。私の怒りに大気の精霊が反応してしまった！

せっかく、きっとラスボスルートを回避したんだろうから……。

でも、私がラスボスルートから外れたなら、いずれ勇者と魔王討伐に行かされる聖女のラヴィの生存率を上げないと。何しろ原作のディアーナは土壇場で自ら死を受け入れた。ついに勇者と聖女が魔王の居城にたどり着いた時、勇者の剣を無抵抗でその胸に受け入れたのだ。防御を、魔法の守りを限界まで解除し消して、わざわざ倒されてあげた。最後に娘の名前を呼んで、最後の最後に娘への情的なものの片鱗《へんりん》を見せ、死を受け入れ、勇者に討伐されたのだ。なんとも切ないエンディングだ。

ディアーナは原作にある、主人公に試練と切なさを与える舞台装置的役割を担っていた。ディアーナ以外が魔王になれば、聖女と勇者にわざわざ手加減などをせずに、容赦なく攻撃するだろう。

生存権を譲ってあげる理由がない。なるべく勇者パーティーの結束が固くなるように、早めに結びつきを強化すべきかも。アカデミーでラヴィと出会う前に別荘やパーティーに招待しておくとかしようかな？　そんな事を考えつつ、公爵令嬢と茶をしばき終えた旦那様と合流して公爵邸に戻った。


「リージア公爵令嬢に本当に武勇伝を話されたんですか？」

事の終わり、邸宅に着いてから私は廊下を歩きながら夫のアレクシスに茶の席での事を訊いた。

「私は話が苦手ゆえ、逆に相手に話を聞かせてくれと言った」

「何のお話ですか？」

「最近何に興味があるのかとか、当たり障《さわ》りのない話だ」

「あなたに興味があるとかあからさまな事を言われましたか？」

嫉妬《しっと》のような感情が湧いてつい、冷たい口調で問い詰めてしまう。

「……最近流行《はや》りのドレスとか宝石の話とかそういうどこにでもいる貴族女性らしい話題だ。他には自分はまだ未婚なので行った事はないが、母である公爵夫人が水タバコにハマって店に通っているだとか……」

「そういえばあそこは既婚者ばかりで若い方はいませんでしたね、いかにも大人の社交場でした」

「其方は陛下に何を言われたのだ？」

「今なら魔力持ちと証明されたので、貴方と離婚すれば皇太子の妃《きさき》の座をくれてやる的な事ですね」

アレクは眉間《みけん》に皺《しわ》を寄せた。ねえ、嫉妬してくれたの？

「あの皇帝……現皇太子妃の立場は……。いや、それより其方は何と？」

「既に夫も子供もいるから冗談はやめてほしいと言いました」

「無論、皇帝は本気なんだろう」

「何もかも今更です。昔とは男性の好みが違うとも言って、はっきりと断っておきましたので」

「昔と今の男の好みが違う？」

「そうですね」

「今の好みは？」

「少なくともキラキラの王子様タイプではありませんね」

「……」

アレクは疑うように私を見た。何よその目は？

「とにかくラヴィのためにも別に離婚は考えていません」

「そうか」

「あなたは若い女の方がいいんですか？　リージア・シプス・エイセル公爵令嬢は次女でしょう？」

長女の方には既にしっかりとした婚約者がいるから次女を差し向けたに違いない。

「興味はない」

「そういえばあなたは、私は何に興味があるのか訊ねてくれた事はないですね」

「聞いて欲しいのか？」

「……聞いてもいいですよ」

夫婦なのに二人でたわいもない、ほのぼのとしたデート会話のようなものをした記憶がほぼないの

だ。夫婦間に甘さが足りないなら多少は足していかないと、永遠に跡継ぎの男の子が産めないぞ‼

旦那様がベッドに通って来ないのだから！　ラヴィに優秀な婿《むこ》を取れとか、プレッシャーを与えたくないなら私が産むしかないのに！　無論原作通り、勇者とは結ばれて欲しいし、政略結婚で他の男の子の名前が出たら困る。政略結婚よりは自由な恋愛結婚の方がいい。

「旦那様、奥様、それぞれにお手紙が届いております」

執事がわさっと届いた手紙をトレイに重ねて持って来た。

「話はまた今度にする」

「そうですか、分かりました」

夫との話は強制終了となった。やや気まずい感じだったから別にいいけど。


部屋で手紙を確認していたら、ラヴィが話に来てくれた。

「お母様、魔力測定どうでしたか？　それと、皇帝陛下とお会いになったとか？」

矢継ぎ早に質問された。

「ええ。魔力量は旦那様に負けてしまいました。それと、陛下ともお会いしましたよ」

「皇帝陛下は何故お母様の検査に同席されたのですか？」

ラヴィは幼いながらも何かを察して不安に思っているようだ。

「私が今後も使えるやつか知りたかったのでしょう」

「使える？」

「全属性だったので、評価は高かったみたいだけど」

「凄いです！　でも、まさかまた戦争に？」

「さあ、いざという時は命令が下るでしょうが、わりと最近行ったばかりだし、行って成果をあげれば褒賞をあげないといけないから、当分は大丈夫じゃないかしら」

「……」

娘はドレスの裾をぎゅっと握りしめ、唇を噛《か》んだ。

「唇を噛んではいけないわ、血が出るでしょう」

「お母様、どこにも行かないでください」

「……あらあら、ラヴィも一緒に旅行に行きましょうよ？」

「旅行？」

他領になるがセーデルホルム伯爵の三男が将来的にラヴィとラスボス戦に行く男の子、覚醒前の勇者だ。伯爵領には立派な湖がある。出会いを早め、結束を深めてもいいのでは？

「セーデルホルム伯爵領にある湖で遊びたいから、手紙を出そうと思ってるの」

貴族が他領に行く場合は予《あらかじ》め断っていた方が無難。

後で何かトラブルが起こった時に双方困るし、スパイだと思われても困る。

「湖……冬にですか？」

「今は凍っているけど、凍っている時にしかできない遊びがあるわ」

「あ！　お母様がくださった本で読みました！　スケートというものですね！」

スケートは転ぶと危ないから心配だわ。

「氷に穴を開けてワカサギ……お魚釣りよ」

「え!?　釣りですか？　氷の下にいる魚を？」

「そう。釣って油で揚げて食べたいの。人気のレースを夫人宛に贈ればきっとしばらくの滞在くらい許してもらえるのではないかと思っているのよ」

「つまり、お母様と他領まで旅行に行けるという事ですか？」

私は頷きながら言った。

「貴族社会で高価な贈り物をされて、返事を返さないのは失礼に当たるの。レースは基本的に手編みだから高いし、伯爵の機嫌取りにお酒と魔石もつければ滞在許可は出るでしょう」

「伯爵領のお宿に泊まるのですか？」

「おそらくは贈り物まですれば、ホテル滞在になるより、伯爵のお屋敷に招かれる可能性の方が高いでしょうね」

そこでラヴィは伯爵家の三男坊の勇者と出会えるはずよ。


魔力検査の翌日。急な魔力測定騒ぎでお預けになっていた、ひき肉製造機の出番が来た。

それを使ってひき肉を作り、料理人に頼んで夕食、晩餐《ばんさん》用に餃子を作ってもらった。

包み方を料理人に指導し、後はせっせと包んでいただく。実際に晩餐の時に出してもらった。

どうせ旦那様とキスもしないし、ニンニク料理も気にしない！　まあ一応匂い消しにりんごジュースも飲むけど。酢醤油つけて、いただきます！　……美味い!!

「肉汁がこう、皮の中に入っていて、ジューシーで美味しいのです」

旦那様に餃子の説明をする私。

「ほう……」

「お母様、この料理美味しいですね」

「そうでしょう？」

「まあ、いける」

素直に美味しいと言えないのか、夫よ。白米と交互にモリモリ食ってるくせに。

「ところで、旦那様。私、セーデルホルム伯爵領に旅行に行きたいのです」

「セーデルホルム伯爵領に？　急だな」

「確かに急ですけど、大きな湖がある所ですわ」

「今は凍っていると思うぞ」

「氷に穴を開けて釣りをしたいのです」

「この寒い中、釣りだなんて酔狂《すいきょう》だな」

「寒さなど装備でどうにかなります。氷の公爵様」

「お父様！　お母様が行くなら私も行きます！」

「仕方ないな、通常の社交期間は終わっているが、これもラヴィアーナの社交の経験になるだろう。旅行には私も同行する」

「ありがとうございます！　お父様！」

「え、お忙しいあなたがついて来てくださるの？」

「放っておくと何をしでかすかわからないからな。紙の仕事ならある程度持って行ける」

信用ゼロ！　しかも旅行先にまで仕事を持って行くとは。紙のお仕事も大変そう。私もアギレイの地のために誠実で優秀な文官を何人か雇わなければ。娘のガヴァネスのレジーナに頼めば紹介してもらえるかしら？　数日後、伯爵からお手紙のお返事が爆速で来て、ぜひ当家に遊びに来てくださいと言っていただけたので、お土産の貢ぎ物と防寒コートとアイスドリルと釣竿《つりざお》と釣り用の椅子とクッションなど必要な物を揃えて行くことが正式に決定した。アイスドリルは錬金術を使い、三個作った。


「アドライド公爵家の皆様、ようこそセーデルホルム家へ。私が当主のセルラト・ライシ・セーデルホルムで、こちらが妻のマグダレーナです」

「妻のマグダレーナです。この度はようこそいらっしゃいました。どうぞ、ごゆるりと」

「歓待に感謝する」

「しばらくお世話になります、よろしくお願いいたしますね。そしてこちらが娘のラヴィアーナです」

「ラヴィアーナです、よろしくお願いします」

夫に続いて、私も娘を紹介したりした。

案の定、伯爵家の子供達も、わあ！　可愛い!!　みたいな顔してラヴィを見てる。

「長男のエベラルドです。よろしくお願いします」

「次男のロベルトです、よろしく」

「三男のハルトヴィヒです。みんなハルトって呼びます」

この三男坊が未来の勇者。ハルトヴィヒ・ライシ・セーデルホルム！　通称ハルト！

本当はアカデミー入学後、誘拐騒ぎの時に絡むはずだったのに、ここが初対面になってしまった。

荷物を一旦ゲストルームに運び入れ、それから湖に行く。凍った湖は三日ほど釣りをするスケジュールで、貴族が貸し切り。それからスケート用に開放するスケジュールになっているそうだ。

なんとアイスドリルはわざわざ作って持って来なくても伯爵領に存在した。

まあいいわ、マイドリルがあっても。

「其方以外にも氷の上で釣りをする人間がいたんだな」

「冬だって食料が釣れるならやるでしょう」

湖に着くと既にテントが設営してあるし、センターには火の魔石で足元の氷が溶けない程度には暖かくしてあった。

「ハルトはまだ小さくそんなに幅も取らないし、私達と同じテントで釣りをしませんか？」

私は小さい子一人くらいなら、まだこっちのテントに入るぞアピールをする。

「僕ですか？　はい」

ハルトは笑顔で素直に来てくれた。小さい呼ばわりされたことに怒ることもなく、兄二人を差し置いてラヴィの側《そば》にいられるのが嬉しそうにも見える。椅子に座ってその上にクッションを置き、お尻が痛くならないようにしてセット。アイスドリルで丸い穴を開け、竿を持ち、糸を垂らして魚が餌に食いつくのを待つ。しばらくして私の竿がしなった。

「お母様！　引いてます」

「本当だ、公爵夫人、頑張《がんば》って！」

「はい！　……釣れたわ!!　しかも三匹もかかってる！」

「あ……引いた」

「お父様、がんばって！」

アレクの方も釣れた。

「……釣れたぞ」

「あなた、桶《おけ》に入れておいてください！」

「ああ」

「あ！　僕のも引いてる」

「私のも！」

「ラヴィ、落ち着いて、大丈夫よ」

皆、ちゃんと釣れた。私達親子はビギナーズラックもあるかも。


結構な数が釣れたので、いよいよワカサギの天ぷらを作っていく。

「魔道コンロを魔法陣から転送しました」

私は氷上テントから移動し、湖のほとりに魔道コンロを設置した。

「伯爵家の料理人に頼まないのか？」

「ここで揚げたてを食べた方が美味しいですよ、多分」

「そうか、まあ好きにするといい」

片栗粉をつけたワカサギを油で揚げていく。

そして実食の時！　……サクッ。いい音!!　うんまあ〜〜い!!

「揚げたてはやはり美味しいわ。あなた達もどうぞ」

「……なるほど」

旦那様のアレクは真面目な顔だけど、多分美味しいんだと思う。

「ハフハフ、熱いけど、美味しいです！」

「お母様、衣がサクッとしてて美味しいです」

「よかったわね、いっぱい食べてね。おにぎりもあるから」

「お母様、お米美味しいですね」

「そうでしょ、いつかカグヤ姫のお国にも旅行に行きたいわ。特に春」

「……ディアーナ、ハポング国の春には何があるのだ？」

「カグヤ姫にうかがいましたが、薄紅色の桜が咲いているそうです。花はアーモンドの花に似ています」

「サクラ？」

「ええ、そうです。いつか遊びに来てくださいと手紙にありました」

「それでは既に招待をされているようなものか」

「ホホホ、実はそうなのです」

いずれ絶対に行ってやるわ！

「公爵家の方は……仲がいいんですね」

「ホホホ、そう見える？　ありがとうハルト」

ちょっと羨《うらや》ましそうに私達を見るハルトだった。ハルトの家族は三男坊のハルトの事はかなりほったらかしの長男優遇の家だったはず。原作に書いてあった。私は、食事の後でハルトの頭を撫でて、

「私で良ければいつでも甘えていいからね」

と、言ったら、ハルトは驚いた顔をしてた。

「お母様！　ずるいです！　私も！」

ラヴィが猛然とカットインして来た。私の目の前に頭を差し出し、私も撫でて!!　の要求。

撫でろ要求をする猫みたいでかわいい！　もちろんラヴィも撫でてあげたし、私に頭を撫でられて御満悦の表情が愛《いと》しすぎる。唖然《あぜん》として見守るハルト。ごめん、急に娘が割り込んで……。

旦那様に何かフォローを求め視線をやったら、ワカサギを食べた後に優雅にお酒を飲んでる！

駄目だコレ。頼りにならない。

「あ、三日後は釣りからスケートになるので、ラヴィアーナ嬢、良かったら一緒に滑りませんか？

僕、わりと得意なので」

なんと！　ハルトがラヴィをスケートデートに誘った！

「でも、お母様が」

はっ！　最初は怪我を心配して釣りをって言ったけど！　よく考えたら自然に手を繋《つな》いだり、急接近で親しくなれるイベントかも！

「得意なハルトが教えてくれるならいいかもね。滑れないよりは滑れた方が先の人生で役に立つ事もあるかもしれないし」

「お父様は？　私、スケートをしてもいいですか？」

「そうだな……何にせよ、弱点は少ない方がいい。せっかくだから教えてもらいなさい」

「僕につかまって滑るなり、手を引いて滑るかしたら大丈夫だと思います。頑張って支えます」

よく言った！　流石、覚醒前でも勇者‼

「お父様とお母様が許してくださったから、スケート、練習してみます」

「うん、頑張ろう」

両親公認のスケートデートが決定した娘である！　めっちゃカメラ欲しい。


釣りから伯爵邸に戻って、晩餐に招かれてご馳走《ちそう》を食べた。晩餐の場では社交的ににこやかに、比較的無難そうな会話をして、なんとかその場を乗り切った。数日後、スケートをする予定日になって湖へ。今日の湖は貴族貸し切りじゃないから、平民も沢山来ていて、なかなか賑わっている。真冬にできる数少ないレジャーだ。

我々は半分くらいはお忍びモードだ。半分っていうのは、本日の私達のコーデはいつもの貴族的な豪華な衣装は着ていない。ちょい裕福な町人風。でも普段着風の騎士の護衛は多少ついてるから。

ちなみに護衛なので剣は持ってる。休日の騎士か冒険者の剣士に見えると思う。多分。

氷上に向かうラヴィは緊張した感じだけど、ハルトの表情は明るく、張りきっているようだ。

「手は、離さないでね！」

「うん、大丈夫だよ」

氷上で震えるラヴィは足がぷるぷるして生まれたての子鹿のよう。向き合ってラヴィの手を引くハルトがゆっくりと引っ張るようにして滑る。ほのぼのとしたその光景を私は離れたとこから見ていたのだけど、

「自分は滑らなくていいのか？」

「実は、私も滑れませんので、ここで見守ります」

湖の端っこで娘を見守る係をしてる私に、本日も付き合いでやって来た旦那様が水を差す。

「そうだったのか、ほら、手を出すがいい」

「え？」

「せっかくスケート靴は借りたのだろう」

「いや、私はいいので、本当に」

断っているのに、旦那様に強引に手をつかまれた。

「きゃあ！」

「其方もあからさまな弱点は無い方がいいぞ」

あー！　この容赦の無い氷の公爵め！　空気読め！

「ひ、人前で転《こ》けたら恥になります！　大人なので！」

「私につかまっていればいいだろう」

きゃあああっ!!　やめてぇっ!!　人の少ないゾーンに片手を掴んで引っ張られて行く！

旦那様は慣れてるのか、フィギュアスケート選手みたいにスイスイ滑る！

「ちょ、ちょっとあなた！　どこまで行くんです!?」

転ける！　滑る！　速い！　転ける！　怖い！

「ハハハ、いつもの強気はどうした？」

おのれぇ!!　き、騎士！　護衛騎士！　私を助けて！　あ！　目が合ったのにそらされた！

くそ、相手が公爵と公爵夫人だと公爵を優先されてしまう！

「アレク!!　公爵邸に帰ったら覚えてなさいよ！」

「ほう、一体何をする気だ？」

夜中の寝てる時に突撃してやる！　ベッドに！

「教えません！」

「ハハハ、まあ、そうなるか」

くそ！　余裕ぶちかまして、私を楽しそうに振り回してるわね!!　悪ガキみたいな真似《まね》をして！

氷上でさんざん振り回された後で私は気がついた。

私は空が飛べるのだし、スケート靴に魔法をかければよかったわ！　テンパリすぎて忘れていた。


「公爵様方、明日の予定はどうなっておられるのですか？」

伯爵の言葉にすかさず反応する私。

「私はスケート以外で。奥様に聞きましたが、魔道具のオークションがあるとか」

「はい、当方自慢の魔道具やアーティファクトが出品され、遠方からも客が来ますよ」

「そんなわけで、あなた。私、明日はオークションに行きます。夕方まではマッサージなどを呼んでゆっくりしていますので」

もうスケートで振り回されたくない。いちいち魔法で体を支えるのも面倒だし。

「そうか、オークションだな、分かった。私もそれに同行する。ラヴィアーナ、オークションは子供の行く所ではないから、今回は我慢しなさい」

お目付役なんだろうか？　旦那様は自ら私の方に同行する気らしい。

「はい、私は明日もスケートの練習をしようと誘われているのですが」

「僕が誘いました！」

ラヴィがおずおずとした感じで口を開き、ハルトが声をあげた。

二人でまだスケートをするのね。その調子で仲良くしなさい。

「護衛騎士を連れて行けばいいですよ、怪我には気をつけて」

「はい、お母様」

「ハルトヴィヒ、ラヴィアーナ嬢に怪我をさせないように気をくばるのだぞ」

「はい、父上」

「では、公爵様方、明日はオークションでご一緒できますのね」

「はい、伯爵夫人。よろしくお願いします」

私はにこやかに、そう言った。


翌日、子供達は護衛騎士を連れてまたスケートに出かけた。私の方は午前中はゆったりお風呂の後にマッサージを受けて極楽気分だった。肌のメンテナンスを入念にされて、夕方からオークション会場付近へ馬車で向かう。そしてオークション会場近くの街中のレストランで軽く食事を終えて、いざオークション会場へ。会場にはいかにも身なりのいい金持ちが沢山来ていた。会場自体もお金をかけて作ったらしく、重厚な雰囲気がある。廊下にもそれなりの価値がありそうな美術品などが飾られている。ただこちらの美術品に私は詳しくないから、多分そうなんだろうという勘。私の隣の席は当然夫だ。伯爵夫妻も本来は特別席だけど、私達に付き合って、司会から見やすい通常の席にいる。

オークションでは自分の番号を示す棒付きの札が配られた。

おお、これを入札時に上げて、何番さん、一億出ました！　もういませんか？　ハンマープライス！　って言うやつよね。オークションが開始され、色んな美術品や高価な宝石のアクセサリーや魔道具の紹介があり、ワクワクした。色んな人が欲しい物を入手せんと競り合っている。

ついに欲しかった物が出た。

それはやや小さめの文庫本の形をしていたアーティファクト。

「この本は鑑定本です。調べたい物の上にかざすと、内容が文字として浮かんできます。例えば未知の植物がどのようなものか知りたい場合、有毒かどうかなども分かりますし、金色のアクセサリーがメッキか純金か、なども分かってしまうという物です」

「おお、それは便利だ。偽物を掴まされる心配がない」

ざわめきと共に感嘆の声が上がった。が、本の情報はそれだけではなかった。

「追加情報がございます。惜しむらくは表示されるのは古代語で、読める人間がほぼいないところです」

「なんだ、それじゃ古代語が解読できる者でないとダメじゃないか」

「残念だが古代語の学者はうちにはいないな」

「しかし、世にも貴重なアーティファクト、持っているだけでも価値があります」

司会のセールストーク。

「五百万ゴールドからどうぞ！」

私はすかさず七十七の札を上げて言った。

「五百万ゴールド」

「はい、七十七番様」

「五百五十万ゴールド」

「はい、六十四番様、五百五十」

くそ、対抗馬がいたわ。

「五百六十万ゴールド」「五百七十万」「六百万」「六百五十万」

まだ刻んでいくぞ。

「六百七十万ゴールド」

「七十七番様、六百七十万」「六百八十万」「六十四番様、六百八十万」

くそ、そろそろ諦めて、対抗馬。

他にも欲しいのあったら流石にそろそろ諦めるラインか？　そう思った時、

「一千万ゴールド」

急に跳ね上がった！　って、私の旦那様じゃん！　まさか私への嫌がらせじゃないわよね⁉

「一千万ゴールドが出ました！　他にはいらっしゃいませんか⁉」

私は小声で隣の席に座っている旦那様に声をかけた。

「ちょっと、あなた、本気ですか？　私と競り合おうと？」

旦那様はただ、ニヤリと笑っただけで答えない。

「では、一千万ゴールドで落札！」

くそ、とりあえず次。次は数点の絵画の紹介や宝石などの紹介が出た。

この辺は私はスルー。他の人が落札していく。

「そしてこちらが映像を記録として残せる魔道具です。撮影を行う方は持ち運びしやすい板の形をしていて、手のひらサイズ。記録した映像を映し出すのには、やや大きめで見やすくなっているこちらの水晶で、小さい方に表示されたボタンを押すと複製され大きい方に記録が移動します。簡単な操作で使えるようになっておりますし、説明書もついています。では、百万ゴールドからどうぞ！」

スマホサイズのカメラ来た‼　映し出すのは大学ノートサイズのアレね！　いいじゃない‼

さっと札を上げる私。結果、少し競り合って五百万ゴールドで落札できた！

今度は旦那様の横槍《よこやり》はなかった。流石に一千万使った後なんで自重したのかな。


オークションの終わりに、商品が手渡された。カメラゲット‼

伯爵の館に戻ってから、旦那様は鑑定本を私の目の前に置いた。

「何です？　見せびらかすおつもりですか？」

「其方にやる」

「え⁉」

「旅の記念にな」

くれるの⁉　嫌がらせじゃなかったのね‼

「あ、ありがとうございました‼」

「でも読めるのか、それ。古代語だぞ」

私は本を手に取り、伯爵邸にある、壺の上で開いて鑑定してみた。

すると読める、読めるぞ、古代語が！　流石ラスボス候補！　期待を裏切らないハイスペック!!

「デルタ産の陶器って書いてあります！　読めます！」

「其方、何故読めるのだ？　古代語を勉強していたのか？」

知らない、憑依《ひょうい》転生ボーナスかな？

「何故読めるのかは分かりません。神様のギフトでしょうか？」

「意味が分からんな」

旦那様は首を傾《かし》げながらも、「まあ、無駄にはならずに済んで良かったな」と、言った。

はい！　ありがとうございました!!

スケートの復讐《ふくしゅう》に、公爵邸に戻ったら夜中に旦那様のベッドに忍びこんで、濡れた冷たい手で首筋に触れて驚かせてやろうと思ってたけど、勘弁してあげます！　プレゼントに免じて！


オークションの翌日は伯爵領の市場に行って特産品を見て回った。忙しいだろうに何故か旦那様もついて来た。お部屋係の使用人いわく、寝る前や空き時間にはやはりアレクは書類仕事をしているようだ。ラヴィも私が市場に行くと言ったらハルトと一緒について来た。ちなみに全員平民の町人に変装してから行った。私がハルトとラヴィ、二人お揃いで色違いのブレスレットを買ってあげたら、ラヴィが旦那様に何やらせがんで、私と旦那様までペアルックになってしまった。旦那様が身に着けるならもっと高価な物の方が……まあ、これも旅の記念だと思いましょう。

屋台の串焼きなどもいただいた。買い食い最高だね!!　出来立て、焼き立てのお肉はやはり美味しい！　平民のふりしてて良かった！　旦那様も娘もついて来てくれるし！　家族も一緒！

「――あ、お母様、雨が」

「降り出したわね、まだ小雨だけど」

私は羽織っていたコートを脱いで、ラヴィの頭から被せた。――うわ、さっむ！　寒いけど我慢！

するとと今度は、旦那様がなんと、自分のコートを脱いで私の頭から被せた。

――旦那様の温もりが、コートに少し残っている。世間では氷の公爵様と言われても、やはり体温はあるし普通に温かいようだ。今は変装してるから世間体を気にしての行動とも違うはず、きっと。

そこまで考えたところで、もう一人子供がいたのを思い出す。

「あ、ハルトは」

私が言いかけると、ハルトはすでにフードを被っていた。

「僕のはフード付きなので大丈夫です」

「お前達、市場散策は終わりだ。本降りになる前に帰るぞ」

旦那様の言葉に頷き、伯爵邸に戻ることにする。……ディアーナは……裕福な侯爵令嬢だったから、物は容易に手に入ったが、一番欲しかったであろう愛情だけは手に入らなかった。そして家族から愛を得られなかったのは、アレクシスも同様だった。もし、もしも……万が一、いつか本物のディアーナの魂があの世に行ったわけでもなく、この世界のどこかに彷徨《さまよ》っているだけで、この体に戻ることになったら、今の温かい思い出が、この体に残り続けて彼女を温めてくれたらいいな……。

そして願わくば、その時が来た場合は、手を伸ばす相手を間違えないで、アレクの手を、握ってあげて欲しい。今日、冬の日に、急に降り出した雨から守るために私にコートをかけてくれたあの人に。

帰りの馬車の中で揺られながらも、そんな事を思った。

その次の日は伯爵邸のサロンでお茶の時間に、ラヴィの隣の席を伯爵の息子達が奪い合う事態になったけど、口喧嘩だけだからまだマシだった。私はハルトにラヴィの隣に座るのを諦めても、「正面に座ればお顔が良く見えるわよ」とそっと耳打ちをした。結果、ハルトはラヴィの正面に座って、私はハルトの隣に座った。両脇を伯爵の令息二人に固められ、居心地悪そうなラヴィだったが、健気《けなげ》に我慢していた。モテる女もなかなかに辛いわね。

公爵邸に帰るといつぞや川で出会った川エビ獲《と》り名人の子が使用人として、雇って欲しいと本当に来てた。札も似顔絵も渡してあったので、追い返されてなくて良かった。うさぎ小屋の掃除やお世話のお手伝いなどの仕事を貰って私の帰りを待っていたようで、小屋の掃除も真面目《まじめ》にやっていたと聞いた。私が正式に許可を出したので、執事見習いの勉強に入る事になった。まず、文字を覚えてもらうため、筆記具をプレゼントした。いや、支給した。自分でもノートを手にしている時、原作を忘れないうちに主なエピソードをノートに日本語で書いておこうと思いたった。日本語で書けば誰も読めないから。そして、エピソードをいくつか書き出して、思いついた事がある。

原作で読んだけど、将来的に各地で疫病が流行るから、春にはお薬になる花の種を入手し、薬草を自領の薬草園で育てるのだ。癒しの力を持つ聖女のラヴィでも全地域をカバーできるわけじゃないから、備えはしておこう。あ、薬草だけでなく、上下水道かトイレの整備も頑張らないと。窓の外から排泄《はいせつ》物を裏通りに投げ捨てるとか不衛生だから絶対にダメ。以前のような無尽蔵な魔力はないけど、土魔法も使えるし、コツコツ要所の工事はしておかないと。

公爵邸のサロンでレジーナ夫人とお茶をしながらアギレイの文官募集の件を相談した。

「アギレイに赴任してくれる文官の募集ですか？」

「はい」

アカデミーにも行っていないディアーナなので、文官のアテが自分にはない。なのでとりあえずラビィのガヴァネスのレジーナに相談してみた。学のある人には学のある知人がいるのでは？　と。

「上に兄がいて家が継げずに就職先を探している令息あたりに何人か声をかけてみます」

「よろしくお願いします。それと誠実で学があるなら女性でもいいですわ」

「承知しました」

アギレイの文官探しは依頼できたし、次は薬草園が作れそうな土地の下見。

その次は衛生問題解決に、トイレを増やすため、ウイッグまで被り、男装して自ら出張。

土魔法で一日一軒分は自分で作り、他は普通に大工などに頼む。以前のように魔力が豊富にないから、自分でやるのは一日一箇所がせいぜい。使用人が荷馬車で荷物を運んで来た。

「ご主人様、神殿の魔法陣から荷物が届きました。コーヒーショップに依頼していた使用済みコーヒーの抽出カスだそうです」

「ありがとう、それはあのトイレの容器の臭い消しに使うから隣の倉庫に」

指示を出した後で、衛生問題といえば、針子に布マスクも念の為に作る事を考えた。冬の手仕事を探してる世間の主婦でも型紙渡せば作れると思うから、小遣い稼ぎができると喜ぶ人もいるだろうし。

地道に仕事をこなしてひと月ほど経ったある日。

「奥様、贈り物を届けに使者が来られております」

「どなたからの使者ですって？」

「皇太子夫妻からです」

私は不穏な気配を感じつつも、とりあえず使者に会って、贈り物を受け取った。

箱を開けると、赤い石のついたペンダントが入っていた。

「これは？　チェーン長めのペンダントのようだけど」

「お守りなので心臓に近い位置に身に着けることで効果があるそうです。服の下などに」

使者はそう説明して、去って行った。私はこれは鑑定本の出番だなと、自分の工房に行った。

旦那様がオークションで落札して、私にくれたアーティファクトの鑑定本の上にお守りペンダントをかざすと、説明文が古代語で浮き上がる。

【魔力吸収の術式を組まれた魔石のペンダント。心臓に近い位置に身に着けることで、より効率良く魔力を吸収。吸収された魔力は術式の主たるフリードリヒのみ吸収可能。フリードリヒは魔石に吸収された魔力を自分の物にできる。※魔力を奪われた対象は死に至る】

「…………」

魔力を奪われた対象は死に至る……つまり私が魔力を奪われて死ぬ!!　術式の主がフリードリヒ！

あのクソ皇太子！　原作ディアーナを袖にした挙句、魔力搾《しぼ》り取って殺そうとしてる！　私の魔力は全属性な上に貴重な治癒魔法まで使える。とても貴重な力だ。いずれ継ぐ帝国での自分の支配基盤を盤石にしたくてこんな事を？　あいつ、私が鑑定本を持ってる事を知らなかった？　いや、それを知っていても、アカデミーにすら行ってない私が古代語など読めるはずがないと思ってこんな罠《わな》を⁉　ディアーナはあんな顔だけ男の何がよくて惚《ほ》れてたのよ⁉　やっぱ顔なの⁉　容姿なの⁉　外面だけいい悪い男に惹かれる年頃だったの⁉　本性を知らなかったの⁉　くっそムカつく！　しれっと暗殺を企てるどころか魔力まで奪おうとしてる！　あいつ、どうしてくれよう‼

でも、相手は皇帝の息子の皇太子‼　バカ正直に「お前、呪いのペンダントをお守りのフリして贈っただろ！」とか問い詰めたら公爵家と戦争になってしまう。知らんぷりして家のどこかに厳重に封印するしかないかな。ムカつくけど、ラヴィもまだ小さいし、今、クーデターとか戦争を起こすわけにもいかない。将来起こる、疫病対策とか色々あるし。

でも、旦那様には言っておかないと、皇帝だけでなく皇太子も警戒対象だと。

――あ、まさか、皇太子との再婚、側妃縁談を私が蹴った腹いせじゃないでしょうね⁉

プライドが傷ついたとか……？　知らんわ！　先に昔のディアーナを振ったのはお前だろうが‼

あまりの怒りで暗殺とか罠の恐怖を上回ったわ‼　一人で激怒していたら、雷鳴が轟《とどろ》き、その音でハッと我に返る。いけない、風と水の精霊が荒れて嵐を呼んでる気がする。

私の配下の精霊が、周囲の天気に影響を与えている！　ああああっ‼　イライラしたせいでストレスが‼　ダメだ、ラスボス候補ルートからせっかく外れたはずなのに！

ストレスは、負の感情はダメだというのに！

冬の夜。真夜中。

私は静かに夫の寝室のドアを開けて侵入し、ベッドの上で寝ている旦那様の側に忍び寄る。

「旦那様……」

ベッドに乗って、更に旦那様の上に馬乗りになり、静かに呼びかける私。瞼《まぶた》を開く旦那様。

「……何をしている？」

今の状態、夜着のまま旦那様に馬乗りになって、まるで夜這《よば》いに来たような姿である。

「大事なお話があって忍んで来ました」

「話なら執務室ですれば……」

旦那様は半眼になって静かに語るが、私はなりゆきを説明をする。

「執務室は家令や文官がいたりして、人払いが面倒なんですよ」

「どんな話だ？」

「皇太子夫妻から贈られた物だと使者が持って来たペンダントを、例のオークションで旦那様が落札した鑑定本で鑑定した結果ですが……」

「が……？」

「お守りと偽って、私の魔力を根こそぎ奪って殺す術式が組まれていました」

「奪う？　人の魔力を？」

旦那様は眉を跳ね上げて、眉間に皺を刻む。

「一旦はペンダントの石に魔力を貯め込むようなのですが、魔力枯渇で私の命が終わる時、後に身に宿る魔核ごと移植される術式のようで、術式の指定相手の皇太子が私の全属性の魔力を扱えるようになるようです」

貴重な全属性の魔力を!!

「それはとんでもない術式だな。単に魔力を枯渇させて命を奪うだけの呪いより難しいぞ。そんな複雑な術式を使える大物が其方の魔力を狙っている皇太子に手を貸したという事か……」

「とにかく皇太子は危険な男です。外面の良さに騙されないでください」

「あの男に騙されていたのは其方の方だな」

それは原作ディアーナの方‼

「……過去の事です」

「とにかく、其方が鑑定本を手に入れた事や古代語が読める事は知らなかったようだな」

「もしかしたら鑑定本入手までは知っていた可能性はあるでしょうが、古代語ができる者が公爵家にいるとは思ってなかったのでしょうね。私はアカデミーにすら行けてないですし。旦那様は学者系ではなく武門の方ですし」

「……ふん、皇家の者はつくづく度し難《がた》いな」

「とにかく、全く頭にくる話ですが、娘もまだ幼い子供ですから、今、表立って皇家と争うような事は……戦争はしたくはないのです」

「……そうか」

戦争は人が沢山死んで、危険なので‼

「私は呪いのペンダントを厳重に封印しました。どこかで皇太子にお守りは身につけているかと問われたら、呪いの術式には全く気付かないフリで、もったいないから傷つけないように大事にしまっているという言い訳でいきますので」

「そうか……」

「話は終わりです。では、夜中に起こしてすみませんでした」

私はそう言ってそのまま旦那様のベッドの布団に潜り込んだ。

「待て、どうして隣で寝ようとしてる？」

「今自分の部屋のベッドに戻ったらお布団冷たくなってるじゃないですか。真冬なんですよ」

「……」

人の温もりのあるベッドでそのまま寝ようとする私。旦那様は呆《あき》れたように一つため息をついて、それから私に背を向け、横向きになった。このまま寝る事を許されたようだ。

「おやすみなさい」

「……」

私の言ったおやすみに返事はなかったが、布団から追い出される事はなかったので、よかった。

まあ皇太子に魔力と命を狙われてる哀れな妻を無理矢理追い返すほど冷たい人ではなかったようである。あー、しかしあいつ、皇太子め‼　腹立つ！　明日はストレス解消にお酒でも飲もうかな⁉　カラオケも無い世界じゃ歌って憂さ晴らしもできない‼　待てよ、憂さ晴らし？　夜の街にでも繰り出そうかな？　こっそりと。ニヤリと笑んで、私はそっとベッドから抜け出て、自室へ向かう。

まずお忍びなら平民風の服に着替えてから行かないとね。旦那様は私がやっぱり寝付けなくて自室に戻っただけだと思ったのだろう。そっと旦那様の部屋から出て行っても止められる事はなかった。

魔法と魔道具による完璧な変装、男装をして私は夜の街にくりだす。フード付き外套《がいとう》も着てるから、誰も公爵夫人だなんて気がつかないはず。さらに魔道具のイヤーカフは声すら変えてくれるから、男性のような低い声も出る。馬に乗って一番近い花街に着いた。歓楽街……花街には魔法の灯《あか》りに本物の篝火《かがりび》。夜の花街には深夜ですらそこかしこに灯《とも》りが灯っている。花街の通りには夜でも人が行き交い賑わっていて、私は魔法による偽装のせいもあって、呼び込みから声をかけられた。

「そこの旦那！　うちの店、かわいい子いますよ！」

「オッパイで顔を挟んで、パフンパフンとしてくれるようなサービスはある店か？」

「え!?　オッパイで顔を挟む？」

「ああ」

私は真面目な顔でそう言った。パフパフはロマンである。

「面白《おもしろ》い事言う人だな。それは二階に上がって女の子とスケベする時に頼めばいいのでは？」

「本番をする程ではないけど、オッパイは触りたいって人は多いと思うんだ。だってほとんどの男はオッパイが好きだし、触って酒飲んでイチャイチャするだけでも女性は金が稼げるし、男も満足では？」

「な、なるほど!!　面白い発想だが、今日のところは呼び込みの俺にそんな事決める権限はないけど、本当に可愛い子いるから遊んでいきなよ」

「この店はどういう遊び方をするんだ？」

三階建ての立派な建物を見上げて私は問うた。

「まず入店してお酒や料理を楽しむだけってのもできるが、花を売る女の子がいるから、気にいった子がいれば指名して、これで指名料を払う。女の子としばらくテーブルでお話したいなら銅貨十枚、気に入れば選んだ女の子と二階のベッドのある部屋に行って、本番ができる」

「ホンバンの価格は？」

「女の子のランクによって変わるが新人の……一番安くて銀貨七枚。現在のナンバーワンは金貨三十枚ってとこだな」

「ふーん、とりあえず本当に可愛い子がいるなら酒も飲みたいし、入ってみるか。でも俺好みの子がいなかったら酒を一杯だけ飲んで帰るぞ」

「オッケー！　お客様一名様ご案内！」

私は客引きにドアを開けてもらい、入店した。お酒や料理の匂いがして店内はなかなか賑わっていた。一階は食堂のようだった。隣か対面に座る男性客のお喋《しゃべ》りに耳を傾けつつ、お酒やフルーツをつまんでたりする女性達。お、本当に可愛い子もいる。私は店内をぐるっと見渡し、そこかしこにいる女の子を眺めてからボーイに声をかけた。

「髪が長くて胸が大きい茶髪のあの子を」

「アマーリエ！　ご指名だよ」

あの可愛いたわわちゃんはアマーリエちゃんというのか。年齢は二十二歳くらいに見える。

「二階に行く？」

少し雑談をした後に部屋に誘われたけど、私には突っ込む棒は無い。

「いや、ここでしばらくお喋りしてくれたらいいよ。胸が触りたいだけの客など迷惑だろう？」

「……もしかして勃《た》たないの？」

まだ若いのに気の毒な。みたいな顔をされた。

「本番をすると配偶者に怒られるから」

「あら、奥さんがいるのね」

すみません！　夫がいます‼

「でも胸のお触りだけでもいいわよ、特別に銀貨三枚で」

アマーリエはパチンとウインクをした。マジで⁉　ぱ、パフパフ可能？

「そのたわわで俺の顔を優しく挟んだりしてくれる？」

「私の胸に顔を埋めるのが好きなお客様は沢山いるし、もちろんいいわよ。お兄さん、美形だし」

魔法工作で私の顔は美形の男に見えるようになっている。

ゴクリと生唾を飲んだところで、急に来店した男がズカズカと歩き寄って来た。

「帰りますよ、お戯《たわむ》れにもほどがあります」

公爵家の騎士エレン・フリートが現れ、夢のパフパフタイムは強制終了した。いやまだ始まってすらいないのに！　甲羅酒の席に呼んであげた恩を仇《あだ》で返すのか⁉　無常にも腕を掴まれ、店の入り口に向かって引きずられて行く私。

「ああああっ‼　ちょっとだけ待ってくれ！　親切なアマーリエにこれを！」

私はポケットから取り出した金貨一枚を彼女の方に投げた。パフパフは叶《かな》わなかったが、してくれようとしたのは確かだ。アマーリエはチップの金貨を上手《じょうず》にキャッチした。

「わあ！　美形のお客さん、ありがとう！」

酒と少しの会話で夜遊びが終わった。泣くぞ。私は騎士によって店外に連れ出され、花街内に待機していた馬車に突っ込まれた。もちろん、馬車は公爵家の紋章など入っていない地味でありふれた物だ。

「私のスーパーおっぱいタイムの邪魔をするとは、君、恩を仇で返したな？」

「申し訳ないですが、いくらなんでも花街に来るのはどうかと思いますよ」

「むしゃくしゃしてたから、お酒と美女に慰めてもらおうとしてただけなのに！」

「美女なら魔法と変装を解いて鏡を見ればいいですよ」

「自分を見てどうするの！　いくら美人でもね！」

「旦那様の命令ですので」

「あの人、寝てなかったの？」

「冷たい布団が嫌だと言っていたのに急に出て行くから何かあるとおっしゃって」

クソ～！　夫に完全に行動を読まれている！


馬車の中でもエレン卿にグダグダと文句を言った私は、公爵邸に着くなり旦那様の元へ向かった。

「アレク、私の癒し時間を邪魔しましたね？」

「公爵夫人が花街などに出入りする事がバレたら大変だから仕方あるまい」

「わざわざ念入りに変装、男装していましたよ！」

「それでもだ。脱げばあるいは感触でバレるのではないか？」

「私は本番しようとしてたんじゃなく、たわわなオッパイにお顔挟んでもらって柔らかい感触で癒されようとしただけなんで、服を脱ぐ必要もないんですよ」

「お、オッパイだと？」

アレクシスは驚愕《きょうがく》の眼差しで私を見た。

「はい、柔らかくて素敵な感触なんで」

「それは……自分にもついているだろう」

「自分のを触っても楽しくもないので」

「…………」

アレクはしばし頭を抱え、やがて意を決したような顔で自分の今着ている白いシャツを脱いだ。

「女のような豊満な胸とは言えぬし、顔を挟む事は無理だが、それなりに鍛えているので胸筋はある」

「え？」

「これに触れる事を許すゆえ、これで我慢しろ」

極上の筋肉は猫の肉球に似た柔らかい感触と本に書いてあった!!

「揉《も》んで……いいのですか？」

「き、筋肉をほぐすマッサージだと思えば耐えられる……はず」

「そこまでの覚悟でおっしゃるなら、遠慮なく！」

私はアレクシスの雄ッパイごと、胸筋に手を伸ばした。そして、揉む。モミ、モミ、モミ……。

「や、柔らかい……っ!!　これは、とてもいいものですね！」

「感想はいらん！」

アレクは耳まで赤くなって羞恥《しゅうち》に耐えている。妻に胸を揉みしだかれるイケメン夫。

何という献身の心！　私、感動しました!!　さっきまでの怒りが消えていきました!!

「マッサージ、これはマッサージです」

「もういいだろう？」

「……仕方ない、揉み……マッサージはこれくらいにしておいてあげます」

「まだ何かあるのか⁉」

「ベッドに横になってください」

「だから何をするのだ？」

疑惑の眼差しで私を睨む夫。

「パフパフの代わりに胸に顔くっつけて寝るだけなんです」

「はあ？」

「猫が甘えてるだけと思って耐えてください」

「まだ試練が残っていたのか……」

私はアレクを横向きに寝かせて、胸筋に頬《ほお》をくっつけてみた。そのまま頬擦りしてみる。これもなかなかいい。ただ、なんか旦那様の動悸《どうき》が速い。怒りか？　怒りですか⁉　でも何とか耐えようとしてる。これも公爵家を守るためか。そこまで自己犠牲精神があるとは。ちょっと感動した。

「おやすみなさい」

「これは猫……もしくは犬……」

旦那様は自分に言い聞かせるようにぶつぶつと呟いていた。マインドコントロールか……。

「むにゃ……あなたも私の胸、触っていいですからね……等価交換ですよ」

「……⁉」

やがて胸筋の温もりに包まれ、私は眠りに落ちた。まどろみながら私の言った台詞《セリフ》に、旦那様は一

瞬ビクッとしたようだったけど、私は眠くなったのでそのまま朝まで寝た。

昨夜自室の寝室で眠らなかった私。

朝食前に着替えに戻った時、待ってましたとばかりに声をかけてくるメイドのメアリー。

「奥様、昨夜は……うまくいきましたか？」

「旦那様がベッドで献身的に私を宥《なだ》めてくれたわ。正直感動しました」

「まあ……!!」

私に逞しい胸筋を差し出してくれたし、くっついて寝るのも許してくれた。大進歩！

「第二子は望めそうですか？」

「……そ、それはどうかしら？」

私に胸筋を揉みしだかれ、屈辱に耐えてくれはしたけど親密度が上がっても、好感度はもしかして下がったかしら？　……私、やらかしたかしら？　でもパフパフのスーパーヘブンタイムを妨害されたのだから、仕方ないじゃない。怒り心頭だったのよ。

「では、ともかく朝食なので食堂へ向かってください」

到着した食堂にはラヴィしかいなかった。執事の話によれば留守だったのだけど、後に旦那様はあの皇太子がよこした呪いのペンダントの用件で出かけていたと知ることになる。

「奥様、旦那様が皇都よりお戻りになりました」

「なるほど皇都に行かれてたのね」

ややして私は旦那様に公爵邸の中にある祭壇の間に呼ばれた。旦那様は一人の老人を連れていた。ローブを着た魔法使いのような装い。

「ディアーナ、青の塔に行って賢者を連れて来た」

「え？」

　賢者ってあの賢者⁉　魔法使いのトップ？

「あの例の贈り物のペンダントだが、奴に身に着けているのが見たいなど請《こ》われる事がないとは言えない。解呪か術式書き換えができないかと思って、賢者を招いた」

　え、あ、解呪か、書き換えか！　その発想はなかったわ。厳重に封印くらいしか。確かに人の能力奪おうとする厚かましい男なら、身に着けているところを見たいとか、いらないなら返せとか言わないとも限らない。そうなれば私以外の誰かが犠牲にならないとも限らない。将来的に癒しの力を得るラヴィあたり危ない可能性がある。でも、賢者にはそんなの話して大丈夫なの？

　という不安めいた眼差しで賢者を見たら、旦那様が私の考えを読んだように言った。

「この方は大丈夫だ。信用していい」

　あなたでも信頼できる方がいるのね。などとちょい失礼な事を考えたところで、賢者が口を開いた。

「神との契約で大いなる力を得ておりますので、私は契約には誠実です。秘密は守ります。重ねて言いますが、私にとって契約は絶対なものなのです」

　旦那様と秘密を守る契約をしたのね。契約はちゃんと守るとか言われると悪魔の契約みたいだけど、青の塔の賢者も契約は大事なのか。魔法使いは魔法や神秘の知識への探究心がとても強く、それを得るためならば手段を選ばない人が多いと聞くけど。いや、悪魔みたいなんて失礼か、神との契約であれば……そんなわけで一時間ほど時間をかけて、ペンダントは賢者の手により呪いを解除してもらった。

「ディアーナ、それでは、これを身に着けるか？」

「私にはあなたに貰ったブレスレットがありますから、これがお守りです。他の男性から貰った物など、心臓に近い位置で身に着けたくはないので」

私は旅行先で買ってもらった色違いの旅の記念のブレスレットをちゃんと手首に着けていた。

ラヴィに言われて買った物でも、この人がくれた物には違いない。

「……そうか」

「でも万が一皇太子が人前でペンダントをつけて欲しいと駄々をこねるなら一瞬くらいは着けないといけないかもしれませんね。何しろあちらは皇族ですから」

「その場合は仕方ないな。それを考慮して解呪のために青の塔まで出向いて賢者まで呼んだ」

ところで賢者様への報酬ってどのくらい積んだのかしら？　でもここで聞くのはかっこ悪いわよね？　妻が依頼料の金額を気にするなんて。命のかかった案件だし。私は夫の瞳を見つめて言った。

「アレクシス、とにかく私のために賢者様を呼んでくださってありがとうございました」

「妻を守るのは夫の務めだ」

私が心配だったからって言えばいいのに。——まあ、いいか。

「賢者様には美味しい食事でも用意させますので、どうぞゆっくりしてらしてください」

「申し訳ない、それではお言葉に甘えますかな。年寄りなので、せかせか動くのに向いてないので」

「はい！」

賢者様のおもてなしをした。

デミグラスソースの煮込みハンバーグ、柔らかいロールパン、茹で卵と葉物野菜のサラダ。

そして生ハムなどを賢者様にお出しした。

「おお、何という旨味たっぷりの肉。そして肉であるのに、かくも柔らかく……ソースも濃厚でありえないほどの美味さ。パンもふわふわで柔らかくて美味い。公爵家の料理人は天才なんでしょうか？」

煮込みハンバーグも柔らかいパンも私が前世で入手したレシピを提供してるけど、手間暇かけて料理を作ってくれたのは料理人達だ。ちなみに賢者様は見た目がおじいちゃんなので、カリっとしたバゲットよりも念の為、柔らかいパンを添えた。

「ひき肉製造機という機械がございます。それでお肉を細かくしてから丸く固めてあるので、柔らかくて食べやすいのです。ソースはもちろん、丁寧に作られた味に仕上げてあります」

「正直王都のレストランに招かれた時よりも衝撃を受けております」

「まあ、賢者様にそこまでお気に召していただけて、嬉しく思います」

煮込みハンバーグが特にお気に召したようだけど、ハムやサラダもちゃんと召し上がってくれている。何しろペンダントの呪いを消してくれた恩人ですもの！　私は上品セレブ演技でホホホ、と貴族の奥様らしく笑ってみた。ラヴィも滅多に見れない客人に驚きつつもチラチラと賢者様を見てる。

なお、話しかける勇気はないようだった。

「奥様、スムージーはもうお出ししても？」

執事が私の側に来て耳元で囁く。

「そうね、持って来てちょうだい」

「む、これもトロトロとして美味しいですな」

「胃に優しいお野菜が入っておりまして、それと相性のいい南国のフルーツも」

「ほう……胃の心配までしていただいて」

いただきもののバナナの力で大体どうにかなる。賢者様は興味深そうな顔でスムージーを飲んでいる。そして何と無口な旦那様が執事を手招きしておかわりを要求した。

「もう一杯」

「かしこまりました」

「いや、今日は本当に美味しい物を食べさせていただき、若い頃を思い出しました」

「若い頃と言うと？」

よほど美味しかったのか、スムージーをおかわりした旦那様が話を促した。

「美味いと評判の食事処に並んでまで食べていた時代がありました。が、ここの料理は並んででも食べたい美味さでした」

「まあ、そこまで。料理人に伝えておきます、きっと喜びますわ」

食事会が終わり、賢者様もお帰りになった。

深夜。ペンダントの呪い問題もこれで解決したし、ここは祝い酒でもパーっと飲みに行くか‼

私は再び公爵邸をこっそりと抜け出し、完璧な変装、男装で花街へ来た。大通りを歩いていると、見知った男に声をかけられた。先日の客引きだった。

「あ、この間の旦那！」

「やあ、景気はどうだい？」

「いやあ、旦那の発想が面白いので上に話したんだよ、ほら、あの女の子のオッパイが触れる飲み屋！　経営者が採用することにしたよ、違う新店舗でだけど」

「何と！」

この世界におっパブが出現した！　歴史的瞬間!!

「まだ準備中だが、ぜひ見て行ってくれよ！」

「まあ、準備中の店舗を見るだけなら怒られないかも……」

「ここだよ。まだ店名も決めてないらしいけど、何か案はあるかい？」

「ん？　オッパイパラダイス、略してオッパラでいいんじゃないか？」

「お、いいなそれ」

私は他にも色々Hなアイデアを出し、お金は女の子達に還元してやってと頼んだりしてたけど、お楽しみの最中にまたエレン卿が現れて公爵邸に強制送還である。

今回はまだお酒の一杯すら飲んでないヨー。そしてまた馬車内で騎士の説教をくらう。

夜中にこっそりと外に出かけてはいけませんと。

仕方なく、その夜はまた大人しく自室で朝まで寝た。

春の庭でブランコを漕ぐラヴィの夢を見た。私は起きるなり、メアリーに筆記具を要求して、紙に作りたい物を絵に描いた。そして昼に自室でマッタリとティータイムを楽しんでいる時、旦那様が昨夜の事で説教しに来た。

「すみませんでしたー。ところで、春までにやりたい事があるのですが」

「今度は何だ？」

呪いのペンダント騒ぎのせいで、まだオークションで落札したスマホのような魔術具の出番がろくになかったのだ。

「公園に子供が遊べる遊具を設置したいのです。滑り台にブランコとか」

「まあ、そのくらいであれば……許可しよう」

私は旦那様の許可を貰った！


私は温室で計画書をまとめた。ブランコや滑り台の遊具建設を計画し、ついでにトイレ建設は地元の大工に任せることにした。雇用が生まれて収入を得る人が出るわけだし、疫病の心配で焦りすぎたけど、まだ先の話だし。温室からの帰りに、庭園内で食料品などの出入りの業者と使用人が会って話をしていたのを、たまたま耳にした。内容が私と関わりありそうだったので、常緑樹の後ろに隠れて聞き耳を立てた。

「聞いたか、花街に面白い店ができたらしいぞ」

「面白い店？」

「普通の飲み屋じゃなくて、そこじゃ女の子が胸を見せてくれたり、触らせてくれる店だよ、オッパラとかいうらしい。今凄く人気があるんだ」

「それって下が飲み屋形式の娼館《しょうかん》じゃないのか？」

「違う、本番はいらないけど、胸は見れるし触れる。無論その分の料金は支払うことになるが、娼館よりは安く遊べる」

「へー、面白そうだな。ひと月前に恋人に浮気されて別れたし、俺も遊びに行こうかな」

「なんだ、お前浮気されたのか」

「浮気相手がさ、筋肉凄くて逞しいんだよ、俺はあんなに鍛えてないから物足りなかったらしい」

「あー、じゃあ一緒に憂さ晴らしといくか、最近寒いし、あったかくなれる所に行こうぜ」

「おう！　流石俺の幼馴染《おさななじみ》、付き合いがいいぜ」

という感じで、オッパラは繁盛しているらしい。良かった。私がそそのかしたお店が爆死しなくて。

私は店の繁盛結果が聞けて満足し、邸宅内に戻る事にした。それにしても、さっむ！　寒い‼

どうも幼馴染の間柄らしい使用人と出入り業者の話を立ち聞きしてたら、体が冷えちゃったわ。

コートの前をかき合わせ、温かいお茶を飲もうと、足早にサロンに向かった。廊下を歩いていたら、仕立ての良いローブを纏《まと》った使者が、執事によって旦那様の執務室へ案内されているのを見つけた。

あのローブからは魔力を感じる。興味を惹かれた私はサロンから執務室へと行き先を変更し、しれっと執務室に入り、旦那様の隣に立った。別に出て行けとかは言わないからいいんだろう。

「星見の塔からの連絡によれば、寒波が来て大雪になるそうです」

「そうか、寒さへの備えと対策が必要だな。国境警備や商人ギルドにも知らせを。商人達が雪道で立ち往生しないように」

「かしこまりました」

なるほど、大雪か……。私はふと、思いつきを口にした。

「雪が積もるほどに降る……。吹雪《ふぶき》がやんで晴れた時に救貧院、もしくは公園かどこかの施設で温かい食べ物でも配るようにしましょうか」

「それは……やってもいいが、其方が直接行く必要はないぞ、人を手配すれば良い」

「……こんな時こそ私が行くべきですね」

かつてディアーナが贅沢三昧《ざんまい》したツケを私が支払わなければ。

悪いイメージを少しでも減らす。ついでにラヴィと雪遊びもしようかしら？

「そうなると……護衛が必要になるな」

旦那様は渋い顔をしつつも護衛騎士のリストを手にした。

「雪が積もって、いっそカマクラなども作ってイベントにしてもいいですし、温かい食べ物も配りやすいし、多少の娯楽も提供できるじゃないですか」

「イベント？　カマクラ？」

「カマクラは雪をドーム、小山のように盛り、たまに水をかけつつ雪を踏み固め、次にドーム型に成形した雪山に穴を開けて雪山に入り口を作ったものです。そして中身をくり抜いた形状のカマクラの中で温かい物を食べたり飲んだりするんです」

「わざわざ寒い中でそんな事を？」

「雪のある冬にしかできない事なので」

旦那様は寒い中でわざわざ酔狂な事をするなぁと言いたげな顔をしているが気にしない！

使者はとりあえず報告を終えて帰って行った。そして寒さでふと思い出した。

前世、庭でメダカを育てていた時、寒波、大雪が来ると心配になったものだ。

「公爵領でお魚の養殖業をしている所ってありましたよね？」

庭園の害虫を餌にした記憶がある。

「ああ、池や沼が多くある地域はやってる事が多いな」

「私の私財で風の魔石を支給しようかしら、凍結でお魚が死なないように。寒さに強い種ばかりではないでしょうし」

「そのくらいなら好きにしろ」

旦那様の許可も出た。

「そう言えば執事見習いの、エビ獲り名人の少年に使いに出てもらおうかしら」

私はケビンと言う名の少年をスカウトしていた。

「奥様、執事見習いのケビンでしたら、おそらくうさぎ小屋の世話をしている最中だと思いますが、お呼びいたしましょうか？」

執務室内に待機していた執事がそう言ったけど、自分で行こう。

「私が魔石に術式を刻んでから自分で行くわ、うさぎの様子も見たいから」

私は一旦工房へ行き、風の魔石に術式を込めてから、うさぎ小屋に行ってケビンに会った。

「いい？　ケビン。この風の魔石を水場の近くに設置してもらうのよ。あくまで凍結しない程度に周囲からの過剰な冷気から守る感じ。空気はちゃんと通す設定だから」

「はい、奥様」

一通り説明して、魔石を袋詰めにした物を渡し、養魚場の人に凍結防止の風の結界魔石を配ってもらう事にした。まだ子供なので念の為大人の付き添いもつけるけどね。


私は寒波前に色々と準備を進めた。

教会や救貧院には吹雪の後の晴れ間には炊き出しを行う知らせも周知させ、貼り紙と文字を読めない人も平民には多いから口コミの両方。神父のありがたい説教の後に言ってもらったりもした。寒波による猛吹雪の時を自宅で越せそうにない者は教会などに向かうようにと。教会には多額の寄付をして一時避難を受け入れてくれるように要請をしておく。養魚場にも使者と支援品を送った。

その後、寒波前に朝市で冬の味覚を買い込むことにした。それを旦那様に報告もする。

「漁港の朝市で新鮮なお魚を買い込んで来ます」

「沢山買い込んでも一度には食べられないだろう」

「新鮮なうちに冷凍保存したり、保存食に加工しますね」

「まあ、無駄にならないならいいのではないか」

「なんなら炊き出しの時にも使いますから。雪で辛い目にあってもちょっと嬉しい事があれば励みになるかもしれません」

「そういうものか？　寒いなら家に引きこもっているほうが良かろう」

そうかしら？　お金のない人はただ飯が食えるなら出て来るはず。

「無料で食事が振る舞われるなら、飢え死にが嫌な人は来ますよ」

「……私は仕事が忙しいから今回は市場にまでついて行けないが、護衛騎士は連れて行くように」

「はーい」


朝市は寒いけど活気があった。新鮮な海産物がお得な値段で並んでるのを見るとワクワクする。

外套のフードを被って、顔を隠す。そしてラヴィと手を繋いでお買い物。

「お母様、このカニさんもあそこのお魚も動いています」

「まだ生きてるからね。あ、カニは三箱分、そこの魚も五箱分買うわ」

「はい！　沢山ありがとうございます!!」

そういえば……前世、札幌の雪まつりで氷漬けのお魚やカニを見たわね。

カマクラ祭りでディスプレイに使った後、解凍して煮込んで食べさせてあげるのも悪くない。

私は次々と目についた海産物を嬉々《きき》として購入していると、その辺にいる平民の噂《うわさ》話が聞こえた。

「もうじき冬の魔将軍が来るらしいぞ、商人達が話してた」

ここの人達は強い寒波の事を、冬の魔将軍と言うらしい。

「ああ、今回は酷い吹雪になると星見の塔から通達があったって話で、隙間風入りすぎるボロ屋住まいは教会に避難もできるって話だ」

「へー、教会の慈悲か？」

「噂じゃ公爵家の要請らしい。寄付金たんまりだったそうな」

「へー、氷の公爵様なのに優しいとこもあるんだな」

「奥様からの指示だったそうだぞ」

「ええ!?　あの浪費家の奥様が？」

私はラヴィの手を引いて、その場から移動し、ラヴィは何も言わずぎゅっと私の手を握っていた。

その後も爆買いはしたけど似た商品を置く店はまだまだ沢山あるから他の人が買えないわけじゃない。

私は買い物を終え、公爵邸に戻って、ゆっくりお風呂で温まり、湯船の中で雪祭りの構想を練った。

十日ほど経って、いかにも厳冬って感じの寒波が来た。

「吹雪《ふぶ》いてきました」

「風が強いな」

「さて、どのくらい積もるかな」

「にしてもこのお酒、美味しいですね」

「ハポングからの輸入品らしい」

「この魚と実に合う」

非番の騎士達がサロンで酒を飲みつつそんな話をしている。私も暖炉の側のソファに座って、お酒を飲んでいる。市場で買ったお魚は燻製《くんせい》にした。魔法を使えば乾燥も早い。それを清酒でいただく。

私は騎士達にも燻製とお酒を振る舞っている。カグヤ姫のおかげで充実した冬の夜だ。吹雪がやんで、雪が積もったら、カマクラと雪のオブジェを作りに公園に行く。あらかじめシャベルに強化魔法をかけておかないと、固めた雪は硬いから。

吹雪の後に、空を見上げれば、まだ薄曇りの明け方の冬空だけど、私はカマクラや雪のオブジェを作りに行く。雪景色中に公園の広場に集まった人達が白い息を吐いている。寒い中すみません。

早速カマクラの作り方を集めた人に指示を出し、魔法で強化した道具を配った。さらに招いた彫刻家にも背景付き大樹とかを作ってもらう。持ち手の先が二股になった魔道具のコテも取り出して配る。

「これは火の魔石を嵌《は》め込んだコテのような物よ。あの、女性が巻き髪にする時に使うようなコテをノミのようにした魔道具って言えばいいかしら。熱を出す時は持ち手の方についてる赤の石を指先で二回擦《こす》って、消す時は青の石を二回擦る」

「なるほど、氷を削るのは初めてですが頑張ってみます」

私も魔法で雪や水や氷を運んだりサポートもしつつ、作業を進め、そして……ついに完成した。

カマクラ七個と、野菜のオブジェと氷漬けのお魚博物館。大きい氷の壁に背景付き大樹のレリーフのような物。初めて使う道具なわりに皆、よくやってくれた。美味しいエビと貝から出汁《だし》を取った味噌汁を職人達にふるまった。配膳は孤児院の子達が手伝ってくれる。お手伝いで後で食事とお小遣いが貰えるので喜んでいる。魚とワカメと貝などが具として入っているし、おにぎりと漬け物とパンも配る。パンはおにぎりが苦手な人がいた時の保険だ。

「ほら、何人か一足先にカマクラに入ってごらんなさい、そこでお味噌汁を飲むの」

何人かがカマクラの中に入った。小さな椅子もちゃんと置いてる。

「あー、あったまるし、美味しい」

「生き返る」

「凄い高級なエビで出汁を取ってると聞いたぞ。本当に美味い」

皆が味噌汁に舌鼓《したつづみ》をうっている姿を見てホッとする私。

「作業を頑張ってくれた職人の皆はこの後、私の領地の温泉に招待するわ。特別に今回は転移陣が使えるから、存分に温まってね」

わあっと嬉しそうな声が上がる。温泉旅行など普段はしないのだろう。平民は転移陣を使えない。通常は皇族、貴族階級のみ。転移陣使用にはかなりの魔力を使うので、高価なのと、治安維持のためでもあるけど、今回は私が責任を持って送った。そして炊き出しと雪祭り本番の夕刻は、ただ飯が食えると聞いて、結構な数の人が寒い中現れた。

私はラヴィとメイドのメアリーと護衛騎士も一緒に連れて来た。もちろん会場警備の騎士も配備してある。お土産も用意した。ラヴィと一緒に選んだマフラーと手袋とパンとお菓子である。今日のラヴィは毛皮付きの白いポンチョ系コーデで雪の妖精のように可愛い。私も銀狼という魔物の毛皮のコートを着ている。魔法の灯りがカマクラや雪のオブジェを神秘的に照らす。

「お姉ちゃん、雪のかぼちゃがあるよ、あっちはお魚が凍ってる」

「凄いねぇ」

「おとーさん、あの丸いやつ穴空いてる」

「カマクラと言ってこの中に入れるんですよ、温かいシチューを貰ったら入ってみてください」

「シチュー！」

会場に配備した案内係が親子連れに解説してくれる。

「食事はここで配ります、シチューとパンです！」

配膳係が声をかけたらあっという間に行列ができた。すっかり空は暗くなって夜。

ある程度人々が食事を受け取ったタイミングでショーの始まり。楽師まで呼んだ。大樹のオブジェの前では私自ら、光の精霊を動かして、妖精の森のような神秘的な風景を作り出す。ハープ奏者と横笛の美しい調べに乗せて。前世で見た光のイリュージョンのような物だ。

「キラキラしてる‼　綺麗《きれい》！」

「わあ……きれい！　お母さん、あの光は妖精さんが飛んでるの？」

「そうかもねえ、不思議ねえ」

そんなに長いショーではない。後は魔法のランタンなどで照らしてもらう。

「穴の中でお食事するって不思議！」

「おもしろーい」

「ここに火鉢があるのに、このほら穴みたいなのは溶けないの？」

「基本的に外が寒いから簡単には溶けないいんじゃないか？」

「この後、お土産まで貰えるらしいぞ」

「シチュー美味え」

「パンも柔らかくて美味しい」

私は何気にホットワインも用意してた。テーブルの上に並べてある。チラチラこちらを窺《うかが》ってるお酒好きがいる。

「そろそろホットワインも配りましょう」

「はい、奥様」

「こちらホットワインです！　どうぞ！」

「やった、酒まである！」

いつの間にか平民の中から楽器を鳴らしたり、歌う集団も合流して来たので更に賑やかになった。

私はこの光景をスマホサイズの魔道具のカメラで撮影した。

「寒くて嫌な冬だと思ってたけど、今日は楽しくていい日だな！」

「アドライド公爵家に栄光あれ〜〜ウィック」

「お前、飲みすぎるなよ」

「お帰りの方はお土産をお渡しします。二回並ばないでくださいね！　数に限りがあります！」

「クッキーとマフラーと手袋とパンだ！」

「やったー！」

初めての雪祭りは賑わっていて、成功だったといえよう。私は満足して頷きながら言った。

「うん、盛況だわ。三日目の最終日には氷漬けのお魚を鍋に入れて振る舞うとしましょう」

「皆、喜んでますね」

メアリーもこの平和な光景を眺めてそう口にした。よし！　私の隣にいるラヴィに声をかける。

「ラヴィはもう帰ってお風呂に入って寝なさい」

「じゃあ、お母様も一緒に帰りますよね？」

……ラヴィは私の手を握っていて離さない。本当はこの賑やかな祭りの光景を見ながらホットワインを楽しもうと思ったけど、娘がそう言うので帰る事にした。

ラヴィが突然私に可愛いおねだりをしてきた。

「一緒に寝てほしい？」

「雪祭りの三日間だけでも……駄目ですか？」

「まあ！　私の可愛いうさちゃんは寂しがりね！　いいわよ、最近とても寒いし」

私はラヴィをよいしょと抱き上げて頬擦りしてあげる。

ラヴィは一瞬びっくりしたようだけど、嬉しそうに返事をした。

「はい!!」

一般的に貴族の子は早めに親離れさせせようとするものみたいだけど、吹雪がやんでも寒いものは寒いしね、冬だもの。そんなわけで今夜から三日間はラヴィに添い寝する。入浴を終え、私は寝室の暖炉の前に向かった。そこで私は指先で描いた魔法陣から温風を出し、髪を乾かす。そしてブラシを手に美しい金髪の手入れをしていたらノックの音がし、ラヴィが入って来た。

「まあ、ラヴィったら、まだ髪が乾いてないいじゃない。ちゃんと乾かさないと風邪をひくわ」

「こ、ここでお母様と一緒に乾かします」

ラヴィは抱いていた枕を急いで私のベッドに置いてから、小走りで暖炉前に戻って来た。

「困った子ね」

そう言いつつも私は魔法でラヴィの髪を乾かしてから一緒のベッドに入る。子供の体温は大人より温かいせいか、私はいつの間にか眠りに誘われていた。


～アレクシス視点～

私は今夜も執務室に山ほどある仕事を片付けていた。

そして今、新たに公爵家の護衛騎士たるエレン卿の持って来た報告書に目を通す。

「閣下、奥様がやたら外に出て、花街など行かれるのは……こう、言いにくい話ですが、もしかしたら……よ、欲求不満なのでは？」

護衛騎士のエレン卿がやや顔を赤らめつつも、ついにそんな事を口にしてきた。私の指示で夜に抜け出したディアーナを歓楽街の店まで迎えに行かせているのは、この男ではあるんだが。

「ずいぶんと踏み込んでくるではないか、エレン卿。妻の寝室に通わない夫の私を責めているのか？」

「いいえ、責めてなどおりません、もう少し歩み寄ってみてもいいのではと。奥様は最近、積極的にパーティーにも行かれませんし、花街に通われるよりは……と」

私は初夜以外、ディアーナを、妻を放置していたのだ。まだ皇太子を忘れずにいたと気がついていたから……。最近は何故か風向きが変わったような気はしているが。何しろあの呪いのペンダントの件。身につけた者の力を奪って、そのあげく死に至る細工をしていた……。百年の恋も冷めてもおかしくない。いや、愛が憎しみに変わってもおかしくない。ゆえに怒りのまま歓楽街に……。

しかし、この私が今更どの面《つら》下げてそんな事を……。

とはいえ、またいつこっそりと歓楽街に行こうとするか分からないな。——はあ、頭が痛い。

「もういい、仕事に戻れ」

「はい」

何となく執務室を出て、入浴を済ませてから妻の寝室の近くに来た。扉近くの見張りに声をかける。

「妻はちゃんと部屋にいるか？」

「はい。今夜はラヴィアーナお嬢様が奥様と一緒に寝るのだと枕持参で来られたので、流石に中で大人しくされていると思います」

「ラヴィアーナがいるのか、じゃあ今夜は抜け出さないな」

少しだけ扉向こうの二人の声に聞き入った後で、私は踵《きびす》を返して自室に向かった。——ほらみろ、なんとも間が悪いことだ。

危うく寝室に踏み込んだら気まずい思いをするところだった。わざわざ先に風呂まで入って馬鹿《ばか》みたいだ。——いや、風呂など清潔が大事だから入っているだけだ。関係ない、今さら別に何も期待などしていない。ふれあいだの、ぬくもりだのは私の人生には関わりがない。

昔からない、そういう風に生きてきた。冷酷で厳しく残酷な父の教えだ。アドライド公爵家の跡継ぎたる者は常に冷静沈着に、情に流される事なく、己を律して生きていく……。

鞭《むち》の痛みと共に、この身に刻まれている。幼い私が両親に愛を、愛情やぬくもりを欲しても甘えるなと暗い部屋に閉じ込められた。孤独と暗闇と鍛錬と痛みと勉強と冷徹と血生臭い戦場の記憶。

そういうもので、私はできている。

なのに瞼を閉じて想像した、扉の向こうにいた二人の温かいふれあいを。

私は母に優しく髪を乾かしてもらった事などない。貴族なら当然かもしれない。でももしもあのような特殊な女が母であったなら、辛い時に優しい記憶に慰められる事もあっただろうか。——いや、あれは妻であって私の母ではない。今更母を求めているわけではなくて、私が欲しいのは……この手で触れられる、温かく優しい存在……。

「……愚かな……」

こんな事を考えるなど、私は人として弱くなってしまったのかもしれない。

＊　＊　＊

雪祭りの最終日は、原作でヒーローのハルトも招待した。

接待は将来の恋人たるラヴィに任せ、一緒にカマクラにも入ってもらった。最終日なので氷漬けのお魚を魔法で解凍して汁物にしたので、カマクラの中で二人にはあら汁っぽい物を味わってもらった。白いカマクラにラヴィとハルトは火鉢の火にあたりつつ交流しててかわいい。乙女ゲームならスチルがあってもいいくらいのシーンだわ。私は例のオークションでゲットした、スマホサイズの魔道具のカメラで撮影をして記録をした。これで何度でも見返し可能ってものよ。


アラ汁はいい出汁が出て、温かい食べ物に雪祭りに集った平民達も皆、喜んでいた。ややしてラヴィとハルトは他の子供達と交代し、カマクラから出てきた。そしてハルトに質問を受けた。

「アドライド夫人、何故兄弟の中で僕だけ招待してくださったのですか？」

「え？　あなたのお兄様達は寒いのが嫌いで、スケートにも参加しなかったって言ってたじゃない？　ここは野外で寒いし仕方ないじゃない？」

これは言い訳である。

「ここだけの話ですが兄達は運動が苦手で……令嬢の前で恥をかきたくないと思ったんだと思います」

「あら、そうだったの〜〜。でもプライドがあるだろうから知らなかったふりをしててあげないとね!!」

ラヴィのヒーローはハルトなのだし、他は絡まれても困るのよ。運動が嫌いなら将来的に戦力にもなりそうにない。私は話を逸《そ》らすためにラヴィとハルトを別の場所に誘導する。

「そろそろイリュージョンの時間だわ。二人とも大樹のレリーフの前へどうぞ。歌手の歌もあるわ」

「「はーい」」

やがて光のイリュージョンで妖精の森の演出を終えて、拍手が響き、イリュージョンの魔力行使の間は騎士にカメラ撮影を頼んでいる。それを並んで眺めるハルトとラヴィのほのぼのメモリアル。

「……ふう」

一仕事終えて、私は安堵《あんど》のため息をついた。

後は初日と同じように酒飲み達が勝手に盛り上がって祭りを飽きるまで堪能するだろう。

「さあ、暖かい公爵邸に戻りましょう。ハルトも用意したお部屋でゆっくり休んでね」

「はい、他所《よそ》にお泊まりは初めてなので嬉しいです」

素直なハルトは一泊して、本日は朝からラヴィと街デートだ。私が二人にお使いを頼んだ。

護衛騎士はもちろんついてるけど、私の、親の目のない所でワクワクドキドキのかわいいお買い物デートをして欲しかったのだ。ちなみにお使いの買い物内容は便箋とかインクとかの文房具とお菓子を頼んだ。二人の外出中に何気なく庭園に設置したポストを見に行った。雪のせいで湿ってないかな？　と。そして中を開いて見たら、なんと妖精ポストに手紙が届いてる。今は妖精不在アピールに魔法陣は閉じているから、手紙は私の工房に転移されず中に残っている。私は手紙を工房に持ち帰り、その中身をこっそりと読んでみると、貧しい地域から、魔獣の出現で困っているけど、頑張ってかき集めた金でも依頼料金が安く、冒険者が助けに来てくれないといった悲痛な内容だった。ちゃんとした便箋ですらなく、薄汚れた粗末なノートの切れ端のような……水濡れや血痕まである。

おかしいな？　公爵家の妖精のポストに何故こんな物が……。そして宛先は、妖精さんへではない。手紙のサイズも通常の人間宛の大きさだ。もう誰でもいいから魔獣の襲撃から助けてほしいという感じのものだ。その貧しい地域に住む人間の手紙が何故公爵家の庭園にある妖精ポストに届くの？

まさか本当に妖精がいて私の元へ？　いや妖精がいるなら自分で解決……は、無理か。戦闘向き妖精じゃないんだろう。……外部の人間が……屋敷の人間に託して入れてもらった可能性もある？　まさかハルトでもないだろうし。そもそもハルトには妖精のポストの事なんて私は話してない。いや、ラヴィが妖精の話をした可能性はあるけど、ほぼ家を出ない、伯爵家でほったらかしの三男坊にこんな手紙を託す平民の知り合いが今の時点でいるとも思えない。

その後、私は戻って来た二人の頭を撫でてあげた。

「お母様！　今日は綺麗な便箋も買えましたし、あ、雪祭りと炊き出しの件が新聞に載ってましたよ！」

「あ、あらそうなの」

ラヴィが買って来た新聞も見せてくれたけど、私の記事とはいえ、悪い事は書いてなかったから、よかった。しばらく雑談などして、ハルトの帰る時間には伯爵家まできちんと騎士に送らせた。

二人のお使いデートの内容も気になるけれど、それよりももっと私の心は苦難に喘《あえ》ぐ、力なき人の手紙の件でいっぱいになった。

子爵領内にある貧しい集落に魔獣の被害あり。冒険者ギルドにも報酬少ない割に面倒だから行く人がいない。私の望みはゆったりとしたスローライフではある。でもせっかく力ある者に転生憑依したんだし、やれる事はした方がいいよね。困ってる人がいて、今の私には魔法が使えるし、弱体化はしたけど、無尽蔵みたいな魔力供給源が絶たれただけで、魔力ドーピング剤とかを持って行って補えばいい。あらかじめ工房の中に設置した魔法陣内に、必要になりそうな物を置いておき、手元に魔法陣を描いた魔法の布があるからこれで現地に引き寄せる。そして私自身の移動は転移陣を使う。そのためには貴族でなければならないので、神殿までは公爵夫人の姿で行く。一応置き手紙に「ちょっと隣の子爵領に遊びに行って来る」とでもヒントくらいは書いておこう。

夕方の晩餐の後、こっそり公爵邸の武器庫に行き、太もも用ベルトとそれに装備する短い刃物をゲット。夜になって闇に紛れ、騎乗用のパンツスタイルで公爵邸の工房の窓から出ることにした。フード付き外套をはおり、窓から外に出るため、絨毯《じゅうたん》に飛行魔法をかけて飛んだ。闇に紛れて公園にこそっと降りて、絨毯を転送魔法陣に突っ込む。公園近くの夜までやってる魔法道具屋でマジックポーションを購入し、それから馬車で神殿へ。

神殿で「何故夜中にお一人で？」とか、「何故ドレスじゃないのですか？」と、巫女《みこ》達に質問されたけど、「馬で朝日を見に行くから」と答えておいた。私の挙動が怪しいけれど、公爵夫人の命令には逆らえないし、無事神殿の転移陣を通過した。安い宿屋を一泊分借りて着替えと変装をし、転送魔法陣から傭兵装備一式を取り寄せ装備して、フード付き外套をはおって宿屋から速やかに出る。

空飛ぶ絨毯で魔物が活発に活動する夜のうちに移動する。月灯りと風の精霊のナビを頼みに空を飛ぶので障害物がないし、辺鄙《へんぴ》な場所でもわりと早く着いた方だと思う。夜に魔物の襲撃があるせいか至る所で篝火が焚かれているので、田舎でも見つけ易《やす》かった。

ギャアアア!!

「きゃあああっ!!」

「うわあああっ!!」

早速魔物の声らしきものと人間の悲鳴が響いてきた!! 私は悲鳴の聞こえた方向に空を飛びつつ急いだ。眼下に貧しい集落の家。魔獣に表玄関が破壊され、どうやら家の裏手から逃げたが、裏手にも魔獣がいたらしい。夫婦らしき男女が二匹の猪《いのしし》の魔獣に挟まれている!! 私は空飛ぶ絨毯の上から二匹の魔獣に狙いを定め、魔法攻撃!!

『穿《うが》て! ストーン・バレット!!』

石の礫《つぶて》が二匹の魔獣の頭部を正確に撃ち抜く。夫婦の目の前で魔獣猪の頭部が弾《はじ》け、血飛沫《ちしぶき》が月夜に飛び散る。空中から突然現れた私にも驚いたのか、二人は地べたにへたりこんだと思ったら女性は気を失い、男は慌てて女性を支え腕に抱く。

「この周辺に出る魔物はこの猪の魔獣二匹で終わりか?」

私は女傭兵を装い、村人は震えながらも答えてくれた。

「た、多分ま、まだいます。猪じゃないのも」

「そんなにか」

「は、はい。冒険者の方、ようやく来てくれたんですね。お助けくださり、ありがとうございます」

私を冒険者と勘違いしてる。

「ギルドは通していない。たまたま通りかかった旅の傭兵だ」

「あ、そ、そうなんですね、失礼しました」

「あの魔獣の猪は畑じゃなくて人間を狙うのか？」

「ふ、冬なので畑に収穫もないから、人間を襲い始めたのかと」

「なるほど雑食だ」

「はい……」

「ところで、玄関の扉をぶち破られてるが、大丈夫か？」

「そ、倉庫に古い板があるので、ひとまずそれを立てかけておきます」

「そうか、俺は周囲にまだ魔物がいないか見て来るから、扉の応急処置を頑張れ」

「は、はい。通りすがりなのに助けてくださって、ありがとうございます!!」

男は既に泣いてたし、恐怖のためか足元がおぼつかない状態ではあったが、頑張って気絶した女性を運ぼうとした。

「あー、その様子じゃ女性を落としそうだな、俺が運ぼう」

俺を使うのは粗野な女傭兵を装う為だ。

「あ、ありがとうございます、すみません、私の妻なのに」

「困った時はお互い様だ」

やはり夫婦だったようで、私は自分に身体強化の魔法をかけて女性を抱え、ベッドまで運んだ。

「ありがとうございました。後は大丈夫です、私は壊れた扉を塞ぐ板を倉庫に取りに行きます」

「ああ、じゃあな」

私は今度こそ一人で周囲のパトロールをすることにした。先程派手に悲鳴が上がった割に、外に出て来る村人がいないのは……怖がって家の中で震えてるのかな？　それとも……。あ、道端で倒れてる人がいた！　私は慌てて駆け寄ったが、既に事切れている。骨と皮ばかりになった、干物みたいな死体だった。え？　餓死？　それともエナジードレイン的な何か？　私はゾクリと鳥肌が立った。

「何故遺体を放置している？　人手が足りないのか？　魔獣が怖いから家に引きこもっているとか？」

ともかく遺体に手を合わせてから、髪の毛の一部をナイフで切り取り、そっとハンカチに包んだ。そして干物のような腕にはめてあった木製の腕輪を抜き取り、ハンカチと共に個人特定用の遺品として近くにあった樽《たる》の上に置いてから、干からびた遺体を火炎魔法で火葬にした。だいぶん干からびていても、遺体を放置すると、疫病が派生しかねないし、アンデッド化されても困る。

ひとまず他の魔物についてと、遺体を放置している理由をさっきの男に聞くべきかと、私は先程の家に戻って聞いてみることにした。

私は暖炉の薪《まき》を見てやや違和感を感じ、つい疑問を口にしてしまった。

「暖炉の薪が廃材？」

「森に薪拾《たきぎ》いに行けば最近は魔獣と頻繁に出くわすので、仕方なく亡くなった村人の家を解体して薪にするしかなくて……。村の篝火は村長が魔獣対策の安全のために、蓄えをなんとか放出してくれているのですが、村の家全《すべ》てに薪を配れる余裕は無いのです」

あああっ！　重い‼　話が重い‼　しかも篝火は魔獣除けになってもいないような。

ほぼ気休めじゃないかな、さっき普通に遭遇したし。

「そ、そうか、大変だな。それより他の村人が外の遺体を片付けない理由は何かあるのか？」

「村人の多くが魔獣に食われて激減しているのもありますが、遺体を片付けている途中に襲われた者がいて、アレはどうも後で食べに戻る予定だったのか……埋葬しようとしていた者に対して怒り狂ってるように見えました……恐ろしくて、それに、干からびた遺体は魔獣も食べないというか、触れないのです。何か怖くて」

「熊みたいな……自分の餌場を荒らしたみたいに思われたのかな。それと干からびた遺体は魔獣も食わない……か。とりあえず覚えておこう」

私は火葬したけど。とにかく基本的に怖いから他の人間は引きこもってるんだな？　特に今は夜だし。

「とりあえず今夜はもう暗いですし、何もない家ですが、ここで休んで行かれては？」

「魔獣が彷徨《うろつ》いていては村人もゆっくり眠れないだろう。そうだ、干からびた遺体だが、原因は？どうしてああなった？　何となく餓死とは違う気がした」

「黒い羽で空を飛ぶ魔獣が人間の生気を吸い取っていたのを見たと言う村人がいました」

「……エナジードレイン系がいるのかな。魔獣の数はどのくらいか分かるか？」

「わ、分かりません、足跡でなんとなく複数なのは分かりますが、誰かの悲鳴や獣の声などが聞こえたらすぐに家に戻って隠れていますので」

「そうか」

猪系はともかくエナジードレイン系はやや厄介そうな……。普通の冒険者達には手に余るか？

「また……様子見に出て行かれるなら、どうぞ十分にお気をつけて」

村人の痩せほそった体を見て、私は懐に忍ばせていた保存食を手にした。

「ああ、別に命を投げ捨てに来たわけじゃないからせいぜい気をつけるさ。それと、ここに干し肉を置いておくから、腹減ってたら食べろよ」

村人に涙ながらに大変感謝され、私は家を出た。本当にギリギリだな。まだ生存者がいただけマシなレベルに見える。念の為に腰の鞄に入れている魔力補給ポーションを出して飲んだ。

絨毯の飛行魔法でもそれなりに魔力を使っているからね。


村のパトロールをしていたら、不意に獣の気配を感じた。また猪系か!!　私は身体強化魔法で近くの倉庫っぽいレンガの建物の屋根の上に跳躍した。ドガッ!!　私に体当たりしようとした魔猪はレンガの壁に激突した。魔猪から距離を取ってから魔法攻撃！

『！』

頭上から放たれた石の礫に頭蓋を砕かれた魔獣は倒れた。一瞬ほっとした後で、嫌な気配を感じた。鳥肌が立つ。何か来る。飛んでる！　空中にいる！　月灯りの下、蛾《が》のような模様のある黒い羽が見えた。ボディは人型の、羽根を持つ魔物！　そいつは邪悪な妖精のようだった。

『！』

即座に魔法の炎をぶつけたが、蛾の羽根のようなものが羽ばたき、魔法を打ち消した。

いや、吸収した⁉　いかん、魔法使いの私と相性悪い！　こいつが魔力を打ち消し無効化するのなら、私は剣技は使えないので困るのよ！　羽根付きの虫系には炎と思ったけど、それなら……えっと。

不吉な羽ばたきが妙な鱗粉《りんぷん》のようなものを飛ばす。キモイ‼　虫系嫌い‼

私は急いで距離を取り、地上に戻り、鱗粉に触れたくないので風魔法結界で身を守る。そして太もものの小型ナイフを抜き取り、風魔法を纏わせ、蛾の魔物の首を狙ってナイフを投げた。首を穿て！

ナイフの軌道は過たず、蛾の魔物の首に命中し、敵は首が千切れながら胴も一緒に落下した‼

物理攻撃と魔法の合わせ技で何とかなった‼

ほっとしたのも束の間、同じ蛾の魔物が低空飛行でまた二体出て来た‼

「またお前かよ‼」

思わず悪態をついたその時。ザシュ‼　袈裟《けさ》がけに蛾の魔物は切り裂かれ、青い血飛沫が舞う。もう一体の魔物も次の瞬間、切り裂かれた。そこらの冒険者とは佇《たたず》まいが違う、この剣士達は……。

「このバカ者が、また勝手に屋敷を抜け出して」

「奥様、おいたが過ぎますよ」

「あ！　旦那様とエレン卿‼　どうしてここへ⁉」

「どうしてもこうしても、其方がまたこっそりと出て行ったと報告を受けて、追いかけて来たに決まっておるだろう」

「まあ……素早い追跡ですね」

「対策はしてあるからな。机上の文箱《ふばこ》の手紙も見たぞ」

あの例の助けを求める文面のあるノートの切れ端は、何かの罠だった可能性も考えて念の為、人が私の行方の手がかりを探せば、すぐ分かるように文箱の一番上にしまって置いた。でも対策って？

発信機的な物が私についてるの？　つい、自分の外套をめくってキョロキョロしてしまった。

「ディアーナ、其方、外に出る時は護衛騎士をつけろと何度私に言わせる気だ。それに助けたいなら人を使えばいいものを」

「まだ魔物がいるかもしれないので、お説教はそのくらいで、見廻りをしましょう」

「またそんな言い逃れを」

私はそそくさと歩き出し、なおも言い訳を続けた。

「いや、ほんとに、ここが我が公爵領なら騎士を派遣するなりできましたが、例の以前解雇したオッパイガヴァネス未亡人の子爵領なので、私と仲悪いじゃないですか。お前のとこの騎士を派遣して村を救ってやれとも言いにくいし」

「他領の事に口出しをしにくいのは分かるが私に言えばよかろう」

「忙しい旦那様の仕事を増やしたくなくて」

「結局こうして現地に出向いて、仕事を増やされているのだが」

「それじゃなんで自分は残って騎士だけ送らないんですか!?」

「それは心配……っ、するだろうが！　ラ、ラヴィアーナが!!」

「んん？　我が公爵家の騎士の実力を疑っているのですか？」

旦那様の様子が少しおかしい気もする。何かを誤魔化し、隠してるような。

私を心配してると素直に言えなくてラヴィがって言い訳をした？

「夜中だぞ！　騎士を色々選んでる時間もなかった！」

「貴重な睡眠の邪魔をしてすみませんでした……」

元々クールな人がこんなに声を荒立てるのもおかしい気が。そんなに心配した？　この私を？

「お二人とも、あんまり大きな声でお話をされますと魔物に気付かれますよ」

「もはや周囲に魔物の気配は無い。しかし、エレン卿、村の要所に魔物除けの結界石を埋めておくとしよう」

「は、閣下、その作業は私にお任せを」

エレン卿が四つの結界石をアレクから受け取った。

「そう言えば、ここら辺の村には魔物除けの結界石は無いのでしょうか」

「こんな田舎にまで使う結界石の予算がないのだろう。高価なものだから」

「……この辺でいいでしょうか？」

エレン卿が村のハズレ付近で足を止めたので、私は挙手をして言った。

「はい！　私が土魔法で穴を開けます」

「あ、スコップがなかったので助かります奥様」

「エレン卿、今は奥様の姿してないからその言い方やめて」

「はあ、しかし何とお呼びすれば」

「えーと、それはその……」

「其方、その変装はいつやめるんだ？」

「こんなお外でお着替えできませんから！」

そう言って私が魔法で穴を掘り、結界石を埋める作業を村を囲むように東西南北の四箇所にやった。

「結界石を埋めたから当分大丈夫だと思うって村人に伝えておきましょう」

「あ、夜が明けてきました」

朝を迎え、起きて来た村人がこそっと家の窓を半分くらい開けて外の様子を窺っていたので、私は結界石の事などの事情を伝えた。大変感謝されたし、村人は皆泣いてる。更に転移陣からパンなどの食料を取り寄せ、放置された遺体の全てを焼いて、帰ることとなり、魔法陣付きの布から絨毯を出す私。

「え、この絨毯に乗って行くのですか⁉　もう朝だし目立ちますよ⁉」

「じゃあ私に徒歩で着替えをする宿まで戻れって言うの？」

「私の馬に一緒に乗れ。強化魔法をつけているから速い。それと馬上では喋るな、舌を噛む」

朝陽の中、私は旦那様の馬に一緒に乗って、宿へ向かった。朝陽が……眩しい……。

私達は一旦宿に戻り着替えて神殿に行き、転移陣を使って公爵邸に帰ると、メアリーにも文句を言われた。

「奥様は何故こっそりと出て行かれるのでしょう？」

「謎の黒ずくめの傭兵……旅人を気取ってみたかったというか、ほら、かっこいいじゃない？　颯爽《さっそう》と現れて困ってる人を救うの」

「もー、奥様は冒険小説の読みすぎですよ。何かの罠だったらどうするのですか？　場所が例のクビにした女家庭教師の子爵領だったのでしょう？」

「だーかーらー、念の為に置き手紙と分かりやすいとこにヒントを残して出かけたの。案の定騎士が来たし、思いの外到着も早かったし、旦那様までついて来たのは驚いたけど」

「そう言えば、どうしてオパーズ子爵領の田舎からの手紙がこの公爵邸に来たのですか？」

「あ、結局誰が手紙を出したのか、村人に聞くのを忘れてた!!」

「んもー、奥様ったら……」

「そんな事よりお腹空いたわ、朝食にしましょう。その後寝るから」

私は食事の後だけど徹夜で寝てないので、とりあえず寝ることにした。


私は友達や頼れる知り合いが少ないので、レジーナの集めてくれた文官達五人全員に面接の場で即合格を発表し、文官の懸念がなくなったとこで、専属メイドのメアリーの進言があった。

「奥様、そろそろ狩猟大会用の、旦那様への贈り物のリボンかハンカチの刺繍を始めないと間に合わなくなりますよ」

そう言えば原作でも読んだ狩猟大会は冬だったわね。あ、旦那様と言えば……昨夜は助けに来てくれたのに、ありがとうって、お礼を言い忘れたかも。

翌日、娘の刺繍の授業を兼ねてプチ刺繍の会を開催。ハンカチよりリボンの方が幅が狭いからリボンに蔦《つた》模様を刺繍する。色はアイスブルーでアレクのイメージカラー。ラヴィの刺繍は青い糸で可愛い青い鳥の刺繍をハンカチにしていた。それをアレクに渡してくれるらしい。ラヴィったら、助かるわ〜！　私は幅が狭いからリボンを選んだけど、ハンカチはラヴィが刺繍してくれるなら、狩猟大会でアレクが人に誰からお守りを貰ったか訊かれた時に、妻と娘からって答えられるもの。

これで夫が肩身が狭い思いはせずに済むってわけよ。


刺繍中のレジーナとの雑談。

「公爵夫人は最近、コルセットのいらないようなドレスを着られていますよね？」

「ええ、コルセットは内臓まで締め付け痛めてしまいそうなので、不健康でしょう？　私は女性の健康のためにもコルセット無しでエンパイアラインの、この胸の下に切り返しがあるデザインを流行らせたいのですわ」

「私も今回の狩猟大会はエンパイアラインとやらのドレスにしてみましたの」

「まあ！　嬉しいですわ」

賛同者が現れて本当に嬉しかったわ！


そんな雑談とティータイムを終え、再びの刺繍タイムへ突入するわけなんだけど、私はお先に失礼しますと言って、その場を後にし、ドレスルームに向かった。ドレスはちまちま売ってお金にしているけど、まだまだ沢山ある。針子に頼んでどれか改造すればいいわよね!?

衣装室で針子に渡すドレスを何着か選び出した。組み合わせを考えて解体し、狩猟大会用ドレスをリメイク製作するためだ。レースも再利用。この時代はその手の機械もないからこれは普通。後はアギレイの文官を元宿屋の宿舎を案内して、文官の生活のサポートの計画。川エビ獲り名人のケビンにお世話を頼もうか？　貴族のお世話の経験も積めるし。マッタリスローライフはまだちょっと遠いわね。

そして針子のいるアトリエに移動し、公爵邸の針子達にデザイン画とリメイク用のドレス等を渡した。過去に贅沢好きだと言われてた私が新しいドレスを作らず、リメイクで済まそうとした事を疑問に思ってるようだったけど、狩猟大会の主役は男性だし、リメイクすれば別のドレスだと言い張った。

次に執事見習いのケビンを伴い、転移陣でアギレイに行き、文官達に案内と必要物資を渡し、説明を終えてバタバタと自領に戻った。するとと早速メイドのメアリーが私に報告に来た。

「奥様、カグヤ姫から手紙と贈り物です」

「え？　何⁉　サプライズ⁉　嬉しい‼　すぐに私の部屋に運んで‼」

そして……しばらく後。私の目の前に鎮座するのはふわふわの絨毯と、その上には……なんと！

日本の冬の風物詩とも言えるコタツ‼　そして籠入りみかん‼

「おこた一式とおみかんまでいただいたわ〜〜‼」

超嬉しい‼　私は熱源が気になって、おこたに頭から突っ込んでテーブルの下に潜り、裏を見上げてみた。へー、熱源は電気の代わりにテーブルの下に火の魔石が取り付けてあるんだ‼

カグヤ姫からの手紙についていた説明書通りに、執事がおこたを設置してくれた。私は早速魔石の熱源スイッチを入れて稼働を始め、台の上には籠入りみかんを設置。そして気の利くメアリーがレターセットを用意しながら訊いてきた。

「カグヤ姫への返礼品は何を贈られますか？」

「……うちの鉱山の魔石は光によって色が変わる綺麗な物があるのよ。アクセサリーとしても優秀だからお守りに加工して贈るとしましょう」

「まあ、それは素敵な贈り物ですね」

それからおこたの中でお礼の手紙を書いて、魔石に癒しの魔力を注入。怪我や病気になった際、治りが早くなる祈りと魔力を込めた。そしてそのまま私は温かいおこたの中で……寝落ちた。

あ……まだ……おみかん食べてない……のに……スヤァ……。

「あら？　メアリー、私、コタツの中で寝落ちしてなかったかしら？」

「奥様がカグヤ姫の贈り物の中で寝てしまわれたと旦那様に報告したら、こちらに来てベッドまで運んでくださったのです」

「え？　アレク自ら？　使用人や護衛騎士じゃなくて？」

「はい、旦那様です。使用人や騎士に夫人をベッドまで運ばせるのが微妙だと思われたのでしょう」

全く気がつかず寝てしまっていたわ。まあお礼はまとめてリボンを渡す時にしましょう。

そして箱いっぱいのみかんを見て、かぐや姫から沢山もらった事に気がついた。食べ切る前にカビたらもったいないので思いつきを実行することにした。私はみかんを一つだけ手にして、部屋から廊下に出て、騎士のエレン卿に声をかけた。

「エレン卿、あなた、暇？　暇よね」

「護衛任務中なので暇なわけではありません」

「このみかんを剥《む》いてちょうだい。手袋脱いで、手を洗ってからね」

「え!?」

「料理人の仕事だと思うでしょうけど、嫌ならあなたの胸筋を揉みしだくわ」

「果物を剥かせていただきます！　手を洗ってきます！」

そう言ってエレン卿は逃げるように水のある場所へ走って行った。……やはり胸筋を揉みしだかれるのは恥ずかしいのね。減るもんじゃないとは思うけれど、旦那様のアレクシスはよく耐えてくれたわ。私達はせっせとおみかんの皮を剥いて、料理長に剥いたみかんを届け、料理長にみかん風味の食パンを焼くよう頼んだ。水を使わずにみかんの水分だけで捏《こ》ねあげたパンは大変美味しくなるはず。

ランチの時間にはラヴィとエレン卿も私のコタツに招待し、見事に焼きあがったパンをランチでいただいたら、柑橘《かんきつ》系の爽やか風味が足されたパンはやはりとても美味しかった。ちなみにこのみかんパンは旦那様の執務室にも届けられている。家令に聞いたらちゃんと出された分は完食してたから、美味しかったんだと思う。

狩猟大会前夜となった。晩餐の時にアレクシスにこんな事を問われた。

「ディアーナ、其方、私に……皇太子に勝って欲しいと思うか？」

狩猟大会ではより強い魔獣を多く狩った者が優勝するわけだけど、めちゃくちゃ強い魔獣を狩った人には雑魚《ざこ》を沢山狩っても数だけでは敵《かな》わない。なんならAランクSランクの魔獣なら一匹でも勝てる事がある。狩りの腕で勝てる自信があるから、アレクシスはこんな事を聞くのよね？

——かっこいいじゃない……私の旦那様。妻に対する気遣いも感じるし。

——でも、そうね、相手は呪いのペンダントを贈ってくるような相手……。

「皇族を怒らせて得になる事などございませんから、不興を買いたくなければ花を持たせるのもよろしいかと思います。しかし……あなたが勝ちたいなら、どうぞ、ご随意に」

もしまた戦争になったら、人殺しは嫌だけど勝って生き残ればいい。貴族は誇りを重んじるものだから……。旦那様がそうやって厳しく躾《しつ》けられて生きてきたのを、原作を読んだ私は知っている。

「そうか」

「あの……お父様が勝つと困ることになるのですか？」

ラヴィが訊いてきたので私はうっかり正直に答えてしまった。

「嫌がらせにまた出征させられないとも限らないわね」

「せ、戦争ですか？　嫌です、また戦争に行かれるなんて。お父様、ここは皇太子殿下にお譲りしましょう。お父様がお強いのはみんな知ってますから！」

「そうか、とにかく当日の流れを見て決めるとしよう」

ラヴィは旦那様が「分かった」とは言わなかったので、不安げな顔をしていた。


ついに真冬の狩猟大会当日が来た。本日のコーデは防寒用の上品な白いコート。鈴蘭《すずらん》に似たスノーフレークの花のイヤリングと髪飾り。それに白とグリーン基調の可憐《かれん》なドレス。緑色の部分は毒素など無い天然素材の葉っぱから色を出しているから安心。狩猟大会だし、強そうな赤の方が良かったかしら？　そんな事を考えてたらラヴィがうっとりと見惚《みと》れるような顔で言った。

「……わあ、お母様、スノーフレークの妖精みたいでかわいいです」

「ありがとう、ラヴィ」

ラヴィはまだ社交界デビューもしていない子供なのでお留守番だ。代わりにラヴィはお守り代わりに自分が刺繍したハンカチを父親たるアレクシスに渡した。ハンカチには幸運を運ぶという青い鳥が刺繍されている。

「ありがとう」

「お父様、お気をつけて」

「ああ」

私も現地に着いたら、アレクの腕に刺繍入りのリボンを巻く予定だ。


狩猟大会現地に着いた。吐く息は白く、寒い。多くの貴族と侍従達が冬の森へ集まっている。そんな中、私は旦那様に声をかけた。

「リボンに刺繍をいたしました。腕に巻きますか？　それとも剣の柄に巻きますか？」

「其方が手ずから刺繍を？」

最初ズルして人に頼もうとしたけど、自分で縫ってよかった。

「ええ。人頼みにすればバレた時に恥をかきますので」

「……では、柄は汚れやすいだろうから腕に」

私はアレクシスの左腕上部にリボンを結んだ。旦那様の耳が少し赤い気がする。

それにまさか氷の公爵と言われるこの人がリボンが汚れる可能性まで気にしてくれるとは！　かわいいところがあるものね。

「どうぞ、ご無事でお戻りを」

私はそう心から祈る。

「ああ」

旦那様はそう言って、部下の騎士達の元へ行った。メアリーがほっこりした目でこちらを見ている。

温かい目で見るのはやめて！　恥ずかしくなるから。周囲を見渡すと皆刺繍入りハンカチやリボンを贈られている騎士や令嬢の姿があり、ざわめきが聞こえた。

「ごきげんよう、ディアーナ」

皇太子！　何馴《な》れ馴《な》れしくファーストネームで呼んでるんだ。ここはアドライド公爵夫人と呼べよ。

「帝国の若き太陽、皇太子殿下。公爵家のアドライドがご挨拶を申し上げます」

「堅苦しい挨拶はいいよ、我々の仲ではないか」

「恐れ入ります」

どんな仲だよ、魔力なしの時はほぼ塩対応だったろうに。私はあからさまに違うだろうが！　と、皇太子相手に突っ込む事もできずに曖昧《あいまい》な笑顔を浮かべた。

「我々の贈ったお守りのペンダントは身に着けてくれただろうか？」

来たな、本題。

「恐れ多くももったいなく、傷などつかぬように大事に金庫の中にしまっております」

「おやおや、あれは身に着けてこそ効力を発する物であると説明をされなかったかな？」

「確かにそう伺っておりますが、私の身には夫に贈られたお守りが既にあり、効果が喧嘩するといけませんので」

「それか？　ただの粗末な色の付いた紐に見えるが」

粗末とかはっきり言うな!!　ラヴィが夫に勧めたんだぞ！

「組紐は丁寧に想いを込めて編まれる物であり、縁を繋ぐものです。永久に固く結ばれるようにと」

「糸では鎖と違って簡単に切れてしまいそうなものだがな」

「たとえこのブレスレットが切れる事があっても、これを贈ってくださった時の旦那様の真心は永遠だと信じております」

「これはこれは……予想以上に夫婦仲が良かったのだな」

「皇太子殿下も皇太子妃殿下にハンカチかリボンを贈られたのでしょう？」

「ああ、ハンカチに家紋の刺繍を入れてくれたよ」

そう言って、皇太子はポケットからハンカチを取り出して見せてくれた。いらんけど。

「流石皇太子妃、刺繍も見事な腕前ですわ」

皇家の家紋は獅子と剣であり、見事な刺繍だった。

私は皇太子妃の存在を忘れるな、今更私に粉をかけるなとアピールすると、皇太子妃が現れた。

「私の刺繍入りハンカチがアドライド公爵夫人にお褒めをいただいたようで、ありがとうございます」

「皇太子妃殿下に、おかれましては本日も冬空の下にも咲き誇る花の如《ごと》く麗しく……」

「そんな堅苦しい挨拶はいいわ。寒いですし、そろそろ天幕に戻りましょう、殿下」

皇太子の腕に寒いわ！　温めて！　とでもいうかのように腕を絡ませる妃殿下。私の男アピールだな、いいぞ、もっとやれ！　そのまま天幕へ連れ戻せ！　……よし、行った!!

「そう言えば、私も寒いですわ。私の旦那様……は……と」

見つけた！　と言わんばかりに騎士達の側にいた旦那様に小走りで駆け寄る私。

一瞬皇太子がこちらをチラリと振り返る気配がした気がしたけど、知らん！　無視!!

他の男のもとに走る私を、今更物欲しそうに見ても無駄です！　天幕に戻り、貴族たちが会いに来て挨拶を交わす間も、私は夫以外眼中にありませんの態度を崩さなかった。以前とまるで違う姿に違和感を覚える人が多数だったようだけど、気にしない。気にしたら負け。やがて開会式が始まり、本格的に狩猟大会が始まった。

天幕にはほぼレディや侍従達のみ残っていて、護衛騎士達は天幕の外に立っている。

この物語の本格的な始まりはラヴィが聖女として覚醒するあたりからなので、まだそんなに大きな事件はこのタイミングでは起きないはずなんだけど、外の空気を吸いに天幕の外に出た時に、悲鳴が聞こえた。想像以上に強い魔獣でもいたのかしら？　風に乗って血の臭いがして、ざわりと全身が総毛立つこの感覚。――不意に頭上に暗い影が落ちて来た……ように感じた。

私の目の前に突如として、現れたのは――……。

影、としか呼べないような黒い存在が、私の頭上を飛んで行った。何アレ？　ホラー!?

「あれは……今のはレイスか？」

天幕側の護衛騎士が呆然と影が飛び去った方向、森の奥を眺めつつ言った。

レイス!?　レイスって……物理攻撃使えるのかしら？　ゴースト的なアレよね？

「森の奥に入っていったが、大丈夫か、もう森の中に参加者は狩りに入って行ったぞ」

「まだ夜にもなってない午前中なのに、出るんだな、レイス」

「いや、時間は関係ないんだろう。気がつけば曇天だし。不吉だ」

護衛騎士達はザワザワとあの黒い影の事を話題にしていた。

「皇太子殿下もおられるし、聖騎士を呼んだ方がいいのでは？」

「わざわざ聖騎士を？　レイスは確か触れるだろ？　剣でも斬れるはず」

「え？　ゴースト系に見えたが物理攻撃が効くのか？」

「触れるって確かなのか？　本当に斬れるのか？」

「私が斬ったわけじゃないから、そこまで言われると自信がなくなってきた」

ええ⁉　結局どっち⁉

「旦那様は大丈夫かしら？」

「きっと大丈夫ですよ、旦那様はお強いので」


数時間後、旦那様は大きな魔獣の狼と熊と極彩色の鳥とオーク三体を狩って戻って来た。

「旦那様、ご無事で何よりです」

「ああ」

アレクが無事に戻って来た‼　良かった‼　他の参加者も大きな蛇とか中くらいの大きさの狼だとか、角の生えたうさぎだとかオークとかゴブリンなど多種多様な魔物を狩って来ていたが、ややして騒ぎが起こった。どうやら皇太子殿下が行方不明で、護衛は皆倒れて意識を失っていたとか。

「もしかしてあのレイスの仕業《しわざ》か⁉」

「隊長、やはり聖騎士を呼びませんか？」

「くそ、神殿に助けを請わねばならんのか」

騎士達が大騒ぎする中、私は人目を避け、茂みの中でこそっと風の精霊に皇太子の行方が探せるか尋ねてみたけど、風の精霊は分からないと言った。何かが邪魔をしてるようだ。ちなみに精霊相手に呪文の存在する攻撃命令などは出せても、このような特殊な会話、使い方ができる者はそうそういない。特別に精霊と親和性の高い、精霊使いと言われる者のみだ。

私は人にはこの能力の事は言ってない。面倒な事になりかねないので。とにかく急いで森へ向かい、皇太子殿下の捜索をと騎士達が騒いでいるところに、話を聞いてしまった皇太子妃殿下は顔面蒼白《そうはく》になっていた。我がエスペリア帝国の皇子は本来三人いて、第一皇子と第三皇子は既に亡くなっている。

表向きの死因は事故死だが、実は権力争いで亡くなった。血生臭い事だ。それで唯一生き残っている皇子たる第二皇子が皇太子になっていたわけだけど、さて、皇太子が行方不明なまま万が一戻らなかったら、他国に既に婚約者がいる皇女殿下が嫁に行くのをやめて国内で配偶者を探すか、それとも……。いやいや、あのクセモノ皇太子がそう簡単に行方不明で消えるとか……ありえるの？　ちょっとしたらひょっこり戻って来るのでは？　そう思っていたのだけど、夕刻、いえ、夜になっても皇太子が戻らず、見つからないので、狩猟大会は中止で優勝者はなしになった。本来ならアレクシスの狩ってる巨大熊が強い魔獣だったし、数も結構多かったので優勝候補だったのだけど……。

ともあれ私とアレクシスは無事に公爵邸に戻った。そして狩猟大会から三日経過し、行方不明の皇太子はまだ見つからない。やっぱり皇太子が行方不明とか……おかしいな、こんな展開、原作にはなかった。この帝国は原作通りなら……ラスボスディアーナの、つまり魔王の手によって一旦滅びるわけだけど。今の私がこんなんで、ラスボスルートから外れた気がするから、わけわかんない展開になってる気がする。最後に勇者ハルトと聖女ラヴィアーナがこの国の新しいトップとして、この国を支えていくのが原作の流れ。そこだけは外れずにいって欲しい。あんな現在の鬼畜皇室は解体でいいんで。

「ここぞとばかりに貴族達に忠誠心を示せと、上が仰せだ」

そう言って旦那様のアレクシスは行方不明の皇太子捜索に向かったけど、私は皇太子と極力関わりたくないので、大人しく自領となったアギレイの政務をこなした。鉱山とレース関係の報告書とトイレ増築の進捗と石鹸《せっけん》などの製作の件の書類仕事。


皇太子が見つかった。いなくなっていた間の記憶は何故かないらしいけど、皇城近くの公園で倒れていたのを発見された。人騒がせな男である。ともかく捜索の任から戻った旦那様に朝食の時に報告。

「春になったら、カグヤ姫のいるハポング国に旅行に行きますので、お知らせしておきますね」

私が贈った光によって色の変わる美しい魔石の贈り物も、カグヤ姫には喜んでいただけたようだった。

「あちらから招待されているのか？」

「もちろんいつでも遊びに来てと、言われていますわ。でもやはり、あそこは薄紅色の花の咲く、春が良いと思っていますの」

「薄紅色の花？　お母様、私も連れて行ってくださいますよね？　置いて行ったりしませんよね？」

「アーモンドの花に似た花で、薄紅色の花弁が綺麗で、桜という花が咲くのよ。ラヴィも行きたいなら、連れて行ってもいいわ。でもお行儀よくしてるのよ？」

「私も行きます‼　良い子にしています！」

ラヴィは大人しくて行儀が良い方だから、連れて行っても大丈夫でしょう。私は頷いた。

「……旅行もいいが、皇室の春の舞踏会の準備も進んでいるのだろうな？」

「皇太子殿下も無事に見つかって、宴開催日の変更もありませんし、ドレスの用意もしてあります」

「ハポングに行ったら、妖精さんへのお土産も買いたいのです」

「うん？　妖精さんにお土産ですって？」

そういえばそういう設定で庭にポストを設置していたわ。あ、アレクシスが不審そうな目で私を見て、どうやら私を疑っている……。鋭いわね。いや、普通に考えたら私が一番怪しいわよね。

「はい、妖精さんはこちらにないお花とか喜ぶのではないでしょうか？　サクラというお花は貰って帰れるでしょうか？」

「木になるのだけど、苗木を貰う事は……可能かしらね？　一応あちらの国にお手紙は出しておくわ」

「はい、お願いします、お母様」

「ではこちらからはアーモンドの苗木か何かを贈るか？　彼《か》の国との友好の証《あかし》に」

「それはいいですね、アーモンドとブルーベリーの苗木など持って行きましょうか」

「何故ブルーベリーなのだ？」

「ブルーベリーは目にいいと言われてますし、そのうち実が食べられるじゃないですか、嬉しいはずです。オリーブもいいでしょうけど」

ハポングが日本と似た国なら、美味しくて体にいい食べ物は好きな気がする。

食への探究心が半端ないあの日本に似てる食文化だし。それにしても冬とはいえ、今日も寒い。

昼食はアギレイの文官宿の食堂に温かい料理でも作りに行こうかしら。すき焼きでも作りに。

ハポングの事を考えてたら懐かしい料理を食べたくなってきた。あ、締めはおうどんで……。

私は朝食の後に厨房へ向かって、料理人達にうどんの麺作りの指導を行った。私は完成したうどんとすき焼きの材料と共に転移陣経由でアギレイに向かった。神殿を抜けて文官のいる宿舎に行き、文官達と美味しいすき焼きと、シメのおうどんを食べた。宿の一階の厨房で公爵夫人たる私自ら、料理を始めたら文官達はとても驚いてしまったけども。

「凄く美味しい料理ですね」

「ふふふ、スキヤキっていう料理よ」

砂糖を炒めてお肉のコクを出す関西風で美味しくいただいた。


そして時は流れ、厳しい寒さの冬が終わり、待望の花咲く春を迎えた。

「お母様！　春になったのに妖精さんがお庭に帰って来ません！　他にもっと素敵なお家でも見つけてしまったのでしょうか⁉」

――いけない‼　ラヴィの目がうるうるしているわ‼

私の仕事、やる事が多いから妖精ポストをお休みしてるだけなのよ‼

「い、今妖精さんも春をお祝いするパーティーに呼ばれてあっちこっちに行っているのかもしれないわ。アレクや私も皇室主催のパーティーに呼ばれているもの」

「そうですか、春のパーティー‼　それなら仕方ないですね」

三日後。皇室主催のパーティーの日。皇城にて豪華絢爛《けんらん》な春を寿《ことほ》ぐパーティーが開催された。

パーティーは夕方から夜に行われる。お決まりの貴族的挨拶を繰り返し行ってからのダンスの時間。

皇太子と皇太子妃がファーストダンスを行い、それからが本格的に我々のターンとなる。

多くの人が二人のダンスを惚れ惚れと眺めている最中。

――なんだけど、私はダンスよりお酒のブレンド、カクテル作りをして遊んでいた。

「これは……なかなかイケるのではないの？」

自分で作ったカクテルにご満悦な私。そんな私を見て声をかけてくる旦那様。

「そんなに酒やジュースを混ぜて大丈夫なのか？」

「美味しいですよ、これ。フルーツジュースも入ってとても飲みやすくなってます」

「あら、本当ですわ。フルーティで美味しい。いくらでも飲めそうです」

「ほら、レジーナもそう言ってくれてるじゃないですか」

「ダンスの前にそのように飲みすぎて大丈夫か？　酔いが廻るぞ」

「ダンスはしてもしなくてもいいではないですか」

「其方の様子をチラチラ見ながら、ダンスに誘いたそうに機会を窺う男の視線に気がつかないか？」

ああ、そういえばディアーナは美しい外見でとてもモテるんだったわ。今は隣に旦那様がいるから怖くて近寄れないか様子見しているって事かな。そして拍手が城内に響いた。

皇太子と皇太子妃のダンスが終わったようだ。素晴らしいダンスでしたとか言うおべっか、賛辞の声が聞こえる。あ、何人かの貴族男性がこちらへ向かって来る!!

「行くぞ」

私は旦那様に手を取られた。どうやら旦那様は私とダンスをする気らしい。こちらに向かって来ていた貴族男性達の足が止まった。牽制《けんせい》？　夫らしく男性達を追い払う役をしてくれようとしているのかな？　私はダンスフロアで旦那様と一曲踊った。何だかとっても……ふわふわとした心持ちだ。

もしかして……さっき飲んでたカクテルが効いてる？？

「どうした？　目が虚《うつ》ろだぞ？　やはり先程の酒で酔ったのではないか？」

「ちょっと……休憩室で休んできますわ」

旦那様は休憩室まで送ってくれようとしたけど、旦那様と交流したい貴族達に呼ばれてしまった。社交、歓談のターンね。確かにダンスで酔いも回った感じあり、私はふわふわ、ふらふらのまま、休憩室へ向かった。案内係に案内された休憩室が、明らかにおかしかった。ベッドがある。

「ここ、何かおかしくない？」

私が案内係にそう言って振り向いたら、部屋のドアが閉まった。

「え？」

この部屋、明らかに変よ。休憩用のソファが複数あるのが普通だと思うのだけど、ソファどころか、天蓋付きのでかいベッドが置いてあるのだ。すると、ベッドのカーテンの向こうから、男が出て来た。

皇太子!!　さっきまでパーティー会場にいたと思ったら、凄い速さで移動してるじゃないの!!

ドクンと鼓動が跳ねた。私は慌ててドアを開けようとしたけど、開かない！

鍵が……かけられてる!!　罠だ!!　一気に酔いが冷める。

「開けて!!　ここを開けなさい!!」

扉を叩《たた》いて叫ぶけど、誰も来ない!!

「無駄だ、誰も助けには来ない」

こ、この外道《げどう》!!　私は既に人妻だというのに!!　こいつはここで私を犯して、既成事実を作って、今更無理矢理自分のものにしようとしている!!　すぐにそう悟った。

私は魔法で扉を破壊して出ようと思った。だけど、魔法が発動しない!!　くそ！　魔法封じだ!!

「ご丁寧にこの部屋、魔法封じの仕掛けがされているようね」

「そうだとも、魔法が使えなければ其方も一人のか弱い女だ」

皇太子は酷薄《こくはく》そうな笑みを浮かべている。周囲を見渡すと、ガラス扉の向こうがバルコニーだ。

流石にそっちの扉は施錠してない。皇太子がこっちに悠然と歩いて近付いてくる。私は慌ててハイヒールを脱いで、皇太子に投げつけた！　が、すっとそれをヤツは避けた!!

私はバルコニーまで裸足で一気に走った。

「おいおい、まさか、そこから飛び降りるつもりじゃないだろうな？　かなり高いぞ、四階以上ある。死ぬ気か？　運が良ければ死なないまでも、大怪我はする。冷静になって、ベッドで休め」

「何が休めよ、いやらしい事をする気でしょう!?」

エロ漫画みたいに!!

「ベッドはそのためにある」

「いけしゃあしゃあと!!　あなたには既に皇太子妃がいると言うのに！」

「焼きもちか？　お前の方がいい女だ。こう言って欲しかったのだろう？　ディアーナ、いい子だから、手すりから離れるんだ」

「寝言を言いつつ近付かないで！　夢を見るならそこのベッドで一人で寝てなさいよね！」

「おい、待て、まさか本気で……!?」

「来ないで!!」

お前如きに好き放題されるくらいなら、飛び降りるわ!!

皇太子がたどり着く前に私は手すりに登ってバルコニーから飛び降りた!!

「ディアーナ!!」

『飛べ!!』

私は飛び降りつつ、浮遊魔法を使う。風の精霊の反応がある！　流石にバルコニーの外までは魔法封じはないと私は読んでいた。ビンゴ！　これで地面に激突して死なないし、骨折もしない！

「ざまぁ〜〜！　ですわ〜〜!!」

上から皇太子が何か叫んでるけどスルー！　まんまと逃げおおせてやるわ！　でもさっき靴を投げつけたから裸足なのよね！　何か板切れがあれば乗れるのに！　私は急いで周囲を見渡す。

裸足とドレスでずっと宙に浮かんではいられない。夜とはいえ、下から見上げてずっとガーターベルトにストッキングにパンツ丸見えのセクシー状態でいる事はできないわ！　衛兵が集まって来る！

仕方ないから皇城の庭の木の枝を風魔法で切断し、魔女が箒に乗って空を飛ぶがごとくに横座りして枝に乗って私は逃げ出した。神殿まで一気に逃げて転移陣から公爵邸に帰る！　お家に帰る!!

「奥様!!　何故裸足なのですか!?　何故お一人で!?　旦那様は!?」

メアリーが私の状態を見て驚いている。――公爵邸に無事着いた後に、私は思った。そういえば普通、小説や漫画なら、バルコニーの下にヒーローがいて、飛び降りるヒロインをしっかり受け止めるドラマチック展開のはずなのよね。

「私、一人で先に帰ったの」

「ええ!?」

メイドがラヴィを呼びに行った。

——さて、温かいお茶を入れてから家族で一緒に、焼き立ての美味しいパイを食べましょうか。


「状況を説明しろ」

公爵邸に先に帰って入浴後のまったりタイム中に茶を飲んでいたら、旦那様が帰って来た。

よし、問われたので説明しよう。

「私が案内係に休憩室に案内された先が、なんとベッドのあるいかがわしい部屋で、皇太子がベッドの側から現れました。扉は気がつけば鍵がかけられていて、魔法で扉をぶち壊して脱出しようと思ったら、魔法封じの仕掛けのせいで魔法が発動せずに、あわやピンチというところで皇太子に履いていた靴を投げつけ、私は素早くバルコニーに続く扉へ走って行き、バルコニーの手すりに登って、そこから飛び降りました」

「バルコニーから飛び降りただと!?」

「はい。流石にバルコニーの部屋の外側にまでは魔法封じの仕掛けは作用してないと踏んで飛びましたら、それが当たって私は飛べました。地面への激突を避けられましたが、その後裸足の上、ドレス姿でもありますから、その辺の常緑樹の木の枝を風魔法でぶった斬り、それに魔法をかけて乗っかり、神殿まで逃亡、そして帰宅しました。終わり」

「何という……」

「私は人妻として貞操を守って最低限の誇りと慎みを持ち、帰宅できたのでえらいと思います。褒めてくれてもいいんですよ」

「はあ……頭が痛い」

褒めるどころか旦那様は頭を抱えちゃった。

「それは大変ですね、主治医から頭痛薬を貰ってください」

「それより、これからどう皇室に対処するかを考えねば」

「襲われかけたけど、私は無事逃げおおせております。手込めにしようとしてまんまと逃げられた皇太子は、この話が世間にバレると大恥をかくだけなので、酔った私が控え室と間違えた部屋に入って、バルコニーから飛び降りてそのまま帰ったとでも言うでしょうから、放っておきましょう」

「其方、そんな目にあったのに、皇室へ抗議しなくていいのか？」

「はい。まだラヴィが小さいのであまり事を大袈裟にして皇室と争いたくはないのです。こちらが派手に噛み付けば、皇太子側が強行手段を取って暗殺部隊でも送られては困ります。私やあなたはともかく、ラヴィはまだ自分で自分を守れません」

「そうか……ラヴィアーナの安全を考えれば……度し難いが、やはり今しばらく放置するしかないか」

「もし、万が一、皇太子側から何か言われたら、この破廉恥《はれんち》案件はなかった事にしてやる代わりに当分こちらに出征命令は出すなとでも伝えてください。それか金品でも要求してください。それで相手がひとまず安心するならば……」

「分かった……」

旦那様に皇城でのいきさつを説明し、その日は大人しくすぐに寝た。

翌日の昼。ハポングへ行く時のお土産を探しに行きたいので、私はまずうさぎ小屋に向かい、こそっと男装の変装をして街へ出た。まだ皇太子へ表立って報復はできないため、憂さ晴らしのショッピングで苗木をゲットした。あんな事があったばかりで外出を止められそうだったので、こっそりとね。

帰りが夜になったので、木の枝に乗ってこそっと上空から帰宅。うさぎ小屋の棚上にしまっておいた着替えを取り出してドレスに着替え、何食わぬ顔で公爵邸へ戻れば、廊下でアレクシスとばったり。

「遅かったな、ディアーナ。護衛騎士の供もつけずにまた外出したんだな？」

「ハポング行きのお土産用の苗木を買っただけですし、変装もしたので、そんなに危険はないですよ」

「全く……私はもう簡単に済ませたが、ラヴィアーナが晩餐を食べずに其方を待っているぞ」

「うそ〜〜！　何であなたと先に食べないの!?」

私はそう言いつつも、慌てて食堂へ向かってダッシュした。

食堂に着くと、まだラヴィがちょこんと座って私を待っていた。

「ラ、ラヴィ！　まだ食べてなかったの!?」

「お母様とご一緒したくて」

「次はお父様と食べるか、私を待たずに食べておきなさい。外出時の私はいつ帰るか分からないのよ」

「お母様は何故、いつ帰るか分からないのですか？」

うっ!!　痛いところを！　遊び人は気分とその場の流れで生きてるのよ!!

「大人は色々あるの。とにかく食事にしましょう。あ、明日の朝はきっといいことがあるからね！」

ラヴィはきょとんとした顔で首を傾げた。私は誤魔化して着席し、食事はすぐに出てきた。大きなチキンの香草焼き！　美味しい！　クリスマスじゃなくても丸鶏が出てくる貴族の家っていいよね。


朝になって朝食の後に、せっかく春なので、花咲く庭園で写真を撮る事にした。板状の撮影魔道具の出番である。

「アレク、ラヴィをその花の前で抱っこしてください」

「抱っこ？　私がか？」

「そうです自分の娘を抱き上げてください。軽いからできますよね？」

「……」

旦那様はオロオロするラヴィを無言で抱き上げた。

「二人共、笑顔よ！」

ラヴィの表情が強張《こわば》っている。旦那様にいたってはポーカーフェイスが崩れない。

「んもー!!　二人共!!　算術の問題よ！　一足す一は!?」

「「二」」

「よし!!　ですわ!!」

「ぬ……卑怯《ひきょう》だぞ、無理矢理口が開いた状態を記録するなど」

「素直に笑顔を作れないのが悪いんですわ。もっと普段から表情筋を鍛えてください」

「お母様とも撮りたいです」

「いいわよ、じゃあ、エレン卿、お願い」

「はい」

私がラヴィを抱き上げようとするとラヴィが慌てた。

「お、お母様、私、重くないですか？」

「私は身体強化魔法が使えるから余裕よ」

私がラヴィを抱き上げて、アレクシスも隣に立たせて、その様子をエレン卿に撮ってもらった。

＊　＊　＊

ハポング国へ行く際のお土産を揃えて出発。お土産はアーモンドの苗木と品種の違うブルーベリーの苗木を二種。ブルーベリーはその方が実の付き方が多くなると前世の園芸番組で言っていたから。

今回は外国なので転移陣でひとっ飛びではない。海を渡るのだ。遠出なので心配してくれたのかお目付役か、アレクシスも同行している。ラヴィにとっては初めての船旅。

広く青い海と、空を飛ぶ白い海鳥。私はオタマと小魚が入った壺《つぼ》を魔法陣から取り出し、オタマで掬《すく》った小魚を空中に放った。すると、海鳥が目ざとく嘴《くちばし》でキャッチし、その後、同じようにしてみなさいとラヴィに手渡した。

「お母様！　凄いです！　小魚を投げたら鳥さんがいっぱい集まって来ました！」

「そうね、あ、そのまま、いいわよ、とっても素敵！」

私はカメラ機能のある魔道具で白い羽根の綺麗な海鳥と戯《たわむ》れる娘の写真を撮った！

更に甲板《かんぱん》から海を眺めていると……

「お母様！　あそこでお魚が跳ねてます！」

「飛び魚かしら？　水面が陽光を反射してキラキラしてて綺麗ね」

「はい！　とっても綺麗です！」

ラヴィは子供らしくわあわあと騒いで、いや、はしゃいでかわいいし、嬉しそう。

それにしても……さっきからお母様とは呼ぶけどお父様！　とはあまり言わないな。

ほぼポーカーフェイスでリアクションが薄いのがいけないのでは？

「あなた、たまには、娘に笑顔を見せてあげては？」

「何故だ？　おかしい事も無いのにヘラヘラと笑う事など私はしない」

やれやれ……。見た目だけでも仲良し家族をやってくれないものか？


港に着くとカグヤ姫達、ハポング国の方々から歓待を受けた。外国のはずがこの国の方の言葉は、私には全部分かる。街並みも昔の日本みたいで懐かしい。竹林も見えた!!　緑が綺麗で爽やか!!

和風っぽい宮廷に着いて、荷物を置いた後は、早速花見の席へ連れて行ってくれるらしい。川へ向かったら、何と屋形船が用意されていた。セレブ!!

風流な屋形船で花筏《はないかだ》の中をゆったりと進む。私は魔道具のカメラを構えて観光を満喫する。

しばらくして接岸すると、川の側の花見席が用意されていた。見事な枝垂《しだ》れ桜の側に赤い敷物。座布団。お重もあるし!!　完璧な花見セット！　近くには形の良い岩もあって、撮影したら映える！

美しい桜の花を見ながらカグヤ姫が言った。

「いい感じの大きめの石がありますし、記念に文字でも刻みますか？」

「え!?　帝国より俺《おれ》参上!!　とかですか？」

「ブフォ!!」

近くにいた休憩中の兵士が口から水を吹き出した。

「貴殿、大丈夫か？」

「吹き出すでない、汚いだろう」

「い、今そこの……貴婦人が俺参上って、こちらの国の言葉で」

吹くほど笑わせてしまったかしら。

「ふふふ、本当に公爵夫人ったら、面白い方。うちの兵士の無作法をお許しくださいませ」

「私の冗談に盛大にウケてくださったようです。ハンカチをどうぞ」

私はサムライ風の着物を着た兵士にハンカチを渡した。

「あ、ありがとうございます」

結局俳人でもヤンキーでもないので、文字を岩に刻むのはやめて、赤い敷物の上でお食事をした。

重箱に入っている料理が日本を思わせる懐かしい感じの物で嬉しい。ちなみにお花見のＢＧＭが琴の音と笛の音で雅！　風雅！　奏者も黒髪ロングの美女とかだからテンションも上がる。

「良ければこちらも飲んでみませんか？」

「これは？」

「あら、炭酸が爽やかなんですよね」

「体にいいし、炭酸が爽やかなんですよね」


「松葉サイダーですわ」

「松葉サイダー！　嬉しいです！　体にいいし、炭酸が爽やかなんですよね」

「まあ、よくご存知ですね」

「あ、本で見て憧れていたので」

「甘さが欲しい場合はこちらのシロップを入れてください」

「アレクシス、シロップはいりますか？」

私は勧められたシロップを手に、世話女房などを一瞬気取ってみようとした。

「いや、私のは甘くしなくていい。これは……爽やかな飲み物だ」

旦那様はサイダーをそのまま飲んだ。まあいいわ。デザートには三色のお団子やお饅頭《まんじゅう》や羊羹《ようかん》など、懐かしくほっとする味が出てきた。川の側のお土産屋も散策させてもらった。鉄器のヤカンはこれから注いで飲んでるだけで鉄分を摂取できるから、購入。綺麗な絵のついた提灯《ちょうちん》と扇子《せんす》などもいくつかお土産として購入。お土産といえば、カグヤ姫からブルーベリーやアーモンドの苗木のお返しに、こちらは桜の苗木を二種数本ずつ貰った。片方は枝垂れ桜だ。公爵領とアギレイで育てよう。

育つのが楽しみだなあ。


「アドライド公爵家の皆様には、この後は夜に温泉地でお泊まりいただき、ゆっくりされて、明日の夜にはまた夜桜を見ながらの宴会という予定を組んでありますが、問題があればおっしゃってくださいませ」

「特に問題はありません。ハポングの姫のお心遣いに感謝を」

ここは公爵家の主たるアレクシスが答えてくれた。

やった〜〜!! この後は温泉だ!! 明日の夜桜見物も風雅だなぁ〜。昼の桜もいいけど夜の桜は幻想的で違った魅力があるから。そうして私達は温泉のあるお屋敷に案内されて、ゆっくりと休息をとる。泊まる部屋まで屋敷の案内係に案内され、引き戸の障子の向こうにあった物を目にした私は思わず布団に目を輝かせた。一休みした後はラヴィと一緒に温泉に入った。木々に囲まれた大露天風呂源泉かけ流し!!

「はぁ〜〜、気持ちいい……」

「お母様、オレンジのような物がお湯に浮いていています」

「柚子《ゆず》よ、いい香りなの」

旦那様は男なので別だ。男湯にいるんだろう。

私達は存分に温泉を堪能した。そして私はラヴィより先に魔法で髪を乾かし、廊下に出た。

ラヴィはまだメイドにお世話されつつ髪を乾かしている。部屋に戻る前に周囲を窺っているとエレン卿がいた。歴史と品格の漂う木造建築のこの廊下にて、まだ温泉にも入れず、我々の警護中だったのだろう。エレン卿は先日から風魔法の付与魔法、エンチャントを感じる装備を身に着けてるっぽい。

「そう言えばエレン卿、最近マントとブーツを新調したようね。いい装備だわ」

とはいえ、今はブーツは脱いでいる。土足禁止の場所なので、室内用の履き物だ。

「あ、奥様。この装備は閣下から護衛任務中一時的に借りているものです」

私が急に声をかけたせいか、エレン卿は少し驚いている。

「じゃあ休みの時は他の人が身に着けるの?」

「そうなります」

「でも魔法効果のあるいい装備だし、旦那様からずいぶんと信頼されているのでしょうね」

「は、はあ？」

「……もし、旦那様と私が同時に危機に陥るような時は、私よりアレクシスを優先するのよ」

「……奥様？　急に何を」

実は原作で……アレクシスは、ラヴィの父親は、ラスボスのディアーナより先に亡くなっていたのだ。でも、私がラスボスルートを外れて未来を変えられたなら、アレクシスの生存する未来もあるかもしれない。私は、この体はディアーナの物だけど半分は、魂は違う。でもアレクシスはラヴィの本物の親だ。優先すべきだ。あの子に残してやれるなら……。それに、アレクシスも氷の公爵とか言われてるわりに良い人だったし……。

「ごく、当たり前のことを言っただけよ。でも一番に最優先すべきはラヴィの命よ。守れなかったなら、それこそ、世界が終わりかねないから」

「え？　もちろんお嬢様の事も全力でお守りいたしますが、世界？」

「それだけ重要なのよ、この世界において」

「……子は宝ですからね。お嬢様は奥様にとって、世界で一番大切な……」

それもあるけど、本当にこの世界の核となってるのは原作主人公にして聖女のラヴィだから。

「ところで、お布団が三つ並んでいるわね」

ウケるわ。

「これは……三枚で一人分ですか？」

「いいえ、違うわよラヴィ、これはね、親子三人、仲良く並んで寝ると思われてるのよ」

「親子三人……だと？」

男湯で入浴を済ませて部屋に戻って来たアレクの背後にゴゴゴ……という効果音が見えるようだわ。

「ほら、お父様が初めてお隣で一緒に寝てくださるわ、良かったわね、ラヴィ」

「え？　本当ですか？」

「あなた、娘を挟んで三人で寝ると思われてるので、隣に部屋を用意されてるわけじゃないですわよ」

私の追い込みセリフに観念したのか、アレクシスは仕方ないなと、一つため息をついて、諦めと共にこの状況を受け入れることにしたようだ。ハポング的には嫌がらせではなく、厚意でしてくれてるやつだしね、これ。

「はい、お風呂の後は湯冷めする前にねんねしましょうね」

「は、はい……」

ラヴィの体にお布団をかけて、優しく胸をポンポンと叩く。そして娘を挟んで川の字になって寝るやつを初めてやった。ラヴィにとっても初めての経験だ。

「ラヴィ、お父様、お隣で寝てくれて嬉しいわねぇ？」

「はい……」

娘は頬を染めて戸惑いつつも嬉しさもあるようだ。

「……」

旦那様は既に目を閉じて沈黙状態である。現実逃避にさっさと寝ようとしてるのかも。

「おやすみなさい」

「おやすみなさい、お父様、お母様」

スヤァ……。船旅の疲れもあって、我々はわりとすぐに寝た。


翌朝の朝食も体に良さそうな……どう見ても和食が並んでいて、実に落ち着く。

味噌汁に漬け物に焼き魚に海苔《のり》と白米。

「夜は夜桜を見ながら宴会だけど、午前中は自由時間で観光ができるわ」

「お母様はどこを見に行くのですか？」

実は花街が見たいけど子供の前でそんな事は言えない。

「私は海と魚市場と綺麗な庭園と鍛冶屋に行きたいなと思ってるのだけど、案内係は手配してくれるし、二人は自由にしていいわよ」

「鍛冶屋で何をする気だ？」

「刀鍛冶が見たいので」

「あの細い剣が見たいのか」

「刀ですわ、一振りくらいお土産に買って帰るのも悪くないですし」

「全く知らない国なので、私はお母様について行きます」

ラヴィは何を見ればいいか、分からないらしい。一方、夫の方は……

「観光客は通常……神殿、寺、神社に行くようだが、まあ、私が他所の神を祀《まつ》る場所に行ってもな」

原作で若くして亡くなったアレクシスは生存率を上げるために、神社に行ってお祈りしてもいいとは思うけど。あなたは死なないように神様にお祈りに行きなさいと言うのもアレだ。

「えーと、つまり、あなたも私達に同行してくださるという事ですね。分かりました」

「他国で行方不明だの事件を起こされたら大変だからな」

素直に心配だからと言えばいいのに、こんな言い方しかできない、不器用な人だ。でも完全放置発言されるよりは多分いい。娘の側にはいてくれるって事だし。でも鍛冶屋なんて女の子が喜ぶ場所とは程遠いわね。かと言って遊園地のような場所があるわけじゃないし。花糸は桜を見たし。夜桜も控えてる。後は体験系？　苺《いちご》狩りみたいな。うーん、これはハポングの人にどこに何があるか聞かないと分からないわね。十分歓待してもらっているからこれ以上、あんまりお世話させるのも申し訳ない気がするし。まずあらかじめ行きたいと決めていて、手紙に書いていた場所は、温厚そうな三十代くらいの黒髪男性の案内人が案内してくれることになっている。

海に来た。桟橋が架けられた先に小屋があるのが見える。すると案内係の男性が口を開いた。

「あそこでは棚ジブ漁ができます」

棚ジブは、海岸から二十〜三十ｍ離れた海上に小屋を設置し、ジブと呼ばれる、竹竿を×字形に組んだ先に網を張った特殊な四つ手網を、この小屋の中から操作して漁を行うもの。

その漁法は、海中にジブと呼ばれる四つ手網を沈めておき、満ち潮にのって泳いでくる小魚類が網に入ったのを見計らって、網で掬うというものである。

「あら、私も網を引いていいのかしら？」

「え？　奥様もやりたいのならば……」

案内係は意外そうな顔をしたが、駄目ってことはないらしい。

「やりたいわ。エビとか獲れるかもしれないでしょう？」

「そうですね、エビは比較的かかりやすいです」

呆れ顔の旦那様を見なかったことにして桟橋を歩き、我々は小屋に着いた。

「よし、沈めてある網を引っ張り上げるのよね」

私は腕捲りをして張り切った。

「奥様、ここは騎士である我々にお任せを」

エレン卿がずいっと出てきた。

「エレン卿、待って、自分でやらないと感動が無いじゃないの」

「しかし、通常レディは漁などしません」

「せっかく旅行に来ているのだし、見なかったことにしてちょうだい」

「仕方ない、妻が折れそうにないから私が手伝う」

「閣下!?」

「お父様がやるなら私も」

「ラヴィは無理せずに見学で良いのよ」

「やります！」

「お嬢様まで……」

エレン卿は頭を抱えたが、もうやってしまった方が早いと思ったアレクシスは、自分も上着を脱いでシャツの袖を捲り上げる。エレン卿も慌てて主人同様に腕捲りをした。私は鞄の中から風呂敷サイズの魔法陣を描いた布を出し、それからエプロンを取り出して、自分とラヴィで身に着けた。男物のエプロンは持ってなかったのである。ごめんね、旦那様とエレン卿。

「せーの!!」

「「はい！」」

私のかけ声で網を引っ張り上げた。はい！　と元気よく言ったのはラヴィとエレン卿だ。

旦那様はクールに無言だ。だけど運良くエビが沢山入っている!!

「わ！　エビです！　エビがいます！」

「今、網で掬うわ！」

夫とエレン卿が網を引き上げているうちに持ち手の長い網で沢山入ってるエビを掬いあげた！

桶に掬ったエビを入れる。体は私がしっかりと支え、一応ラヴィにも網を持たせて掬わせてみた。

「わあ！　凄い！　エビが沢山獲れましたね！」

「これでエビのかき揚げとかエビマヨもできるわね」

たのしみ!!

「このエビは後で宿の方にお運びいたしますね」

「ありがとう」

案内係の人が親切にそう申し出てくれたので、お言葉に甘える。

「あの海岸で貝殻拾うくらいがお子様とレディのする事だと思うのですが……」

「まあ、まあ、貝殻拾いは今度ね、エレン卿」

「いや、私が貝殻を拾いたいわけではなく」

「皆様大丈夫ですか？　お洋服、濡れてませんか？」

メアリーが声をかけてきた。

「私は大丈夫です。エプロンがあったので」

「私も大丈夫よ」

「私と閣下は風結界を張ったので大丈夫です」

無事に楽しい棚ジブ体験を終えた。苺狩りのような可愛い体験じゃないけど、エビも大漁だったので、ラヴィも楽しそうだった。結果オーライだ。多分。お次は案内係の人について市場へ向かう。


市場に着いたら新鮮な海鮮がいっぱいでワクワクした。市場は盛況で多くの店が並んでいる。ハポングはお客も売り手もほとんどがまるで日本人のように黒髪黒目だ。私のような金髪は異国人丸出しでかなり目立つ。アレクシスは黒髪だけど目が青い。

箱や桶にはお魚や貝や甲殻類が入っている。私は欲しい品の前で足を止め、次々と購入した。

「この大きなエビと、そこの鯛《たい》と、マグロと、鰤《ぶり》も買うわ。会計をお願い」

メアリーがすかさず財布を出してくれるが、異国の人で旅行客丸出しの私の爆買いに店主のおじさんが慌てる。

「あ、ありがとうございます！　しかし、この量ですが、持って帰れますか!?」

「魔法で転送するのでこの布の上に買った物を置いてちょうだい」

「は、はい！　ただいま！」

魔法陣が光って公爵邸の工房に転送してくれる。

公爵邸に待機している使用人に買った海産物は氷室《ひむろ》に入れるようにメモも一緒に送っておく。

「おお、魔法ですか、便利でございますね」

こんな物も出したし身なりも良いので、店主や周りにも貴族だとバレただろう。まあいいわ。

「さっきエビを獲ったのにまだエビを買うのか」

「まあ、あなたったら、さっきのエビとは種類が違いますわよ」

アレクは所詮《しょせん》エビだろうとでも言いたげな目だ。小エビと伊勢海老《いせえび》くらい見た目も違うのに！


違うテントの店舗でも買い物をしていたら何か美味しそうな匂いが漂ってくる。

あ！　あれだ！　イカ焼きの屋台だ‼

「あ、あそこでイカ焼きを売っているわ」

「ラヴィも食べる？」

「はい」

「ちょっと待て、ディアーナ、この場で買い食いをする気なのか？」

「します、あなたはしないのですか？　美味しそうですよ」

「……はあ、女性だけ食べてたら浮くだろう」

そうだろうか？　食いしん坊には見られるかな？　とりあえず買い食いに付き合ってくれるらしい。

「へイらっしゃい！　塩とタレ味どちらにしますか？」

「私は塩で」

「あなた達は？」

「我々も塩でいい。タレはうっかり服を汚しそうだからラヴィアーナの分も塩にしておくぞ」

「はい、お父様」

アレクシスは一応子供のドレスの汚れも気にする人らしい。


焼き立てのイカ焼きも美味しかった!!

色んな海産物を買って、買い食いもして、海辺の魚市場観光は満足した。

「夜桜の宴会で舞い手を呼ぶ予定ですが、踊り子の色っぽいのと厳《おごそ》かな神楽《かぐら》舞の巫女とどちらが良いでしょうか？」

案内係のその質問に即座に私は、「色っぽいの!!」と、言ったのだけど、

「神楽でいい」

「あなた、正気!?　旅先でまでかっこつけなくても」

「お前こそ正気なのか？　子供もいるのに」

「え〜〜」

「えーとか言うでない」

「じゃあ私は色っぽいのと神楽舞の両方を希望しますわ」

「其方、一歩も譲る気がないな」

退《ひ》かぬ!!

「色っぽいと言っても、踊り子は別に全裸で出て来るわけじゃないのでしょう？」

「はい、別に全裸ではないです、やや布面積が少ないだけで」

案内係の男性は女の私の方が色っぽいのを希望してるので、多少驚いているようだ。

私とアレクの顔を交互に見て、少し慌ててるし、顔に出てる。ラヴィはせっせとイカ焼きを食べるのに夢中だ。可愛い。

「ほら、何て事はないわよ、多少色っぽい方が宴会の場も盛り上がるってものよ。それと警備の兵の士気も上がるでしょう」

「ただの宴で兵の士気を上げてどうするのだ」

「このようにして日頃から英気を養っておくのよ」

「――やれやれ、では妻の望む通りに……」

「はい、仰せのままに」

この場はアレクの方が折れた。駄目って言われたら夜中に花街に潜入しようかと思った。このハポングの花街って花魁《おいらん》みたいなのがいそうで気になるのよね……。


市場から帰る馬車の中で昼食として、私は太巻を食べてしまった。だって、ほら、イカ焼きだけじゃ満腹になってないし、お腹空いたし、馬車の中なら三人しかいない。私と旦那様とラヴィだけ。

「其方はなんだって馬車の中で食べるんだ」

「服を着替えたり、やる事があるので、今のうちに時間を有効に使うのですよ」

駅弁だって走る車両の中で食べるのだし、馬車の中で太巻き食べてもよくない!?

「あなたもラヴィも人前でお腹がぐう～～とか鳴らないように今のうちに食べるといいですよ」

「む……」

「た、食べます」

二人も観念して太巻を口に咥《くわ》えた。お⁉　これは絵面が面白いのでは？

私は魔道具カメラを取り出した。

「こら、ディアーナ。魔道具を構えるな、それで撮影をしようとするな」

チッ。

「旅の記念に」

「変なところを記録しようとするんじゃない」

拒否られた。仕方ない、瞼に、この目にだけ、しかと焼き付けておくか。


なんだかんだと馬車は無事、宴会会場に着いた。

我々はまた温泉に入って、着替えに化粧に無事準備を終えて、夜桜を見ながらの宴会が始まった。

ハポングの華やかな夜が来た。魔法の灯りと篝火にライトアップされている夜の桜は神秘的で美しい。赤い敷物の上に白くて、私達の席にはふわふわの毛皮を敷かれ、座布団も用意されていて、ゆったり座って夜桜鑑賞。我々公爵家の対面に座するのはハポングの姫のカグヤ姫。

そして、出されたお食事が、

「あら、私達が獲ったエビをかき揚げにして出してくれたんですか？」

「はい、残りは保冷箱に入れておきましたので、お好きに調理してくださいませ」

親切‼　魔道具の冷蔵庫のような箱に残りのエビを入れてくれている。エビのかき揚げはサクサクして美味しい！　そしてウナギ！　鰻の蒲焼きがお重に入っている！　美味しそう。私は早速箸《はし》を手に、美味しく鰻重をいただいた。鰻の皮には甘めのタレが染み込んでいて、表面はサクサク。肉厚の身はふわっとしていて、噛むとじゅわっと脂を感じるし、炭火の香りもする。使われてるのはいかにも秘伝のタレって感じ！　美味しい‼

「ディアーナ様はお箸の扱いがお上手ですね、一応フォークやスプーンのカトラリーも用意しておりましたが」

あ‼　つい、元日本人の癖で、私はナチュラルに箸を選んで食べていたし、かたやアレクやラヴィはフォークを使っていた。カグヤ姫の言葉に、私は慌てて言い訳をした。

「私はハポングに来る前に、予習と練習を密《ひそ》かにしていたのですわ！」

「まあ、そんなに我が国に来るのを楽しみしていただいたなんて、嬉しいですわ」

わははは！　話を逸らそう！　私は魔法陣の描かれた風呂敷サイズの布から道具を取り出した。

「歓待のお礼にこちらもどうぞ！　これはひき肉製造機ですわ！　これがあれば簡単に歯の弱くなったお年寄りでも細かく刻んだ柔らかいお肉が食べられます。肉も魚も穀物もバランスよく食べるのが長寿の秘訣《ひけつ》と聞き及んでおります。これの説明書もハポングの言葉で書いておきました！」

「まあ、お祖父様が喜びそう。お心使いに感謝いたしますわ」

カグヤ姫は嬉しそうにひき肉製造機を受け取ってくれた。

食事の後には、「舞手を呼んでおります」と、カグヤ姫に言われたので、ワクワクしながら用意されたステージ側に移動した。そしてステージ上で厳かな神楽舞が披露された。桜舞う中、黒髪の清楚《せいそ》な巫女達が踊り、なんとも絵にも描けない美しさ！　だからカメラで撮影するね‼

ラヴィも神楽舞をうっとりと眺めていた。しかし、この後は色っぽい方の踊りが来るはず。

時間もそろそろ夜の九時くらいになる。

「子供のラヴィはもう寝る時間だから寝なさい」

「はい……」

私がそう言うと、名残《なごり》惜しそうだけど、ラヴィは素直に従った。いい子にするならハポング旅行に連れて行ってあげると言ってあるから。ラヴィはメイドに付き添われて寝床に向かった。

さあ、これからは大人の時間だ!! 綺麗なお姉さんが私の隣に来て、お酒を盃に注いでくれた。

「ありがとう」

お酌係の美女は私から意外にもお礼を言われて、驚いた顔をしたが、すぐに色っぽい笑みを見せた。

カグヤ姫も満足気に私に声をかけてきた。

「ディアーナ様、いい飲みっぷりですね」

「このお酒がすごく美味しいので」

「ふふ、ありがとうございます。では、次の舞手を」

パンと、カグヤ姫が手を打つと、来た！ 色っぽい布面積の少ない舞姫達が！ エジプト、トルコ系のベリーダンスっぽい衣装の綺麗な女性が五人出て来た！ 詳しく言うとベリーダンス衣装に羽衣《はごろも》のような物が追加されている感じ。私がスケベで悪い王様なら侍《はべ》らせて遊びたい感じの!!

最高!! ヒュー!! とかやって内心口笛吹きたいレベルのテンションだけど、実際にするのは品がないから、やるのは耐えた。夜桜と美女と妖艶《ようえん》な踊りを撮影もして、最高だった。

本日は私の希望で鍛冶屋に行くことになった。娘とメイドと護衛騎士とで、現場に来たら熱気がす

ごい。いかにも頑固親父といった雰囲気の鍛冶師が刀を鍛えている。そう、刀だ、かっこいい‼

「何だ？　女がこんな所に珍しいな、観光客か？」

「一振りくらい、買っていきたいわ、あなたの自信作を見せてくれるかしら？」

「お嬢さん、ただの土産物なら弟子の物でいいだろう、そこの……」

「ワザモノよ、実戦でも使えるものを見せて」

ただの土産物と適当にあしらわれそうだったので、最後まで言い終わる前に要求を言った。

鍛冶屋は一旦奥に引っ込んで、一振りの刀を持って来た。

「この刀は炎龍《えんりゅう》と言う、火の気の在る場で鞘《さや》から抜き払うと、炎の龍が出る」

炉の前で抜刀した鍛冶師の刀から、急に炎が立ち上り、それは龍の形を成した！

「まぁ、炎の精霊が龍の姿でその刀に宿っているのね？」

「そうだ、初見相手のハッタリにはこれでも十分だろう」

「ハッタリ……」

「宴会芸にも使える」

え、宴会芸って！　戦士でもない女だからか、バカにされてるけど何かかっこいいから欲しい‼

「まあ、使う者が強ければ宴会芸以外にも使えるから、それを買うわ」

「金貨十五枚だ」

あれ？　精霊が宿ってるわりにはお安い！　本当にはったりと宴会芸にしか使えないと思ってるのかしら？　まあ、高いよりはいいけど。私は金貨を支払い、炎龍という刀をゲットした！

「大変だ！　龍宮にまたマーマン達が攻めて来たってよ！」

けたたましい足音と共に冒険者らしき男が鍛冶屋に入って来るなりそう言った。

「まーた、蒼海《そうかい》の宝珠を狙って龍宮に……厄介なやつらだ、乙姫様も大変だな」

「龍宮……本で読んだわ。海の中にあるという宮殿、おとぎ話ではなくて、実在していたというの？」

「ああ、龍宮はハポングの領域にあるのさ、それはそれは美しい乙姫様がおられる」

「助けに行かなくちゃ!!」

「奥様!?」

「アドライド公爵家の騎士の勇敢さ、強さをマーマン共に知らしめてやりましょう！」

「お母様!?」

「ラヴィはいい子だからメアリーと宿に帰っていなさい！」

「えっ!?　お母様そんな！」

私はそう言って鍛冶屋から抜け出し、さっき買ったばかりの刀に浮遊魔法をかけ、それに横座りをして、龍宮のある海へ飛んで行った！

「奥様！　公爵家の騎士の力を見せると言いつつ一人で先行しないでください!!」

「奥様！　お待ちを！」

護衛騎士が叫んでいるけど、一刻を争うかもしれないので、先行します！　ごめんね！

ハポングの上空から眼下を見下ろす。冒険者や侍らしき者達が集まっている浜辺があるから、あの海で合ってるんだと思う。

「船着き場へ急げ！」

「相手は魚人だぞ！　海上は不利だ！」

「だからってむざむざと蒼海の宝珠を魚人共に奪われるわけにはいかぬ！」

侍と、冒険者の怒号が飛び交い、側にはオロオロしてる漁師っぽい人もいた。

私は壊れて浜辺に打ち捨てられた船に向かった。

「そこのお嬢さん！　その船は駄目だ！　船底に穴が空いてる!!」

「水に浮くんじゃなくて空を飛ぶから、多少の穴は大丈夫！」

「はあ!?」

私は混乱する漁師っぽい男性の忠告をかわして、今度はボロ船に浮遊魔法をかけた。

「奥様!!」

忍者みたいな動きでエレン卿がもう追いついて来た。やるわね。

「エレン卿、この船で行くわよ」

「護衛騎士の援軍がまだ到着していませんよ!?」

「謙遜しないで、私とあなたでも戦えるでしょ」

「！」

「置いていかれたくないなら、この船に乗りなさい」

「く、分かりました！　奥様は無茶をしないで船の飛行制御に集中してください！」

「それは状況により、臨機応変に！」

船は砂浜から海に飛び立った。戦士達から、ええ!?　という驚愕の声が聞こえた。

「前方にマーマンの集団が見えてきました！」

水飛沫を上げて、半魚人たるマーマンとジャンプする鮫《さめ》が戦っていた。更によく見ると、綺麗系人魚と、魚顔の半魚人が敵対して戦ってる。水中だけではなく、船や筏に乗って戦っているマーマンもいる。もしかしなくても、半魚人は水中で長居ができないのかも⁉　泳ぎは上手いけど息継ぎがいるみたいな。そして鮫は人魚の指示で動いてるようだった。

「乙姫様と龍宮には手出しはさせぬ！」

「人魚と鮫を殺せ！　宝珠と乙姫を我らに！」

「あの人魚と鮫は龍宮側の防衛みたいね！」

「おそらくは！」

「ギョギョ⁉　あの人間族！　空を飛んでいるぞ⁉」

「抜刀‼」

「はっ」

私がそう言うと、エレン卿は腰の剣を抜いた。

『‼』

「ギャア‼」

私は火球をマーマンにぶつけながらも、さっき買ったばかりの刀から炎の龍を呼び出した。

水中からマーマンが銛《もり》を投げて来たが、それをエレン卿が切り飛ばした。

「炎龍！　我が意に従え‼　我が剣に依り移り、力を示せ！」

私の炎の龍は、刀からエレン卿の剣に乗り移った。即席炎系エンチャント魔法！

エレン卿の剣は今ひとつとき魔剣となり、遠距離攻撃が可能になった！　切っ先から炎が走る！

炎の龍が筏と船の上にいるマーマン達に襲いかかった!!

「ギャアアッ!!」

炎龍の顎門《あぎと》がマーマンを襲った。絶叫し、海に落ちるマーマン。

仲間の絶叫を聞いたマーマンはわざと海中に身を躍らせ、その身を隠した！

「水に潜られた!!」

『水の精霊よ!!　水を割れ!!』

私は全属性の加護持ちよ!!　なめないでよね！　十戒のモーセのように水底までは割らないけど、マーマンの周囲の水が突如として円形に弾かれたように離れた。それは小さな竜巻の渦の中心にも似ていた。急に周囲の水が離れてバランスを崩す敵の姿が丸見えになった！

「ギャ!?」

「くらえ！」

炎の龍はエレン卿の風の精霊の力も合わさって狙い違《たが》わず、マーマン達に襲いかかって火だるまにした！　水に濡れていたはずのマーマンだったが、精霊の炎は強く、蒸気と炎の中で絶叫した。

「グギャアアッ!!」

マーマン達が火だるまになって絶叫をあげていたら、水飛沫を上げて猛然と泳ぎながら突っ込んでくるひときわ大きなマーマンがいた！

「あれがマーマンの司令官か!?」

『！』

私の炎の槍がこちらに向かって来る巨体のマーマンに直撃した！　いつの間にか、海岸にもマーマン達が上陸して、砂浜でも戦闘が始まっていた！　冒険者に、侍に、追いついて来たらしきうちの騎士達も見えた！　混戦ではあるが、劣勢ではない。

「アドライド公爵家の威光にひれ伏せ！　魚人共が！」

公爵家の精鋭は陸の上なら魚人如きが勝てる相手ではない。マーマン達は続々と倒されていった。


半魚人達との戦闘が終了した頃に駆けつけた旦那様。

「いくらヒーローは遅れて登場するものと言っても遅かったですね、戦闘終わりましたよ」

冗談めかした言い方をしてしまった私だったが、

「何故そなたは他国の小競り合いに介入するんだ」

やはり説教パターンだった。心配や労《ねぎら》いの言葉は……期待するだけ無駄だった。

「お世話になってるハポング国の、宝物であろう蒼海の宝珠が狙われているとか、龍宮の乙姫様の窮地と聞いて、居ても立ってもいられなくて」

「——はあ、全く、少し目を離すとこれだ」

「心配しましたか？　私のことを」

一応訊いておくぞ？　妻の好感度稼ぎのチャンスよ？

「何かしでかさないか、いつも気にしている」

はい！　明らかな選択ミスですよ！　パーフェクトコミュニケーション失敗!!

「……そこで、普通に君が心配だったとか言えないから……孤独のうちに死んだりするんですよ……」

護衛騎士達がぎょっとした顔になる。周囲の空気が冷えていくようだ。

「人間死ぬ時は誰だろうが独りだろう」

「自分が死んだ時、誰も泣いてくれなかったら、どう思います？」

「そなたは自分が死んだら、誰かに号泣でもして欲しいのか？」

アレクシスの顔には、バカバカしいって書いてあるようだった。

「……いいえ、分かりました。確かに号泣は可哀想ですね。もし私が先に死んだらあなた、泣かなくていいから、笑っていてくださいね。そして、娘を安心させてあげてくださいね」

「……笑ったりはしない」

「爆笑しろとは言ってないですよ。――ああ、いつものポーカーフェイスでしばらくしたら、たまには、娘に笑顔など見せてくださいってことです。ほら、空が青くて綺麗だとか花が綺麗だとか、当たり前の事に感動とかして」

「残念だが、そんな当たり前の事に感動する繊細な感性は無い」

「先代公爵たる、厳しいお父様の教えに、情操教育が入ってなかったらしいのが、残念ですわね」

思わず売り言葉に買い言葉みたいになってしまった。いつまでも合わないパズルのピースを、無理矢理はめようとしてるみたいだ。

「お、奥様ぁ〜〜っ!!　ご無事ですか〜〜!?　お怪我は!?」

メアリーが顔を真っ赤にして砂浜を走って来た。

「……メアリーの方が健気で旦那力が高いじゃないですか」

私はボソリとそんな事を呟いた。想像以上にいつも通りの甘さゼロのクールな対応にガッカリしてしまったみたい。ちょっとは仲良くなれた気がしていたのにな。

「メアリー、大丈夫よ、私、どこも怪我してない。ただ、少し疲れたわね。特殊な魔力の使い方をしたせいかしら」

船を空中に浮かべたまま、炎攻撃が通じるようにマーマンの側の水を避けたりして……。かなりトリッキーな事をした。

「さっさと回復薬を飲め」

アレクシスの冷徹な声を聞いていると、頭が痛くなってきた。もしかして、魔力不足になってくると、睡眠不足の時に頭痛がしてくるみたいな症状が出るのかも。私はポケットから魔法の転移布を取り出して、アレクシスの言う通り、魔力回復薬を取り寄せて、それを飲んだ。

「帰るぞ、総員、撤収だ」

アレクシスは騎士達にそう告げ、背中を向けてしまった。もしかして、怒らせちゃったかな？

——ああ……。戦闘の後で、気が昂《たか》ぶっていたのかもしれないわ。余計な事を言ったかも。

良い事を言うより、余計な事を言わない事の方が、人を留《とど》める事ができるというのに。でも、誰かが教えてあげないと、分からないんだろう。きっと経験がない。いたわりとか、心からの心配の言葉を、自分が貰ったことがないのかもしれない。それでも、後でちゃんと言いすぎたって、謝らないと。

ああ、そう言えば、私が日本で死んだ時、泣いてくれた人はいただろうか？　両親以外に……。

宿に戻ったらラヴィが私の元に走って来た。

「お母様！　お怪我は⁉　どこも痛い所はありませんか？」

「大丈夫よ、心配させてごめんね」

私はラヴィを安心させるように抱きしめた。

「……乙姫様は無事に守られましたか？」

「ええ、マーマンは撃退したから」

「流石はお母様です。いつも勇敢で……私の誇りです」

……。や、優しい～～‼　私の娘優しい～～‼　これだよ！　な対応だ‼

ちょっと旦那様の塩対応に凹《へこ》んだけど、だいぶ救われたわ。

戦闘が終わって一旦ハポングの本宮に向かい、カグヤ姫に事の経緯を説明した。

「で、蒼海の宝珠と龍宮の乙姫様の危機と聞いて、ちょっと助太刀をしました」

「そうでしたか、龍宮の防衛に力を貸していただき、ありがとうございました」

「いえ、いえ、美女の危機と聞いたら、助けに行くのは当然で」

「まあ、物語に出てくる勇者のような方」

カグヤ姫はコロコロと鈴を転がすような声で笑った。

「いえ、いえ、お詫びも兼ねてましたので」

「それで龍宮の乙姫の方からも、お礼がしたいと、招待をしたいとのことです」

「は⁉　光栄ですが、龍宮は海底宮殿ですよね？　私は人魚じゃないので息ができないかと……」

「蒼海の宝珠がありますから、宮殿内は息ができるのですよ、それに、龍宮までは海龍の骨を使った特殊な魔法外装の乗り物に乗って行けますので、呼吸の心配はいりません」

「海龍!? 亀じゃなくて海龍の骨に乗って龍宮に行くのですか！」

ファンタジック!!

「では、招待を受けてくださるなら、準備ができた段階で声をかけてくださいませ」

「はい！ 喜んで！」

などと勢いよく答えた私だったが……ラヴィが突然熱を出して倒れた!! 慌てて呼んだお医者からは別に悪い病気とかではないけど慣れない環境に来て、疲れと心労のせいだろうって、話を聞いた。

「お、お母様、ごめんなさい……」

「子供というのは、よく熱を出す生き物なのよ。それに、知らない場所に旅行に来て疲れたあげく、私が戦闘などに行くから、心配させてしまったのね、ゆっくり休みなさい」

「でも、お母様……美しい……乙姫様に会いたかったんですよね？」

「異国の美女よりあなたの方が大切よ、世界一かわいい私の娘だもの」

今、ラヴィに必要なのは、治癒魔法とかじゃない、私が側にいてあげることが大切なのだ。

「お母様……」

「私は隣にいるから、心配せずにゆっくり眠りなさい」

「はい……」

ラヴィを布団に寝かせ、私も隣で寝そべりながら、布団の上から優しくトントンしてあげる。

幼子を寝かしつける時に、母親がよくする仕草だ。やがてラヴィも安心したのか、眠りに落ちた。

「奥様……」

そんなわけで、メアリーに子供が熱を出したので、せっかくの招待だけど、龍宮へは行けなくなったと手紙に書き、これを使者に渡してもらった。まあ、生きていれば、そのうちまたチャンスがあるかもしれないし！　海底宮殿なんて神秘的で、さぞ素敵なのだろうけど……娘の方が大事だからね。


戦闘後の疲れがどっと出たのか私はラヴィを寝かしつけてたら、自分も隣ですっかり寝落ちてしまった。気がつくと窓の外、空は夕暮れ色に染まっていた。午前中から夕方まで寝てたってことね。

「茜差《あかね》す、春の夕暮れ……美しい」

龍宮にいかなくても、桜とか竹林とか、宿の周りだけでも懐かしくて美しいからね、この国は……。

「起きたか、食事はここに運ばせよう」

「うわ、いつの間に！」

旦那様が背後に!!

「うわ、とは何だ」

「急にいたので驚いたんです」

「ふん」

フンて、何よ!!　アレクシスはちょっと部屋を出て、すぐに戻った。

食事の手配をしたのだろう。程なく雑炊などが届いた。胃に優しいいし、出汁が効いてて美味しい。

「はい、ラヴィ。あーんして」

「じ、自分で食べられます」

アレクシスの目を気にして甘えられないのだろうか？　ラヴィも起きて雑炊を食べた。

「鯛やエビなどの、魚介類と野菜から良い出汁をとってあり、良い塩も使っております」

と、料理を運んでくれた宿の使用人が、説明してくれた。

「なるほど、美味しいわけだわ」

「お母様、私はもう大丈夫なので、今からでも龍宮に行っても……」

「いいのよ、無理しなくても。もうお断りしてしまったし、玉手箱なんてお土産に貰っても困るし」

「タマテバコって何ですか？」

「古い……物語に出てきたのよ。気にしないで。詳しくは……忘れたわ」

嘘だけど。覚えているけど、あれ、可哀想な話よね、最後は。

亀を助けてお礼に招かれた龍宮に行って、陸に帰ってお土産開けたら白髪の爺《じじい》になるとか。

「回復したなら、そろそろ帝国に帰るぞ」

「そうですね、仕事も溜まってるでしょうし、またしばらく船旅になるけど、ラヴィは大丈夫？」

「大丈夫です……。春は社交の季節だから、お父様とお母様には帝国の貴族達からも沢山パーティーの招待が来ているのですよね」

「まぁ、そうだな。いくつかのパーティーには面倒でも出なければならない」

そんなわけで龍宮へは行けなかったけど、桜の苗木も貰えたし、美しい踊子も見れたし、刀もゲットしたので、ほぼ満足し、私は船に乗って家族と一緒に帝国の公爵邸まで帰った。

「帰ってきたわよ！　お家に！」

「奥様、早速ですが、お呼ばれしているパーティーに着ていくドレスを選んでください」

「休みが欲しい」

メアリーの容赦ない言葉につい、そんな事をぶっきらぼうにぼやいてしまう私。

「奥様は今まで休んで旅行に行っていたのでは？」

「あ、あれも一種の外交だったの！　遊んでるようにしか見えなかっただろうけど、これでハポングのカグヤ姫とも親密度アップしたはずだし！」

などという言い訳をしながらも、メイド達が、持って来たドレスから着るものを選ぶ。私が旅行に行ってる間も針子達は以前のディアーナが買いまくっていたドレスのリメイク作業を頑張ってくれていて、数着見事に仕上がっていた。

「でも奥様、他の公爵家主催のパーティーだけは完全新作のドレスを買って、それを着てくださいね」

「別に何度も着古したドレスじゃないから、リメイクだとは分からないと思うけどね……」

過去に一回しか袖を通してない、新品同様のドレスを解体して他のと繋ぎ合わせていたりするから。

「それでもです、格式が大事なので。予算の事は旦那様も認めておられるのですから」

「はいはい、あ、それより庭に貰った桜を植えないと」

「転送されて来たので庭に置いてあります。場所の指示がなかったので、まだ植えてはいませんけど」

「それは、早く植樹祭をやらないと桜が可哀想ね」

庭に桜を植えましょう！

公爵邸の広いお庭で植樹祭を行った。せっかくなので、奉納舞をしてくれる巫女も呼び、楽師も呼んだ。雅だわ。記念に庭園に娘と一緒に桜の苗木を植え、魔道カメラで記録も残す。

「お母様、新しい植物も庭に増えましたし、これで妖精さんも妖精界から戻って来てくれますよね？」

「ん？　ええ、そうね、妖精さんも桜に惹かれてそろそろ帰って来るんじゃない？」

「お嬢様、ドレスショップの者が来ました。採寸しますのでお屋敷へ戻ってくださいませ」

「はーい！」

ラヴィはメイドに呼ばれて屋敷に戻って行った。キラキラした陽光の中、春風と共に、軽やかな足取りで。そんな姿をじっと見ていると、前世の事を思い出した。

「どうした？」

「大人になってからもふと、少女時代に読んでいた少女小説を読みたくなる事があるんですよね。でも大人になってもう一回読むと、感じが変わっている」

少女の心に響くようなキラキラした文章をもう一回読みたくなる。でも感受性が衰えたのか昔ほどには響かないし、色褪《あ》せて見える。でも輝くようなあれが、文章が、少女の時に読めて良かったと思う。

「急に何だ。小説に少女とか大人とかがあったか？」

「あ、ある所にはあります」

「それで？」

「なんとなく、私にも妖精の話をしてくれるお母さんとか欲しかったなって。まあそんなタイプじゃなかったから仕方ないのですけど」

アレクシスはわけがわからんと言った風に首を傾げた。

だけど、ふと、思い出したように言った彼のセリフが私の胸を打った。

「そう言えば、公園に遊具ができたと報告が上がってきていたぞ。ブランコと滑り台だったか？」

「わあ！　ラヴィを連れて写真を撮りに行かなくちゃ！」

「春が終わる前に完成して良かったな」

「覚えていてくださったんですね！　てっきり戯言《ざれごと》を言ってると、忘れ去られていたかと」

「其方がわざわざ遊具の絵まで描いて見せてきたではないか」

「そうでした！　そうでした！」

ここは異世界で、しかも小説で読んだ世界で、家族も、友達と言える人なんか、全部失ったけど、物語のラスボスポジの人なんかになってしまったけど、今は夫と子供がいる。いて良かった。

私は意を決して、旦那様に抱きついてみたら、驚いたようで固まってしまった。

嘘みたいに鼓動が速いのが分かった。旦那様の心臓も、ドクン、ドクンと速い。これはただの緊張によるものだろうか？　私の事を、少しでも好きかと訊いても、素直に答えるはずがないこの人でも、心音までが偽るはずがないと思ったのだけど。

「離れなさい、ここは外だぞ」

力ずくで引き離された。周りに騎士や使用人達がいるので、仕方ないと思った。護衛騎士達は急な出来事に唖然とした顔で固まっていた。メイドはあらあら～～といった風情で生温かい眼差し。

執事は何も見てませんとばかりに、目を逸らしている。

「自宅の公爵邸の庭で好きにして何が悪いんでしょうね」

「慎みを持て」

相変わらずのお小言だったけど、背を向け、どこかに向かって足早に去って行く、彼の耳が赤かったのは、目の錯覚ではなかったように思う。


私は庭園で花を摘み、それを一旦魔法陣の中にしまった。自分とラヴィも動きやすい服装に着替え、一緒に公園に向かった。ブランコも滑り台も初めて見る娘のために、自ら滑り台とブランコの使い方をレクチャーして、ひとしきりラヴィと新しい遊具で遊んだ後で、私は転移の魔法布から花を取り出した。そしてブランコの持ち手の上の方を花で飾り、ラヴィを座らせ、魔道カメラで写真を撮った。

「最高に映える！」

周囲にいた子供が先程の私達を真似て滑り台で遊び始めた。初めての遊具に興奮してきゃあきゃあと子供が声を上げて楽しそうだった。もう映える写真も撮れたし、私は満足してラヴィの手を引いて、仲良く公爵邸に戻った。


時は花咲く春であるので、しばらくして妖精のポストにまた小さな手紙が届き始めた。

その中にあった一つには、ブランコが公爵邸の庭にも欲しいとラヴィの文字で書いてあった。

そう言えば、貴族令嬢が平民にも入れる公園にそう簡単に行けないな、と思った私は、真夜中に枝ぶりの良い大きな木を選んで、ロープでブランコを作ってあげた。

そんな私の姿は庭園警備中の公爵家の騎士にも見られてしまうが、仕方なかった。妖精に頼まれたのだと、苦しい言い訳を使ったが、果たして通じたかは不明であった。そうそう、後から執事にあの時、私が抱きついた後に、逃げた旦那様はどこへ向かったのか聞いたら、どうやら厩舎《きゅうしゃ》に行って、自分の馬に乗り、急に「走ってくる」と告げてどこかに消えたらしい。遠乗り？　もしかして、照れるとお馬さんでお外走ってくる人なんだろうか？　面白い人……。


「ああっ！　いつの間にか妖精さんが庭園にブランコを作ってくれてる！」

私が夜なべして作った庭園のブランコの存在に気がついたラヴィは喜んだ。花咲く春の庭園でブランコに乗る娘、可愛い！　木とロープで作った簡易的なブランコではあったが、太い枝で作ったから、筋骨隆々の騎士とかが乗らない限りはきっと大丈夫。娘のブランコ遊びをしばらく見守って、昼はハポングで食べたエビの残りをまたかき揚げにして、かき揚げうどんにしてもらった。

コシのあるモチモチうどんとサクサクのかき揚げが美味しい。かき揚げがうどんスープに浸かってふにゃりと柔くなってるとこも美味しい。今度はごぼう天うどんも食べたいな。

夜には社交活動として、お呼ばれしているパーティーに行かないといけない。

また数日後には、なんと皇太子妃から招待を受けたガーデンパーティーに行かないとならない。

「なんでよりによって、この私を招待するのよ、皇太子妃は！」

原作では恋敵だったでしょ！　ディアーナは皇太子に相手にされてなかったけど、この間皇太子は私を休憩室で手籠《てご》めにしようとしてたし！　皇太子妃はあの事件を知らなかったとは思うけど！

「アドライド公爵家が帝国内でも有力な貴族ですから、無視はできないかと」

メイドのメアリーは私を宥めるような口調でそう言った。

「無視でいいのに！　怖いわね、牽制と嫌がらせでワインをかけられたりしてね！　ドレスの色は真紅にしましょう、万が一ワインをぶっかけられても目立たない色に」

私がそう言うと護衛騎士のエレン卿が口を挟んできた。

「春のガーデンパーティーなら、昼の茶会に近いものでしょう？　淡い色の方が爽やかで場に合うのでは？　アドライドの公爵夫人にワインをかけるなど、流石に皇太子妃でも、そんな愚かな事はなさいますまい」

「それがね、恋に狂った女ならやりかねないのよ。エレン卿」

「ええ？　そ、そうでしょうか？」


そんな訳で私は夜の四大公爵家の他の公爵家パーティーを無難にこなした数日後に、皇太子妃のガーデンパーティーに向かった。赤い薔薇のようなドレスを着て、現地に着いてから思いついたけど、風の精霊で結界を張ればワインをかけられてもなんとかなるわね。

「きゃっ!!」

私の目の前でわざとらしくつんのめったメイドが、ワインの注がれたグラスを傾けた。

そう来たか！　自分でワインを私にぶっかけるのではなく、メイドにさせる嫌がらせ!!

私はあわやドレスにワインをぶっかけられるところだったが、風の精霊の結界が間に合った。

ガシャンと派手な音を立ててメイドは目の前で倒れた。

「あなた、大丈夫？」

「も、申し訳ありません！　とんだ粗相を！」

顔を上げたメイドは驚いた。私がノーダメージなのだ。ワインは一滴も私を汚していなかった。

ただ、割れたグラスは散乱し、ワインが地面を濡らしているだけ。

「え⁉」

周囲の令嬢達も私がノーダメージなので驚いた。そして一瞬悔しげな顔をした皇太子妃を、私は見逃さなかった。やはり、お前の差し金か。最近皇太子の野郎が私に近付こうとしてるのが気に入らないのだろう。残念！　その手には乗らない！

「破片を拾う時に、怪我をしないように気をつけなさい」

「は、はい、ありがとうございます。アドライド公爵夫人」

私はいいように利用されてるメイドに優しく声をかけた。しかし私がドレスをだいなしにされて激怒してメイドに酷くあたってたらどうするつもりだ？　この皇太子妃は……。私が以前の原作ディアーナなら、このメイドは酷い折檻《せっかん》を受けてただろうに。それとも、それも計算のうちか？　皇太子に「アドライド公爵夫人は無慈悲で嫌な女ですー」とか告げ口したりして？　考えすぎかしら。皇太子相手に悪く言われるのはいいけど、アドライド公爵家の名をこれ以上落とすわけにはいかない。

ディアーナの過去のやらかしを考えたら。切り替えて、私は用意されてるテーブルへ向かった。

えっと、私の席は、あらら、末席だわ。帝国四大公爵家の一つ、アドライド公爵家に喧嘩を売ってるのかしら。なめられたものね。まあ、席なんてどうでもいいけど。早く私は皇太子に全く興味がなくてあなたの邪魔はしないと分からせてやらないとね。私は素直に末席に座った。イジメに屈したわけじゃない。どうでもいいのだ。末席に座った私を見て、皇太子妃は口元に嘲笑の笑みを浮かべた。

「今日の皇太子妃のドレス。素敵ですわね、皇太子殿下からの贈り物ですか？」

皇太子妃は本日、金糸の刺繍入りの黄色のドレスを着ている。

「ええ、もちろんですわ」

私は改めて皇太子妃の今日の装いをマジマジと見た。

金の細工にサファイアのアクセサリー。皇太子は金髪碧眼《へきがん》。

「身に着けられてるアクセサリーも、皇太子殿下の色……ですわね。とてもお似合いですわ」

「あ、ありがとうアドライド公爵夫人」

「ええ、誰よりも。皇太子殿下のお色が、お似合いですとも」

「ええ、ノワール様は本当に皇太子殿下のお色がお似合いですわ」

おっと、こいつはクビにした元オッパイガヴァネス！　お前もいたのか！　子爵夫人ね。未亡人でうちの夫を誘惑しようとしてた不届き者。名前は……忘れた！　オッパイを強調するドレスを着ていた事しか覚えてない。

「ありがとう、オパーズ夫人」

あ、皇太子妃のおかげで名前を思い出した！　リアリー・オパーズだった。子爵が戦争で亡くなって、まだ小さい嫡男の代わりに子爵家を代理で治めているんだったか。いずれ息子とその嫁に家を任せるから将来を見越して子持ちのくせにしれっとアレクの寵愛《ちょうあい》を受けて裕福な生活でも夢見たんだろう。厚かましい。そんで今は皇太子妃の太鼓持ちになってるわけね。まあいい。皇太子妃は不自然なほど自分を持ち上げる私に疑惑の眼差しを向ける。お前達はお似合いだってんだよ！　信じろ‼　とりあえず旦那様ラブのアピールでもすれば安心するのかな？　不意にまたオパーズが口を開いた。

「あら、ディアーナ様、その紐のブレスレットは？　珍しいですわね、高級嗜好《しこう》だった方がそのように平民のようなアクセサリーを」

「これは旅の記念にと、夫がお揃いの物を選んでくれた組紐のお守りです。組紐の糸は縁を繋ぐものであり、永久に結ばれるようにと」

「ああ、そう言えば狩猟大会の時も着けてらしたわね、殿下と一緒にいた時、同じような説明も聞いた気がしますわ」

おお、皇太子妃よ、思い出してくれたか。皇太子妃は私を冷たく一瞥《いちべつ》して言ったのだが、私はもう少し皇太子妃に自信をつけてもらいたくて、言葉を重ねる。

「ええ、そう言えば、狩猟大会で拝見した妃殿下のハンカチの刺繍は見事な物でしたわ。皇太子殿下への愛情が見て取れるかのような」

「え、ええ、当然ですわ」

どうも昔と態度の違う私に対して困惑してるな。褒めたのに笑顔がやや引《ひ》き攣《つ》っている。

お前の恋路の邪魔はしないから！

この後は特に何事もなく、適当な会話をして、ワインと軽食とデザートを食べて私は帰宅した。ひと仕事終えた！

間食のおやつとして、私はバルコニーのセットの鉄板の上で海鮮お好み焼きを作った。

ハポング産のイカやタコを入れて、「美味い、美味い」と食べていて、ふと……思い……出した！

「あ！　ハポングで春画を買って来るの忘れた！」

昔の日本に似てるんだし、葛○北○のような芸術的なえちちな絵があったかもしれないのに！　女性にタコが絡まってるやつみたいな？

「奥様、今、春画って言いました？」

バルコニーで料理をしてたらまた煙が上がっていた。ゆえに万が一、火事であったら困るので護衛騎士のエレン卿は、毎度ここへ確認にやって来る。いや本当に毎度、料理しているだけなのだけど。

「言いました。ハポングの春画は芸術的なものがありそうだという予想でしてよ」

「芸術的ってなんですか、破廉恥な絵は女性が買うものではありません」

「お堅いわね、エレン卿は。芸術作品なんて裸婦画や軽く布切れまとって局部だけ隠してるようなものも多いでしょうに」

「お願いですから公爵夫人として品のある行いを」

「公爵夫人として芸術活動支援にも力を入れないと。それ、すなわち文化活動だもの」

「ああ言えばこう言う系の女なのだ」

「閣下、私は一応止めました」

旦那様のアレクシスも珍しく私の部屋に現れた！　夜の寝室には来ないのに、私が何かバルコニーで食べていると来る‼　食べ物の匂いに釣られているの⁉

「アレクシス、私はただ芸術を愛する女なのですわ」

「何も信用できない」

「酷い！」

「それより皇太子妃のパーティーはどうだったのだ？　何も問題は起きなかったか？」

末席を用意されました！　でも前世の日本感覚だと例えば映画館で出口近いとトイレに行きやすいからまあいいや！　の感覚で許しました。お帰りの出口の門が近かったので！　まあ、末席用意されたのがアレクシスやラヴィだったらバカにするなとブチ切れるとこだけど、私だし。ドレスにワインかけられそうになったけど風の精霊が守ってくれてノーダメージだったし。この事は黙っておこう。

「とにかく皇太子と皇太子妃はお似合いですよと、皇太子妃をひたすらに持ち上げておきました。私があの男に未練があると勘違いなさっていたら困るので、特に問題ありません」

「……やはり直接其方に聞いても信用ならんな」

「はあ？　だったら何故聞いたんですか！」

「念の為だ」

もー!!　失礼な人ね！

「私、これからアギレイの文官達との道路整備と宿場町の建設の会議があるのでこれで失礼しますわ！」

「待て、道路整備の件は其方が指導しているのか？」

「そうですよ。私はあそこの領主になったのですから。道路が整備されていないと道がぬかるんで馬車の車輪がハマっただの、事故の元ですし、交通の乱れは商人の商品を今か今かと待ってる人も心配させるし、辺鄙な場所に住んでる人の必要な生活物資が旅の商人頼りだったら、ライフラインに、いえ、日常生活に支障が出るじゃないですか？」

「まあ確かに」

「交通の要所に安全に泊まれる宿屋を設置し、増やすのも旅人や商人が盗賊に襲われる危険を減らせるでしょうし」

「其方が急にまともなことを言っていると驚くな」

ちょっと!!

「だから失礼なんですよ、アレクシス。あなた、自覚してます？」

「さっき春画がどうのと言っていた口で、まともな内政関連の話をするから」

「キ——ッ!!」

「キ——とか言う内心の怒りを自分の口でいう者も珍しいな」

「あの、お二人共、それはもしや夫婦《めおと》漫才というやつですか？」

「エレン卿！　違います！　真面目な話です。春画の輸入の手配はあなたに頼むことにしましょう。女性がやるのが不自然なら男性のあなたがやってくれたら問題解決ですね」

つい、パワハラ的な意地悪を……どうせ断るだろうから言ったんだけど。

「解決しません！　問題大ありですよ！　私がわざわざ他国から春画を輸入するドスケベになってしまいます！」

ほら、この子はノーと言える子だ。強い。ちゃんとツッコミをくれるので安心してボケられる。

「異国文化の収集と言っておきなさい。これは極めて文化的な行動です」

「無理ですから！」

「ディアーナ、打てば響くような相手とは言え、エレン卿に無茶振りをするでない」

「分かりました、自分でやります」

「やめろ」

「奥様、おやめください」

「健全なばかりでは文化は育たないと、どっかの偉い人が昔言ってました！」

私は前世日本で聞いた言葉をそう言い捨てて、バルコニーに設置したミニテーブルの上のお皿に箸を置いた。ホカホカのミニお好み焼きはまだ鉄板に二つほど残っている。

「話はまだ終わっていないぞ」

「お二人は残りのお好み焼きを食べていいから、後片付けをよろしく！」

「は⁉　片付け⁉　普通は下女に頼むだろう⁉」

「か、片付けは私がいたします！」

メアリーが慌てて声を上げるのが背後の方から聞こえたが、私はアギレイの会議に向かうために部屋を出て、公爵邸の廊下を走った。これから神殿の転移陣を使って、領地まで行かねばならない。


結局アギレイでの会議の後、春画は偽名を使ってアギレイに届けてもらった。海外輸入なんだけど取り寄せ通販だ。ちなみに私はたまに流れの傭兵男に変装するので、それの名義だ。名前はシュバルツと名乗っている。そして、まだ社交の季節。私はどうしてもスルー不可能な公爵家パーティーでは、私は令嬢達の綺麗なドレスを眺めたり、地味に聞き耳を立てて情報を収集していた。

「お聞きになりましたか？　各地の孤児院から子供がごっそり減ったとの話」

「噂によれば薪を拾いに近くの森に入ったら行方不明になったとか魔物の襲撃にあったとか」

「まあ、平民の孤児がいなくなったくらいで騒ぎになるんですの？」

「孤児の多くがいなくなったら町人の子も減っていっているのです。次は貴族の子も危ういのではと」

「貴族の子は屋敷で守られていますし、薪を拾いに森になど行きませんわ」

「薪は拾いませんがピクニックとか、遠乗りなどが危険ではなかろうかと」

令息などは五歳を過ぎれば乗馬も習う。十歳を過ぎれば遠乗りに行く事もある。

「せっかく冬が終わり、陽気も良くなったのに、屋敷にこもりっぱなしでは癇癪《かんしゃく》を起こすんですの」

「困ったものですね」

これは……魔王の手下が生け贄《いにえ》を集める事があるので、それ関連の事件のような気がする。

事件について保安部隊が捜索しても、まだ貴族が犠牲になってない場合、真剣な捜査はされない。


私は四大公爵家のパーティーをなんとか無事に終わらせ、またアギレイに戻って来た。招かれたパーティーではアレクシスをパートナーにダンスも踊った。人前では、いつものポーカーフェイスでも、二人でいる時はあまり見ない表情も見れるようになってきたと思う。原作で読んだエピソードの流行り病に備え、アギレイに作った薬草園の薬草は、綺麗な花を咲かせていた。せっかくなのでラヴィもアギレイの薬草園に招待した。今は危険かもしれない森へのピクニックの代わりにもなるし、魔道カメラで花と娘も一緒に撮れるし。

「わあ、綺麗……」

「花の終わり頃に回収して天日で乾燥させるの。それをお茶にして飲めば薬効のあるお茶になるから」

「美味しいお茶ですか？」

「吐くほど不味《まず》くはないと思うわ、ややスッとする味よ。咳止《せきど》めの効能もあるの」

お茶の説明中にメイドが小走りでやって来た。

「奥様、お嬢様のお洋服が三着完成したと報告がありました」

「そう、良かったわ。あ、青の塔に依頼した二種のポーションも追加発注をしておいて」

私はこちらアギレイでも針子を雇った。ドレスの解体とリメイクでラヴィの服を作り、ラヴィの着せ替えを楽しんでいた。かわいい子なのでフリフリの服もよく似合うのだ。雇用も生まれるから悪くないと思う。あ、当然、病の感染防止用のマスクも作ってる。体力回復と免疫力を高めるポーションも青の塔の魔法使いも使って増産中だ。コツコツと増やして保存しておく。

もうすぐ春も終わりに近くなった頃、私達はとある騎士団長の家のガーデンパーティーにお呼ばれした。社交界デビューもまだなラヴィまで招待されているのは、息子が多い家なので紹介したいのだろう。騎士の多いパーティーなら防犯面では安全だろうし、私と夫も娘を連れて招待に応じた。

パーティーで用意されたチョコレートケーキが美味しい。本日の私のドレスは落ち着いた茶色で、ある意味チョコレートケーキに合ってるかも。そして騎士の多いこのガーデンパーティーは、鍛えられた体格の、がっしりした男性が多い。目の保養。


と、ややして、一人の騎士が慌てて駆け込んで来た。

「騎士団長！　海辺の街で漁師が騒いでると報告がありました！」

「何があったのだ？」

どうも海辺で何か騒ぎがあったらしいわね。

「海の一部が赤く染まり、不吉だと騒いでいます」

私はそれを聞いて口を挟んだ。

「それはつまり赤潮の発生でしょう？　大量のプランクトン」

「お母様、プランクトンてなんですか？」

「微生物、とても小さい生き物の事よ」

「お母様、その小さな生き物は不吉なのですか？」

「そんな事はないでしょう。プランクトンもただ生きてるだけだし。赤潮は昼に見ると赤くて不気味だけど、夜に見るとすごいわよ。夜に海に行ってみましょう」

「あの、奥様、この話は漁民が騒いでるだけで、別に不吉ではないという事でしょうか？」

私の話に騎士団長が首を傾げる。

「ええ、ただの赤潮ならね」


私は旦那様の許可を貰って、夜の海辺に来た。もちろん、護衛騎士達も同行している。

馬車から降りる時はアレクがエスコートをしてくれた。昔より優しくなっていると思う。

「足元が暗いから気をつけろ」

「はい」

「前方の海が何やら青く光っていますね」

エレン卿が海を見て言った。私達の目の前には夜の中で青く輝く海があった。

ほらね、やっぱり夜光虫だった。

「わあ、海が青白く光っていて不思議！　キレイ！」

幻想的に夜に青白く光る、その正体は渦鞭毛虫《かべんもうちゅう》というプランクトン。

気温が高い時など、条件が揃うと波の刺激で六月頃、海水面に発生すると聞く。

「ラヴィ、波打ち際、海面にその辺の砂を撒《ま》いてごらんなさい」

ラヴィは砂浜の砂を一握り分掴んで波打ち際に撒いた。

「？　はい、お母様。……あ！　青く光る！　キレイ！　すごい！　海の妖精がパーティーをしているみたい！」

海に向かって砂を撒く娘の姿が、妖精のように愛らしく綺麗なので、私は魔道具のカメラを構えた。

はしゃいでて可愛い！　ノリノリで夜光虫と娘の姿を記録していると、アレクシスが言った。

「なるほど……ちょっと生臭いが綺麗ではあるな」

「もー、あなたったら、匂いには気がつかなかったふりをしてくださいよ」

ムードが壊れるし！　旦那様はデリカシーが足りない！

「潮が赤いと夜はこんなことになっていたのですね」

エレン卿も他の騎士達も神秘的に青白く光る海に魅入っているようだった。

「夜釣りでもしないと、暗い夜に普段は真っ黒の海に来ないから気がつかなかったのでしょう」

もうじき夏が来る、そんなある日の事だった。

＊　＊　＊

数日後、傭兵姿に変装して街に出て、行き交う人々の間をぬって歩みを進める。街の中を流れる川

岸では、桟橋のような足場の所で、複数の主婦が洗濯をしているのが見え、それはのどかな風景。

だがしかし、私の心中はやや穏やかではなかった。最近皇都で人気の劇団の公演演目に問題があると出入りの商人からタレコミがあって潜入し、見に来たのだ。演目の内容が皇太子と皇太子妃のラブロマンスなのはいいが、どう見ても私としか思えない金髪の悪役令嬢がいる。

更にその悪役令嬢は恋敵の皇太子妃に散々嫌がらせから誘拐未遂。

実際には私が、いや、ディアーナがやってない下衆行動までを付け加えてるし、更に皇太子への恋に敗れて悪役令嬢は失意のうちに非業の死を遂げる。そして悪役令嬢の妨害も乗り越え、皇太子と皇太子妃は結ばれ幸せになるという内容だ。誰の命令でこんな劇を？　もしかして皇太子妃の差し金？

私への嫌がらせでこんな脚本でやってるわけ？　私があれだけガーデンティーパーティーで持ち上げてやったのに、まだ皇太子が奪われないか不安なわけ？　公爵家をバカにしているの？　実名出さなきゃ許されると思ってるの？　さて、どうしてくれよう。腹の底から、怒りの感情が沸々と湧き上がる。ああ、いけない、このままじゃラスボスルートに戻ってしまいかねない。

興行主に殴り込みに行って公演をやめさせたら、表現の自由を潰す行為になりかねない。

だけどあまりにも誰を想定して配役しているか、顔見知りの商人や貴族ならすぐに分かるし、許容できる度を越している。この脚本でやれと言った黒幕を確実に把握するために私は変装をやめ、公爵夫人の装いで、劇団の事務所に乗り込んだ。

「この劇団の責任者を呼びなさい」

「は、はい、公爵夫人」

普段接点のない平民が一目で私を公爵夫人だと分かるなんてね。ディアーナ役の役作りや衣装の参考に、針子や女優に見せるための肖像画でも見たのかしら？　私は劇団の下男に事務所の一室に通された。平民の劇団には不似合いなほど、超絶技巧で作られた砂糖菓子がテーブルの上にある。これは本来王族や貴族が食べる物だ。背後に貴族がいるのは確定だろう。

私は劇団の団長の目の前で、凝った薔薇の形の砂糖菓子をむんずと手掴みし、そのままグシャリと砕いた。パラパラと砕けた砂糖が床に落ちる。

「お前についてるその頭、このように砕かれたくなかったら、洗いざらい正直に話しなさい」

「ひいっ！　お許しください！　公演は即刻やめます！」

「ああ、そう、それで、あの劇の脚本家は誰なの⁉」

「も、持ち込み企画で、脚本家もうちの者ではありません！」

「だから、それは誰⁉　誰の命令でやったの？」

真っ青になって震える団長を威嚇《いかく》し、尋問して吐かせた結果。皇太子妃の侍女が持ち込んだ脚本だったという事が判明。報復に皇太子妃の実家の事業を攻めるか。きっと親の育て方が悪かったのだろうから、責任をとってもらう。ラヴィが覚醒するまではなるべく穏便にと思っていたけど、アドライド公爵家があまりにも舐《な》められっぱなしも良くない。実家の子爵家の支援金打ち切り、契約解除くらいはしないと。


～その後の皇太子妃と実家のコラール子爵家サイド～

コラール子爵家の執務室。

「お前はなんという愚かな事をしてくれたんだ！　あのアドライド公爵家を敵にまわすなど！　主だった三つの仕事の契約と援助の更新を打ち切られたんだぞ！　どれほどの痛手か！　事業が立ち行かないのも出たんだぞ！」

「だって、皇太子様が、フリードリヒ様があの女を寝所に呼ぼうとしたってわかったの！　私、どうしても許せなくて！」

「なら皇太子様の方に不貞について苦情を言うべきだ！　私の事業は子供の遊びではないのだぞ！」

「フリードリヒ様を直接責めろですって⁉　そんな事をしたらフリードリヒ様に嫌われてしまう！」

「全く、それなら見なかったふり、気づかなかったふりをしろ。相手は皇族だぞ、女の数人くらい囲っても何もおかしくないし、アドライド家は強すぎて敵に回すと厄介な事くらい分からないのか⁉」

「わ、私は皇太子妃で未来の皇后よ！　ないがしろにされていいはずがないわ！」

「お前が皇太子妃になれたのは、その容姿の他には、戦場にて皇太子様と似た背格好のお前の兄が、皇太子殿下の影武者をして怪我をした。その秘密の功績があったせいだという事を忘れるな」

　征服戦争により、四方八方の国から恨みを買ってる帝国は、戦場にて世継ぎの皇太子を守るため、影武者が必要だった。通常皇族の皇太子と婚姻を結べるのは、伯爵家以上の家格の貴族子女になるが、この子爵家の兄の影武者の功労で、例外的に婚約者としてゴリ押しができたのだった。

「うちの家門に皇太子様の後ろ立てとして力が足りないのは、私のせいじゃないわ！」

　バシッ‼

「痛っ‼」

皇太子妃は父親たる子爵に頬を殴られた。

「か、顔はやめてください！　酷いわ、お父様！」

皇太子妃は殴られた顔を押さえて泣いた。

「お前が育ててやった恩も忘れて生意気な口をきくからだ！　お前がもし皇太子から見捨てられたら、自分のせいだぞ！」

子爵家の執務室内は防音の魔道具が使われてるとはいえ、ぎゃあぎゃあとみっともない親子喧嘩をする二人だった。


皇太子妃の実家の子爵家の事業に経済制裁を行った。子爵が公爵家に謝罪に来ても、

「お前の娘は我が公爵家の名誉を傷つけた。相応の報いだ」

と、旦那様もきっぱり言ってくれた。私がちゃんと演劇の内容を話したら捨てておけないと同意して、経済制裁をすると最終判断を下したのはアレクシスだ。子爵もアレクシスの慈悲なき氷のような冷たい視線を受けて、肩を落として帰ったとのことだ。その後、噂じゃ子爵は抱えた借金の返済のため、起死回生を狙ってギャンブルに手を出したとか聞いたけど、勝ってるとの報告は聞かない。

# 第三章　奥様と旦那様の距離

ラヴィが十歳になった時。

私とアレクシスの仲は一進一退を繰り返すようで、なかなか思うような相思相愛ともいかず、プライドが邪魔しているのかも？　ともかく十歳になったのだから、ついにラヴィが学校に、アカデミーに行く時が来た。

「アカデミーではなるべくハルトの側《そば》にいなさい」

「お母様、それはどうしてですか？」

彼が原作基準でラスボスを倒せる勇者であり、あなたの将来の恋人だからよ!!

「何かあったら守ってくれるかもしれないし、逆にあなたがハルトを守れることもあるでしょ？　一緒にスケートもしたお友達じゃない？」

「なるほど、私がハルトを守ればいいのですね」

ラヴィはコクリと頷《うなず》いた。守られるより守る気でいるらしい。

「こ、困った時は助け合いだから」

妙に男前な事を言うのに驚いた。見た目はとても可憐《かれん》な少女なのに。

「では、行ってまいります」

一旦神殿へ行き、転移陣を使って皇都に向かい、皇都にあるアカデミーに行く。それから寮生活だ。誇り高く勇気ある者の多い、領主、支配者向きの白の寮。計算に強く理数系で分析力の高い文官向きの緑の寮。力強く情熱的な騎士系が多い赤の寮。探究心と独立心の強い、魔法使いや学者の多い群《ぐん》青《じょう》の寮。本人の資質、性格で組分け、寮分けが行われるなら、いい子ばかりのクラスに行ければいいけど、支配者向きの白はやたら気位の高いのがいて扱いが難しいのもいる。勇気があるからといって優しいとは限らないのがミソ。

原作通りならラヴィとハルトは勇気と献身の白で白の寮に行くはず。黒のマントの内側に寮の色が反映される。でもハルトは赤の寮か白かで判定が揺れていた。騎士素養が高いので。なお、寮分けは本人と家族の意向もわりと反映させる事ができる。金を積めばいいのだ。拝金主義かよ。原作では皇太子は白の寮に行った。何が白だよ、腹黒のくせに。

サロンでアギレイ領の報告書等の書類を見つつ、お茶を飲んでいた私の元へ執事がやって来て、今皇都にいるラヴィからの鏡通信の連絡があったと聞いた。鏡通信とはこの世界におけるテレビ電話のような便利な魔道具だ。子供が寮生活になると、アカデミー側が高位貴族には貸してくれるが、下級貴族は家族に連絡を取りたい場合、手紙を書くことになる。世知辛《せちがら》い格差社会である。

普段は旦那《だんな》様の執務室に置いてあるのだけど、借りて来てサロンに魔法鏡を設置した。鏡の縁に嵌《は》められた魔法石に触れて、いざ通話開始すると、すぐにラヴィの愛らしい学生服姿が映しだされた。

「お母様、聞こえますか？　私の姿が見えてますか？」

「見えてるし、聞こえているわ！　アカデミーはどうだった!?」

「アカデミー内の神殿で水晶による属性検査をしたら、私の属性は光でした。魔力操作の訓練で癒《いや》しの魔法が使えるようになるだろうと。お母様が万が一怪我《けが》でもしたら、私が癒せるかもしれませんから、頑張《がんば》りますね！」

「ありがとう、ラヴィ……」

ラヴィは輝くような笑顔で言った。胸がいっぱいになる。

「あ、そして私は白の寮になりました」

「ああ、白ね！　やっぱりね。あ、ハルトも白の寮になった？」

「はい、赤か白で判定が揺れてましたが、白になりました」

よしよし、ここまでは原作通り！

「ところで、怖い人に、いじめられてない？　大丈夫？」

「今のところは大丈夫です。あ、お母様がお菓子を持たせてくださったので、同室の子と一緒に食べて、早く打ち解けることができました！」

「それは良かったわ。寂しくなったらいつでも連絡するのよ」

「……はい、お母様」

鏡の向こうのラヴィの瞳《ひとみ》が少し潤んだ。簡単に報告をして初めての鏡通信は終わった。手土産《てみやげ》にクッキーを渡しておいて良かった。今度はのど飴《あめ》でも作って送ろうかな。喉にいいハーブを入れて……。

それはそれとして、また大人の貴族は社交のターンなのである。その事件はとある皇都の麗かな春の日のピクニックパーティーで起こった。私はその場面を偶然目撃した。ラヴィのガヴァネスのレジーナと伯爵夫人とその取り巻き達がボート遊び中にいざこざが起こった。レジーナが順番を守らない輩《やから》に絡まれた的な。当然私はラヴィのガヴァネスのレジーナの味方をして、軽くお仕置きをした。

私とレジーナは魔法の絨毯《じゅうたん》に乗って、空中から風を送り、煽《あお》ってやった程度だけど、船が水上で激しく揺れて水を浴びてビビってた。ざまあ。ピクニック中にレジーナに訊《き》かれたのはラヴィの魔法属性の事。

「魔法属性は何でしたの？」

「光ですわ」

「まあ、流石《さすが》ですわね。数の少ない貴重な癒し手におなりなら、求婚者も多いでしょうね」

「とりあえず、さっきの貴族女達の息子達には渡しませんわ」

原作通りならこれから数年後、とある事件に巻き込まれたラヴィは聖女に覚醒し、勇者として覚醒したハルトと結ばれて、魔王退治の旅に出る。だからしばらくは学生時代を味わえるけど、途中で戦いの旅に出るのよね、皇帝命令で。あの野郎、子供を魔王退治に行かすなっての!!

皇室の、お前のとこの騎士達を送れよ!!　その時のことを考えると怒りゲージが溜《た》まってしまう。

「きゃっ!?　何故《なぜ》花が!?」

「!?」

レジーナの悲鳴で気がついた。花が急に枯れて!?　いけない、私の怒りオーラに触れたせい!?

まずい、自分が魔王化しかねない！　一旦落ち着こうと深呼吸をし、魔道具が暴走したとかなんとかレジーナにはそう言って誤魔化《ごまか》して帰宅した。

私はそれから今更ながら魔石に魔力を注入して、お守りブレスレットを作って、ラヴィとレジーナに送った。

そしてラヴィからはお礼の言葉を、レジーナからはお手紙を貰《もら》った。ラヴィが寮生活になってからはレジーナも頻繁に公爵家に来る理由は無くなったので。


～続、社交のターンの日々～


「また今度は厨房《ちゅうぼう》を占拠して何をしているのだ？」

「そんな人聞きの悪い、深夜で料理人の使っていない時間に借りているだけですわ」

「それで今度は何をしているのだ？」

「アカデミーでラヴィがなるべく早くお友達と馴染《なじ》めるようにと、最初にクッキーを持たせて、それが好評だったみたいなので今度はのど飴とマドレーヌでも作って送ってあげようかと。クッキーよりは壊れにくいと思うのでいけると思うのですよ」

「……娘の事には熱心だな」

「なんですか？　まさか娘にやきもちですか？」

「ず、ずいぶん昔と変わったなと、驚いただけだ」

「心配しなくても旦那様にも私特製ののど飴とマドレーヌを差し上げますよ」

「そんな心配はしていない」

そう言って旦那様はプイッと背を向けて厨房から出て行った。

「とは言ったものの、なんだか明らかに拗《す》ねてそうだし、何かプラスアルファがあった方が良さげね？」


そして真夜中にマドレーヌとのど飴を完成させた。

翌朝には起きてから旦那様には特別仕様のカードも書いてつけた。

ゴソゴソやってると、メイドのメアリーが「この招待状のお返事はいいのですか？」と、放置していた手紙を持って来た。

その招待状、内容が夫婦揃《そろ》ってピクニックにお越しくださいってやつ！

不仲説で有名な我々が揃ってそんなほのぼのイベントに参加するとは思ってないのだろうから、嫌がらせだなと思って放置してた。

私は「これはいいのよ」と言って、招待状を折って紙飛行機にしてやり、窓から飛ばした。

そしてそれを拾うのはメイドか庭師でゴミ箱に捨てるだろうと思っていた。

でも拾ったのは体を鍛えるために鍛錬場に向かう途中の旦那様だった。

なんという偶然！　そして運命！

「招待状を変な形に折って飛ばしたのは其方《そなた》だな？」

「ええまあ」

飛行機なんてこの世界の住人の旦那様は知らないわよね。

「ピクニックに誘われているようだな、仕方ないから同行しよう」

「え⁉」

「ぜひ婚約者かご夫婦でご一緒にと書いてあるではないか」

まさか一緒に行ってくれるとは思っていなかったので驚いた。


そしてピクニック当日。

「ま、まあ多忙なアドライド公爵様方に来ていただけるとは！　ようこそ、今日は楽しんでいってくださいましね！」

私に招待状を送って来た皇太子妃の派閥の貴族女が動揺を隠せない顔でそう言った。

ウケる。

私は青々とした芝生の上にキルトの布を敷き、旦那様とその上に座った。

ピクニックバスケットには美味《おい》しい料理を詰め込んだお弁当と、飲み物とおやつがぎっしり詰まってる。

美味しいお弁当を食べ、次に私お手製のマドレーヌをラッピングを解いて食べる旦那様。

「これがラヴィアーナに送ったのと同じマドレーヌか」

「そうですよ」

黙々と食べて完食してるし、不味《まず》くはなかったはずだけど、旦那様は何気に手に取った添えていたカードの文面に今、気がついた。

「なんだ……これは？」

「旦那様へ愛を込めて♡と書いてあります」

「そ、そしてこの、口紅の……」

「そのキスマークは旦那様への特別仕様となっております」

「ど、どうしろというのだ、このような破廉恥《はれんち》なカードを」

え？　キスマーク如《ごと》きで破廉恥判定なの？　この世界では。

「捨てにくいなら机の引き出しの奥にでもしまっておけばいいではないですか」

私はしれっと言い放ち、自分の分のマドレーヌを頬張《ほおば》った。

その時強い風が吹いて、カードが風に攫《さら》われた。

ほっとくと思いきや、旦那様はダッシュでカードを拾いに走った！

「あら？　このカードは？」

とある老夫婦が先にカードを拾ってしまった！　この人もおそらく招待客の貴族だろう。

「妻の悪ふざけです！　失礼！」

そう言って旦那様はカードを回収し、口紅のついたカードを大事そうにハンカチで包んでポケットに入れた。

「あらあら……うふふ、思ったより仲がおよろしいのですね」

と、おそらくカードの文面やキスマークを見た老婦人は微笑《ほほえ》みながら言った。

その時、顔はクールぶっていた旦那様だが、耳が赤くなっていたのに、私は気がついた。

私でなければ見逃していたかもしれないけどね！　私はめざといので！

最近はわりと旦那様の心を掴《つか》め始めている気がして、私はニンマリと笑った。

そんな私達を見て、意地悪をしようとした招待側の女貴族はハンカチを噛《か》んでいた。

ざまあ!!

＊　＊　＊

「野良の猫ちゃん！　かわいいわねぇ」

「シャーッ！」

毛を逆立てて威嚇《いかく》する猫ちゃん！

背中もまるでアーチのようにしてる。

「シャーなの？　やんのかステップなの？　警戒しててもかわいいわねぇ、うふふ」

私は猫ちゃんも大好きなんだけど、野良とはいえ、なんかやたら警戒されてるな？

私の中のラスボス気質でも見抜いてるの？

野生の勘で？

「ディアーナ、そなた猫を怯《おび》えさせて何をしている？」

「庭に迷い込んだ野良猫を見つけて愛《め》でてるだけですわ、仲良くして欲しいのにシャーされてます。可哀想《かわいそう》でしょ？　慰めてくれてもいいですよ？」

ほら、絶好のスキンシップチャンスですよ？　と、私から誘いをかけてみた。

「戯言《ざれごと》を……」

あら、せっかくのお誘いをスルー？

しかし、ふとアレクシスの今の衣装を見て気がついた事がある。

「ところで、あなたはその服装から察するに、乗馬でしょうか？」

「ああ、たまには愛馬も思いっきり走りたいだろうからな」

「まあ、お馬さんにはお優しいのですね？」

「では、そなたも連れて行ってやろう」

「え!?」

なんと旦那様のお馬さんに相乗りすることになった。

私は急いで動きやすいタイトなズボンに履き替えてきたはいいけど、思いっきり密着してドキドキする。

私のすぐ後ろに旦那様の立派な胸板とかあるんだもん！

「走っている間は喋《しゃべ》るなよ、舌を噛むから」

「はい」

晴れた空の下、遠乗りで草原を抜け、白樺《しらかば》の林を目指して駆ける。

どこかの恋愛小説のシーンのようだ。

ひとしきり走った後に、美しい白樺の林に到着した。

白い木肌の並ぶ中をゆっくりと移動してる。

そして気がついた。

心臓の鼓動が伝わる。

これはでも、背中から伝わるのなら私ではなく、旦那様の鼓動のはず。

自分では走ってなくて、馬に乗っていてもやはり、こんなに心臓は早鐘をうつものなのかしら？

私は気を紛らわせるために周囲をキョロキョロと見回した。

「あ、あそこの木に何か実がなっています！」

「ああ、ブルーベリーに似た実だ」

「じゃあ食べられますか？」

「ああ」

「降ります！　降りて実を収獲します！」

馬から降ろしてもらった。

まるで大切なレディーのように。

ちょっと調子狂うわね、今は妙に優しくて。

自分から慰めろと言ったんだけど。

私は実を摘んで、青い実を口に含み、アレクシスも同じ実を食べた。

「甘酸っぱい……」

「でも食べられるだろう？」

「はい、食べられます」

その時、白樺の林の中をサアーっと風が吹き抜けていった。

ディアーナの金色の長い髪が乱れて、絶妙なタイミングで私の今の顔を隠してくれた。

きっとちょっと照れていて、私の頬は赤くなっていたから助かったかも。

今日のこの甘酸っぱい思い出は、ずっと長く私の心に残るかもしれない。

急な相乗りの遠乗りと、青くて甘酸っぱい実を旦那様と一緒に食べたことを……。

遠乗りから帰って日記に今日の思い出を書き記した。

とにもかくにも、ラヴィがアカデミーから長期休みを貰って帰る前に、また少しは旦那様と距離を縮められたことを。

これからもラスボス化を回避するためにも、私達家族の幸せのためにも、家庭円満も目指して頑張ろう！

私は日記に鍵をかけて大事に机の中にしまった。

終

# 番外編　奥様の応援

爽《さわ》やかな春の朝。

私ことディアーナが朝起きてドレッサーの前でメイドのメアリーに、美しいハニーブロンドの髪を整えてもらっている最中の事。

「近隣の領地の騎士達の合同演習？　旦那《だんな》様も？」

「そうですよ、奥様。お気に入りの騎士がいる令嬢達にも人気のある行事で、応援に行くこともあるのです」

ああ、貴族令嬢系の物語ではそういうイベントがわりと出てくるものね。

ポイント稼ぎのチャンスかも。

「旦那様は指導者役で参加されるのよね。お弁当を持って旦那様の応援に行こうかしら」

「それはいいですね」

私はネグリジェから優雅なリメイクドレスに着替えて、食堂へ向かった。

ラヴィと朝食をとるためだ。

そして旦那様の応援に行く事を彼女にだけ告げた。

旦那様は既に現地に前乗りしているし、伝書鳩《ばと》で手紙を出しても、きっと旦那様は来るなとか、何を企んでいるんだ？　とか、また新しい男漁《あさ》りか？　などと、誤解を受ける可能性があるからだ。

「演習の場所は公爵領内のコロシアムですよね？」

「そうよ」

「私も一緒に行っては駄目ですか？」

ラヴィが愛らしい上目使いで懇願してくるけれど、

「今回は旦那様を驚かせるためにひっそり行くつもりなの。あなたはまだ小さいから護衛の手配とか大変だし、いい子だからお留守番しててね」

「はい……」

う、しょんぼりしてかわいそう。

でも、母親がミーハー丸出しで旦那を応援してるのを間近で見たら恥ずかしいかもしれないから、ここは我慢してもらう。

朝食を終えてから、私は料理人にレシピを添えて二人分のお弁当の用意を頼んだ。

一つは旦那様の、もう一つは自分のものだ。

「オムレツのみ私が作るので、他《ほか》のメニューをお願いね」

「かしこまりました」

私はチーズオムレツを綺麗《きれい》に焼いてから、弁当箱に詰めた。

「奥様、意外な特技をお持ちなんですね」

料理人が私の焼いた黄色くてつややかで美しいオムレツを見て、目を丸くしてる。

「実は私、比較的器用なの」

普通の貴族女性は料理などしないから、それは驚くわよね。

その後は料理人にお任せして、自分は工房に移動して扇子《せんす》をカスタムした。

通常の扇子の上から「旦那様♡最強！」みたいな言葉をこの国の公用語で書いてみた。

これを持って私が振ったところで、あのクールな旦那様がファンサをしてくれるとも思えないけれど、まあ、いいわ。

今は旦那様一筋っていうのが世間にアピールできればいいし。


現場のコロシアムの観覧席に来た。

観覧席には綺麗に着飾った御婦人や令嬢達が多くいたけど、騎士達の息子とかもいるようだった。

お弁当タイムはまだだし、ひとまずは控室より観覧席だ。

合同演習や模擬戦が始まった。

武器は剣か槍《やり》で、演習では魔法は禁止となっている。

令嬢達の黄色い声援が飛ぶ中、昔のアーティストのコンサート会場を思い出していた。

私の護衛騎士のエレン卿は、閣下にバレたら怒られますよ、と言っていたけど、夫の応援に妻が行って怒られるのは理不尽よ、と、返しておいた。

「あ、そろそろ閣下が出ます」

おおっ！　と、会場内から感嘆の声が聞こえたし、息を呑《の》む気配をも感じた。

華麗にマントをなびかせ、旦那様はコロシアムの中心に向かった。

威風堂々!!

私はカスタムした応援グッズの扇子を出して、胸の前で控えめに左右に振った。

まだ、旦那様は私に気がついてない。

対戦相手の方を見ているから。

試合が始まって簡単に勝敗はついた。

旦那様、相手を倒すの早すぎワロタ。

もう少し見せ場を作ってあげた方が良さげなのに初撃で軽く相手の剣を撥《は》ね飛ばし、首元に切っ先つきつけて、ハイ終了～～！　だもの。

他領の騎士さん、気の毒。

でも！　今が扇子を振るタイミング!!

「旦那様～っ!!　強～い!!」

などというセリフを叫んだ。

アレクシスは耳がいいのか、私の声に気がついて、こちらを見た。

あからさまにぎょっとした顔で!!

「流石《さすが》です！　閣下ぁっ!!」

ヤケクソぎみにエレン卿も叫んだ。

笑顔どころかギロリと睨《にら》まれたけど、気にしない！


お昼の休憩時間に控室で旦那様と面会。

「旦那様、お弁当を作ってきたのでご一緒しましょう」

しませんか？　ではなくしましょうと圧をかける事で断りにくくした。

旦那様は無言でテーブルについた。

「どうぞ、今回は特別にトリュフソースを使ったハンバーガーと、チーズオムレツです。あ、同じものですけど選ばせてさし上げますわ。何も企んでない証《あかし》に」

横に二つ並べたお弁当を旦那様は無造作に選んで包みをほどいた。

箱を開けてしばし、じっと見た。

見慣れぬ料理だな。とでも思ってるのね。

「いただきます」

私は安全ですよアピールに先にオムレツを食べた。

美味《おい》しい。

こちらの世界のチーズが特に美味しい気がするけど、公爵家の仕入れるもののせいかな？

次にハンバーガー。

こちらはトリュフソースで仕上げた。

「こちらも美味しいわぁ」

旦那様は無言でお弁当を食べ始めた。

綺麗にできているから多分全《すべ》て料理人が作ったと思ってるだろうけど、チーズオムレツは私が焼いた。

先にチーズオムレツから食べたわ!!

「どうですか？」

「見慣れぬ料理だが、お前の指示か？」

「そうです」

「悪くはない」

はい、悪くはないをいただきました!!

ゴクリ。

生唾を飲む音がした。

護衛騎士のエレン卿達だ。

「皆のお弁当は料理人達が作った物が届いてると思うわ、メニューは違うけれど」

まず、先に主人が食べてからでないと下の者は食べられない、貴族というものは。

「はっ、ありがとうございます！」

皆一様にそんな返事をくれた。

旦那様が綺麗にカンショクしたのを見届けて満足した私は帰ることにした。

「では、旦那様の見せ場の出番も終わったようなので、私はこれで失礼しますわ」

「まて、あのトンチキな扇子は何だったのか説明を」

「今は旦那様に一筋というアピールですわ」

私は驚愕《きょうがく》に目を見開く旦那様を見て、してやったりと思った。

よし！　満足!!

後日、私の作った応援扇子が若い令嬢たちの間で流行したらしい。

ウケるわね。

# あとがき

はじめまして、凪と申す者です。

この度アイリスファンタジー大賞にて銀賞を賜りまして、書籍を発行していただける事になりました。

応募の際は文字数制限がなかったので、油断して長編を応募してしまいました。なんとか短くしようと足掻きましたが、自分だけでやるにはどこを削ったり足したりすればいいかと大変悩ましいところでしたので、友人の渕様や担当様にアドバイスをいただき助かりましたし、大変お世話になりました。

更に編集担当様には繊細かつ美しい線で華やかな絵を描かれる、素晴らしいイラストレーターさんを紹介いただきました。

本当にありがとうございました。

イラストレーターのくまのさんにはディアーナの胸をもっと盛って欲しいだの、私のこだわりで色々お願いしてすみませんでした。

でもおかげ様で最高の仕上がりになっていると思います。

旦那様はクールなイケメン、ラヴィは超ラブリー、主人公はゴージャス美女に描いていただきました。

挿絵の花ブランコのシーンは私の要望で入れていただきました。

最高にラブリーです。眼福。

私の文は初心者レベルに拙いものかもしれませんが、小説はキャラとネタに光るものやパワーっぽいものがあればわりとなんとかなることがあります。

書籍化を目指す文字書きの方には、諦めずにコツコツやっていれば、たまにこんな奇跡も起こるのだと証明できたかなと思います。

そして最後に、もう一度、やはり校正作業に不慣れな私の為に多大なサポートをいただいた担当様と、睡眠時間を削って協力してくれた渕様には大感謝です。

この本を手にしてくださった皆様にこの物語を少しでも楽しんでいただけたら幸いです。

また皆様とお会いできる事を願っております。

# 転生《てんせい》したらラスボス系悪女《けいあくじょ》だった！

2024年6月5日　初版発行

初出……「転生したらラスボス系悪女だった！
～スローライフを希望する、様子のおかしな公爵夫人～」
小説投稿サイト「小説家になろう」で掲載

**著者　凪**

イラスト　くまの柚子

発行者　野内雅宏

発行所　株式会社一迅社
〒160-0022 東京都新宿区新宿3-1-13 京王新宿追分ビル5F
電話　03-5312-7432（編集）
電話　03-5312-6150（販売）
発売元：株式会社講談社（講談社・一迅社）

印刷所・製本　大日本印刷株式会社
ＤＴＰ　株式会社三協美術

装幀　小沼早苗（Gibbon）

ISBN978-4-7580-9647-8


**おたよりの宛て先**
〒160-0022 東京都新宿区新宿3-1-13 京王新宿追分ビル5F
株式会社一迅社　ノベル編集部
凪《なぎ》 先生・くまの柚子《ゆずこ》 先生